竹枝词创作技法

张　馨◎著

吉林文史出版社

图书在版编目（CIP）数据

竹枝词创作技法 / 张馨著 . -- 长春 : 吉林文史出

版社 , 2022.7

ISBN 978-7-5472-8611-1

Ⅰ . ①竹⋯ Ⅱ . ①张⋯ Ⅲ . ①竹枝词—诗歌研究—中

国 Ⅳ . ① I207.22

中国版本图书馆 CIP 数据核字 (2022) 第 130507 号

竹枝词创作技法

ZHUZHICI CHUANGZUO JIFA

著　　者	张　馨	
出 版 人	张　强	
责任编辑	钟　杉	
封面设计	西　子	
出版发行	吉林文史出版社	
电　　话	0431-81629357	
地　　址	长春市净月区福祉大路 5788 号	
网　　址	www.jlws.com.cn	
印　　刷	三河市嵩川印刷有限公司	
开　　本	170 mm × 240 mm　1/16	
印　　张	18.75	
字　　数	280 千	
版 印 次	2022 年 8 月第 1 版　　2022 年 8 月第 1 次印刷	
书　　号	978-7-5472-8611-1	
定　　价	88.00 元	

序一：竹枝词·诗坛添得一株妍

冷阳春

（一）

民歌俚句古今传，韵调悠悠沁心甜。

雅俗相融皆易懂，诗坛添得一株妍。

（二）

竹枝词乃诞民歌，盛唐文士导先河。

唱得山欢水也笑，千章万首不为多。

（三）

著作皇皇卅万言，精心论述媲前贤。

文字行行蕴妙理，必将赢得后人传。

2022 年 1 月 6 日于湖南沅江草尾镇

【注　释】

冷阳春，笔名萧辛，湖南省沅江市草尾镇人，农民，初中肄业。1977 年冬因公致残，长期卧床。1979 年开始诗词、楹联创作，发表在《中华诗词》

《湖南诗词》《当代诗词》等杂志的诗词作品 500 余首，并在国家、省级诗词楹联比赛中获奖 80 余次。系中华诗词学会会员、湖南省楹联学会会员，出版有《刑天诗稿》（增订版）等。帮助数十位诗人审改、编辑和校对诗词文集 40 余部。培养诗词作家 20 余位，撰写序文序诗 30 余次。

序二：首成系统千般艺，终许竹枝万朵芳

张树伟

张馨先生来电话，嘱我为他的文学理论专著《竹枝词创作技法》写一篇序言，我虽然在这方面研究很少，但我没有迟疑，要他把书稿电子版发到我的微信。我有一种近水楼台先得月的感觉，真正是先睹为快，读了书稿后颇获教益。给这本书写序言，与其说是品评鉴赏书稿的过程，不如说是一个学习领会的机会。我虽然也读过好几本竹枝词作品集和理论专著，也创作过一些竹枝词，但读了这本书稿，其总结的许多创作技法，都使我耳目一新，感觉豁然开朗。

竹枝词创作至少有 1100 多年的历史，保存下来见之于文献载录的就有 7 万多首，加上当代已收录于书籍刊物中的竹枝词作品，保守估算不会低于 12 万首。20 世纪 80 年代开始，逐渐出现了竹枝词研究和创作热潮，时至今日方兴未艾。竹枝词作品专集和理论研究专著陆续出版面世，据孙杰《竹枝词发展史》中列表统计，1980—2014 年竹枝词书目有 115 部。其中以竹枝词作品汇集和笺注鉴赏著作居多，而研究和探索竹枝词理论的专著较少，这是一个有待深入开拓的领域。尤其是关于竹枝词创作微观系统技法的专著我还是第一次看到。张馨在《竹枝词创作技法》参考书目中提到杨小源的《竹枝词写作技巧探讨——竹枝词十六法》还是发表在《北京诗苑》上的文章，虽然从微观上看有独到之处，但技法少，不细致，不深入，不全面。至于从宏观上研究竹枝词组诗创作系统章法的著作同样没有，只有几篇研究文章散见于几个学术刊物上。

例如吴绍礼、王立《联章诗结构技法说要》《齐齐哈尔师范学院学报》，乔树宗《试探联章体诗词的结构特征》《陕西广播电视大学学报》等。张馨这本专著应该说是竹枝词创作技法开先河的系统性研究和总结，填补了国内空白。这不仅说明他研究创新精神的难能可贵，而且在书末还有他及其公子张湘平创作的竹枝词220首，这是一部文学理论和创作实践相结合的著作，意义非凡，弥足珍贵，值得祝贺和称赞。

本书第一章简明扼要地概述了竹枝词起源和发展，第二章总结性简述了竹枝词10种体式和10类题材，第三章、第四章就直奔重点"竹枝词创作技法"。

竹枝词创作技法探索研究、梳理分类、名称定义、诠释解析和诗例选讲，需要认真研究、总结和提炼，委实要下一番真功夫，需有深厚的文学理论功底，需有文学评论鉴赏能力。本书创作技法分两部分，第一部分从微观上以每首竹枝词为对象，总结提出了72法，含子目168法；第二部分从宏观上以竹枝词组诗为对象，总结提出了11种结构章法。对创作技法的解析，在每一个技法名下一般都有技法释义、技法源流、前人论述、名作范例列举和技法运用分析，做到了理论分析与范例详释相结合，历代名作与今人佳作并举。旁征博引，深入浅出，令人信服。

这本《竹枝词创作技法》的出版具有普遍而深刻的意义，对指导竹枝词创作会起到非常积极的作用。

第一，本书在竹枝词理论、创作实务层面是一个拓展、突破和创新。是一次将竹枝词创作技法加以理论化、系统化、具体化的过程。是对我国竹枝词文学理论研究的重大贡献。

第二，本书是一部竹枝词创作技法大全，是一个资料丰富的宝库，是一个十分实用的工具箱。为众多的竹枝词作者从开始学习就有各种方法可供参考和选用，尤其是对于竹枝词的创作实践具有实实在在的直接指导和借鉴作用，可以节省多少苦苦探索的辛劳，这是竹枝词读者和作者的福音。

第三，本书作者还以自身的创作实践现身说法，对于应当避免的9个创作误区进行了详细阐述，这无疑会增强创作者的理解，会起到借鉴作用，避免走弯路，迅速提高创作水平。

第四，竹枝词组诗创作也有章法可循。竹枝词不是随便几首、几十首甚至上百首竹枝词放在一起，就可称为组诗的，而是有一定内在关联和共同主题的。本书作者在竹枝词组诗创作章法中给出了明确说法，细读会受益无穷。

当前，全国的诗词创作出现了热潮。但是这种热潮是圈内热圈外冷。全国诗词作者大约有三百多万，作品是铺天盖地。虽然有众多作品，但都是在圈子里打转转，圈子外却是冷清清的，这些圈子里的作品水平高的不多，大众喜欢的太少。什么原因呢？分析起来有诸多因素：一是没有深入采风、体验生活，没有切身的体会就动笔写作，结果只能是粗制滥造，不可能出精品；二是没有从民歌、民谣中吸取营养，写出来的东西仅仅是格律溜，"假古董"，没有竹枝风味；三是走入本书作者提出的竹枝词创作误区，只能写出次品甚至垃圾。竹枝词由民歌、俚语、歌谣等演化而来，也有一部分虽非采自于民歌、俚语、歌谣，是作者直接创作出来的，但保留有民歌的色调，是大众喜闻乐见并具有竹枝风味的诗歌。竹枝词不仅风味为大众所喜欢，其素材、题材、情感与民众生活贴近，如果能吟诵歌唱，则更容易引起读者和听众的共鸣。文学创作应当以人民为中心，竹枝词更应当为人民大众而创作。如果只在小圈子里练练笔，无可厚非，但最终跳不出这个孤芳自赏、自娱自乐的小圈子，费了好多功夫写出的东西还有多大意义呢？写出来的竹枝词作品是要给人看的，而不给人看，或者读者不喜欢看，人民大众不认可，就缺乏了竹枝词作品的社会价值。

我和张馨常有文学创作上的交流，尤其是在诗词创作上交流更多一些。他诗词创作功底深厚，也写了100多首竹枝词。大约在2015年春天，我和他说要出版一本以满族风土民情、社会生活和民族风貌为主要题材的诗词集，其中包括竹枝词、诗词、民歌。我告诉他满族崇信万物有灵，在植物上最为崇柳，因此，他建议我认真研究竹枝词，摄取各种题材，学习东北民歌包括山歌、歌舞曲、萨满调、长调、呼麦、二人转等，要写出风味来。我采纳了他的建议，在2019年7月由辽宁民族出版社出版了我的《满乡柳枝词》一书。我将张馨引为文学知己，相互砥砺。

其实，张馨的主业是矿山建设和铁路建筑，由他主持建设了多个国家重点矿山和高铁项目，创造了多个全国纪录。尤其是他的科学技术研究，多次获得省部级一、二等奖，出版了5本科技专著。他经常自谦地说，文学和书法是他的业余爱好，和打牌、玩游戏、旅游等是一样的。没承想，他的这项业余爱好用了一年的实践，就完成了这本《竹枝词创作技法》，计划2022年出版。张馨是文理全才，文理高才，又在文学理论上取得了新的建树，着实令人赞叹！

在热烈祝贺这本书出版的同时，我愿意与广大读者朋友分享张馨的这一成果，乘着和平盛世的春风，在竹枝词创作的百花园中，盛开鲜活的一朵，增添一抹亮丽。

2022年2月15日于辽宁桓仁

【注　释】

张树伟，笔名松韵，满族，公务员退休。辽宁省作协会员，中国少数民族作家学会会员，中华诗词学会会员。曾任桓仁满族自治县作协首任主席、本溪市作协副秘书长、本溪市诗词学会副会长。在《中国铁路文艺》《满族文学》《中华诗词》《中华辞赋》等报刊发表散文、文学评论、诗词等若干篇（首），出版诗词集《山情水韵》《满乡柳枝词》等。

目　录

第一章　竹枝词起源发展

本章主要对竹枝词的起源时间、地域以及发展历程进行简述，对竹枝词的别称进行梳理，以利于广大读者和作者对竹枝词这一文学样式有一个总体把握，对当代竹枝词进行简说，更好地帮助读者阅读竹枝词，对创作竹枝词的作者必有些许益处。

第一节　竹枝词起源

民歌包括山歌、小调、民俗歌谣、谚语、俚语等。竹枝词产生于民歌，已经为学术界所公认。因此，竹枝词是一种综合表现艺术，集乐、曲、歌、舞于一体。唐宋时期，在中国西南部相当普及，街头巷尾，村中野外，随处可见。

那么，竹枝词最早出现于何时？起源于何地？

刘航认为：唐永泰元年（765 年）九月，杜甫作《奉寄李十五秘书文嶷二首》，其一云："竹枝歌未好，画舸莫迟回。"这是唐人首次在诗里提到竹枝歌。刘杰充分考虑到唐代顾况（约 727 年—约 820 年后）《竹枝词》："帝子苍梧不复归，洞庭叶下荆云飞。巴人夜唱竹枝后，肠断晓猿声渐稀。"是《乐府诗集》所收最早的竹枝词作品，比刘禹锡朗州竹枝词至少早 10 多年。他认为，竹枝词出现于记载的最晚下限，定在中唐以前应该是比较稳妥的。

查阅一下唐代刘禹锡生平：出生于 772 年，贞元九年（793 年），进士及第。后被贬为连州刺史，未到任再贬为朗州司马，时应为元和元年（806 年）。刘禹锡当了十年朗州司马，至元和十年（815 年）方始召还。作《玄都观看花诗》引祸，被放逐，先后任连州刺史、夔州刺史、和州刺史。他到夔州是长庆元年（821 年），长庆四年离开夔州到和州。至太和二年（828 年），才召还拜主客郎中。后任礼部郎中、苏州刺史等职。会昌时，加检校礼部尚书。会昌二年（842 年）卒，年七十，赠户部尚书。

杜甫在安史之乱的流亡道路上开阔了视野。永泰元年（765 年）初夏，杜甫携带妻子儿女，从成都乘船东下，大历元年（766 年）四月到达夔州。杜甫在夔州住有一年零八个月，直到大历三年（768 年）正月离开。正月中旬，杜甫东下江陵，再到公安。创作《夔州歌》十首：

中巴之东巴东山，江水开辟流其间。

白帝高为三峡镇，瞿塘险过百牢关。

白帝夔州各异城，蜀江楚峡混殊名。

英雄割据非天意，霸主并吞在物情。

群雄竞起问前朝，王者无外见今朝。

比讶渔阳结怨恨，元听舜日旧箫韶。

赤甲白盐俱刺天，闾阎缭绕接山巅。

枫林橘树丹青合，复道重楼锦绣悬。

瀼东瀼西一万家，江北江南春冬花。

背飞鹤子遗琼蕊，相趁凫雏入蒋牙。

东屯稻畦一百顷，北有涧水通青苗。

晴浴狎鸥分处处，雨随神女下朝朝。

　　蜀麻吴盐自古通，万斛之舟行若风。

　　长年三老长歌里，白昼摊钱高浪中。

　　忆昔咸阳都市合，山水之图张卖时。

　　巫峡曾经宝屏见，楚宫犹对碧峰疑。

　　武侯祠堂不可忘，中有松柏参天长。

　　干戈满地客愁破，云日如火炎天凉。

　　阆风玄圃与蓬壶，中有高堂天下无。

　　借问夔州压何处，峡门江腹拥城隅。

　　清代杨伦在注《杜甫镜铨》卷十三中说："十首亦竹枝体。"杨氏的这一说法为后人所广泛接受，如南京师范大学教授、唐代研究者金启华亦指出："十首皆竹枝体，自是老境。"尤其是第五首、第六首，已为长期研究唐代文艺的任半塘先生指出，与刘禹锡《竹枝词》相近。从时间上讲，杜甫《夔州歌》早于刘禹锡《竹枝词》50余年。因此，张琴认为，将杜甫的《夔州歌》作为文人竹枝词的滥觞是合乎实际的。

　　根据孙杰、刘雷中、谢天开等学者研究，竹枝词起源于楚地，孕育于重淫祀而哀怨悲摧的楚文化。其依据如下：

　　一是在刘禹锡来到巴山（821年）之前，楚地早已盛行歌唱竹枝词。顾况《早春思归，有唱竹枝歌者，坐中下泪》："渺渺春生楚水波，楚人齐唱竹枝歌。与君皆是思归客，拭泪看花奈老何。"记述楚人在江边唱竹枝词的盛况，此诗创作时间最晚于贞元十年（794年）之前，比刘禹锡在夔州作竹枝词要早30年左右。刘商（生年不详，卒于808年前）《秋夜听严绅巴童唱竹枝歌》："巴人远从荆山客，回首荆山楚云隔。思归夜唱竹枝歌，庭槐叶落秋风多。曲中历历叙乡土，乡思绵绵楚词古。"诗中"楚词古"打上了楚文化的重要印记。孟郊（751年—814年）《教坊歌儿》："十岁小小儿，能歌得朝天。

六十孤老人，能诗独临川。去年西京寺，众伶集讲筵。能嘶竹枝词，供养绳床禅。能诗不如歌，怅望三百篇。"此诗约在元和六年（811 年）创作，比刘禹锡在夔州作竹枝词要早 10 年。唐贞元十五年（799 年）进士张籍《送枝江刘明府》："老著青衫为楚宰，平生志业有谁知。家僮从去愁行远，县吏迎来怪到迟。定访玉泉幽院宿，应过碧涧早茶时。向南渐渐云山好，一路唯闻唱竹枝。"这"一路唯闻唱竹枝"，即可知当时竹枝歌在楚地传唱盛况。

二是《旧唐书·刘禹锡传》记载："禹锡在朗州（今湖南常德一带）十年，唯以文章吟咏陶冶性情。蛮俗好巫，每淫词鼓舞，必歌俚辞。禹锡或从事于其间，乃依骚人之作为新辞，以教巫祝。故武陵溪洞间夷歌，率多禹锡之辞也。"《新唐书·列传第九十三》："宪宗立，叔文等败，禹锡贬连州刺史，未至，斥朗州司马。州接夜郎诸夷（今湘西一带），风俗陋甚，家喜巫鬼。每祠，歌竹枝，鼓吹裴回，其声伧伫。禹锡谓屈原居沅、湘间作《九歌》，使楚人以迎送神，乃倚其声，作竹枝词十余篇。于是武陵夷俚悉歌之。"说明早在朗州期间刘禹锡就为当地"蛮夷"创制了竹枝新词。这比他在夔州写竹枝词早了十几年。刘禹锡在朗州写的诗中也多处提到竹枝歌、竹枝曲，就是当时常德一代流行竹枝词的明证。

《辞源》："竹枝词"采信了《旧唐书》记载"乐府名，唐刘禹锡于贞元中在沅湘所创新词。"

三是楚文化是一种渗透性、扩张性很强的文化。楚文化先将湖南、湖北融合成一个整体板块，消融了荆楚区别，再与吴文化、巴文化高度融合形成巴楚文化。因此文化史上有"吴楚""巴楚""荆楚"的指称。而楚文化以屈原《九歌》抒发自己悲愁和用于民间祭祀为主要特点，格调苦怨悲愁也正是早期竹枝词的特色。因此，"竹枝词发于楚，盛于蜀"。

第二节　竹枝词发展

文人竹枝词经过唐代杜甫自觉或不自觉的觉醒，经过顾况的发端，到刘禹锡集大成。后人给予了刘禹锡竹枝词很高的评价，"对当时和后世产生了巨大的影响"。

刘禹锡以"竹枝词"命名的作品，现在流传下来的仅 11 首，分为两组。先看第一组《竹枝词》二首：

> 杨柳青青江水平，闻郎江上踏歌声。
>
> 东边日出西边雨，道是无晴却有晴。
>
>
>
> 楚水巴山江雨多，巴人能唱本乡歌。
>
> 今朝北客思归去，回入纻那披绿罗。

第一首写的是一位沉浸在初恋中的少女的心情。她爱着一个人，可还没有确实知道对方的态度，因此既抱有希望，又含有疑虑；既欢喜，又担忧。诗人用她的口吻，将这种微妙复杂的心理成功地予以表达。第二首不像第一首那样以谐音写含蓄情事，而是从身居蜀地耳闻巴人歌唱自然引发怀乡幽思。全诗风格明快活泼，有浓郁的生活气息和鲜明的民俗特色。明代谢榛《四溟诗话》载："李义山'江上晴云杂雨云'，不如刘梦得'东边日出西边雨，道是无晴却有晴'。刘禹锡曰：'东边日出西边雨，道是无晴却有晴。'措辞流丽，酷似六朝。"近代俞陛云《诗境浅说》："此首起二句，则以风韵摇曳见长。后二句言东西晴雨不同，以'晴'字借作'情'字，无情而有情，言郎踏歌之情费人猜想。双关巧语，妙手偶得之。"纻那（hé nà）：踏曲的和声。

再看第二组《竹枝词》九首：

> 白帝城头春草生，白盐山下蜀江清。
>
> 南人上来歌一曲，北人莫上动乡情。
>
>
>
> 山桃红花满上头，蜀江春水拍山流。
>
> 花红易衰似郎意，水流无限似侬愁。
>
>
>
> 江上朱楼新雨晴，滠西春水縠文生。

桥东桥西好杨柳，人来人去唱歌行。

日出三竿春雾消，江头蜀客驻兰桡。
凭寄狂夫书一纸，信在成都万里桥。

两岸山花似雪开，家家春酒满银杯。
昭君坊中多女伴，永安宫外踏青来。

城西门前滟滪堆，年年波浪不能摧。
懊恼人心不如石，少时东去复西来。

瞿塘嘈嘈十二滩，此中道路古来难。
长恨人心不如水，等闲平地起波澜。

巫峡苍苍烟雨时，清猿啼在最高枝。
个里愁人肠自断，由来不是此声悲。

山上层层桃李花，云间烟火是人家。
银钏金钗来负水，长刀短笠去烧畲。

《竹枝词九首》艺术地描写出巴山楚水朴实淳厚的风俗和男女间深厚的爱情，富于浓厚的生活气息。同时，每首诗中寄托诗人复杂的内心情感，从而使山水风物增添了几分灵动，也多出几分内蕴和厚重。竹枝词的体裁和七言绝句一样。但在写作上，多用白描手法，少用典故，语言清新自然，语气流畅，生动活泼，民歌气息浓厚。

刘禹锡的竹枝词，在创作技法上把赋、比、兴融为一体，结构上善用叠词回环和重沓的句式，表现手法上运用以象征、双关为主的多种手法，情感自然而幽怨，成为他贬谪后期文学创作的一种新体式，历来颇受人们好评。北宋代黄庭坚《山谷题跋》："刘梦得《竹枝》九章，词意高妙，元和间诚可独步。道风俗而不俚，追古昔而不愧，比之子美《夔州歌》，所谓同工异曲也。昔东坡闻余咏第一篇，叹曰：'此奔轶绝尘，不可追也。'刘梦得《竹枝》九篇，盖诗人中了工道人意中事者也。使白居易、张籍为之，未必能也。"明代敖英《唐诗绝句类选》："竹枝绝唱，后人苦力不逮。"清代宋顾乐《唐人万首绝句选评》："《竹枝词》本始自刘郎，因巴渝之旧调而易以新词，自成绝调。然其乐府诸作，篇篇皆佳。"

在唐代竹枝词的形成和发展史上，白居易的地位和所做的贡献仅次于刘禹锡。他创作《竹枝词四首》：

> 瞿塘峡口水烟低，白帝城头月向西。
>
> 唱到竹枝声咽处，寒猿暗鸟一时啼。
>
> 竹枝苦怨怨何人？夜静山空歇又闻。
>
> 蛮儿巴女齐声唱，愁杀江楼病使君。
>
> 巴东船舫上巴西，波面风生雨脚齐。
>
> 水蓼冷花红簇簇，江蓠湿叶碧凄凄。
>
> 江畔谁人唱竹枝？前声断咽后声迟。
>
> 怪来调苦缘词苦，多是通州司马诗。

白居易与刘禹锡一道，以自己对竹枝词的喜爱，继其"辞质而径""言直而切"的表现方法，将闻听竹枝的感受坦白直接地表达出来，成为唐代诗歌中别开生面的佳篇名作，取得很高的艺术成就，显示出竹枝词独特的艺术魅力，为竹枝词在唐代的发展做出了重要贡献。

袁郊在传奇小说《甘泽谣》中作了两首竹枝词，将竹枝词与小说"结缘"，文体渗透。竹枝词广为人知，市井耳熟能详，说唱讲评，意义重大。

宋代竹枝词广泛发展，创作技法日益丰富，韵律出现宽松，题材不断扩大。出现了两大特点：一是贺铸（1052年—1125年）《变竹枝》（九首）创新了五言四句体式，丰富了竹枝词的表达形式。二是出现了许多以"百咏"为题的长篇竹枝词组诗，能书写更多的内容。例如阮阅《郴江百咏》、方信孺《南海百咏》、曾极《金陵百咏》，皆以记一地风土人情之胜，开竹枝词写风土人情民风民俗之端。苏轼、苏辙、黄庭坚、黄大临、范成大、杨万里、朱熹、王质、李复、孙嵩、项安世等都写有竹枝词。苏轼兄弟相互唱和的忠州竹枝歌各有九首，记述民生疾苦，咏史怀古。唐代以爱情为主要题材于宋代弱化。李复《竹枝词十章》记叙秦地山川地理、社会黑暗，针砭时弊。

元朝竹枝词以诗坛领袖杨维桢（1296年—1370年）为代表，其唱和诗友有：李孝友、张雨、陈樵、夏溥、顾瑛、倪瓒、陈基、叶广居、张简、王逢、袁凯、于立等19人。有姓名可考有铁门弟子145人，其中能诗者78人。最为卓著者为"铁门十家"：郭翼、章木、宋禧、张宪、袁华、吕诚、吴复、杨基、金信和贝琼。极一时唱和之盛，且出现记事竹枝词，并向全国发展，是竹枝词的一个发展高峰。杨维桢编辑《西湖竹枝词》集竹枝诗人120家，诗184首，这是中国第一部《西湖竹枝词集》，风行海内。明末，徐士俊《西湖竹枝集续集》、吴景旭《西湖竹枝集续集》刊行。立足本乡本土创作竹枝词成为元代竹枝词的一大特色。竹枝词由民歌体发展成为风土诗后，真正得以发扬光大。爱情题材在宋代沉寂后，于元代重新出现，发展壮大，并取得辉煌艺术成果。同时出现了竹枝词与棹歌、欸乃歌词、水调、田间民歌混同，文体更加渗透。倪瓒（1301年—1374年）倾心于竹枝词，所作《西湖竹枝词》八首，其抒情功能开始超越男女悲情，上升到了国家和政治层面，并与风土融合，提高了竹枝词的文学价值。

竹枝词创作在明代进入新时期。据王辉斌统计，作者有307人，总量有1858首，比唐、宋、元三朝的作者和作品的总和还多。领风气之先者是李东阳和李梦阳。二人都主张要向民歌学习，注重比兴和情思，促进了明代竹枝词的复兴和发展。茶陵诗派领袖李东阳（1447年—1516年）《寿陈石斋母节妇竹枝》七首、《茶陵竹枝歌》十首、《长沙竹枝歌》十首，如一缕曙光，为明代弘治后的竹枝词带来了生机。稍后的李梦阳（1473年—1530年）《扶沟竹枝词》二首、何景明《竹枝词》一首为其代表。明末湖北公安派主将袁宏道（1568年—1610年）《竹枝词》十二首、《竹枝词时阻风安乡河中》四首、《桃花流水引》十首，作品令人耳目一新，有不少佳作，尤其是在创作和理论上做出探索，将晚明竹枝词推向高潮。

竹枝词的创作在形式上出现了词下加注，同时出现批点竹枝词，如明代徐士俊、卓人月编辑《古今词统》。题材上出现了农事竹枝词，节气、月令竹枝词增多，方言化、口语化加深。地方竹枝词，如上海、江苏、河北等均有自己特色的竹枝词存世。由此保存了不少史料和地方民风民俗资料。

竹枝词在清朝进一步发扬光大，其功能和题材均得到充分拓展。经过康熙身边重要文人查慎行（1650年—1727年）、王士禛（1634年—1711年）的努力，竹枝词不再仅是民间艺术，还成为了宫庭雅玩，君臣喜好，并以竹枝词考核学生和士人，对推广和普及竹枝词做出了很大贡献。

清代文人唱和竹枝词蔚然成风。首先是孔尚任（1648年—1718年）与陈健夫、袁启旭、蒋景祁、王位坤等九位文人在正月十九日燕九节同游白云观，称"燕九雅集"，各作10首竹枝词，共90首，形成《燕九竹枝词》，成为清代文人集会唱和竹枝词的一个序曲。其次，清初大诗人朱彝尊（1629年—1709年）对竹枝词发展做出了重要贡献。他创作了许多竹枝词，尤其是《鸳鸯湖棹歌》100首影响最大，唱和之作或续作源源不断，一直延续到当代。100首以上竹枝词专集流传下来的，康熙年间有7种，乾隆年间36种，嘉庆年间18种，道光年间27种，咸丰同治年间25种，光绪宣统年间40种，民国17种。清代竹枝词高度繁荣，数量井喷式增加，地域扩张至全国。其三，清代竹枝词大量出现词序，篇幅较长，具有一定的理论性，渐成体系。表明竹枝词作家从丰富的创作实践走向了理论上的自觉和成熟。主要是将竹枝词确定其正统的文学地位；纪事功能被空前强调；教化、劝惩功能给予关注和强调。其四，清代竹枝词开始以越来越多的篇幅记叙地方风土，并表现出与地方志合流的趋势。其五，清代地方竹枝词风土意识强化，出现了以北京和天津为代表的华北，以吉林、辽宁和黑龙江为代表的东北，以上海、浙江和江苏为代表的华东，以湖南、湖北为著的华中，以广东为著的华南，以四川为著的西南，以新疆为著的西北地区，以及港澳台地区等等，竹枝词空前繁荣。

近现代随着国门洞开、西方文明进入中国社会，催逼中国政治、经济、文化、民族心理及社会习俗发生变化。体现在竹枝词上，最为鲜明的特点是题材内容的转型，出现了域外竹枝词、商业竹枝词、青楼竹枝词、官场竹枝词、军阀黑幕竹枝词、军旅战争竹枝词等新内容。例如义和团运动，就是东方文明对抗西方文明的一场轰轰烈烈的运动。嘤西复依式、青村杞庐氏《都门纪变百咏》，写义和团运动纪事，具有较强的史料价值。

晚清以来，中西文明由冲突走向磨合，走向交融，工业生产、生活方式等均进行了改造，上海竹枝词迎来了全面繁荣。例如，余槐青《上海竹枝辞》组诗，记叙了西方宗教思想对中国人的渗透。

清代尤侗（1618年—1704年）《外国竹枝词》100首，是竹枝词发展史上吟咏外国风物的第一部域外竹枝词。随后，徐振《朝鲜竹枝词》40首、潘乃光《海外竹枝词》120首、黄遵宪《日本杂事诗》100首、姚鹏图《扶桑百八吟》108首、濯足扶桑客《增注东洋诗史》143首、郭则沄《江户竹枝词》100首、陈道华《日京竹枝词》100首、四明浮槎客《东洋神户日本竹枝词》100首、张祖翼《伦敦竹枝词》99首、王以宣《法京纪事诗》100首、潘飞声《西海纪行卷》29首和《柏林竹枝词》24首，等等，相继出现，蔚为大观。

商业竹枝词首推颐安主人《沪江商业市景词》868首为突出代表，反映了近现代上海商业的高度繁荣，并带动了金融业的发展。

由于外国殖民者强行侵略，资本主义经济的侵入，租界管理者的纵容，娼妓业在近代社会显现出了畸形繁荣，因此，以高昂的热情进行纪事、探讨、研究青楼的作者和作品很多。例如，辰桥《申江百咏》100首、王韬《沪上词场竹枝词》16首、苕溪醉墨生《青楼竹枝词》16首等相继出现。

官场竹枝词以李文翰《闽中竹枝词》24首、李伯元《乡试纪事诗》25首、屏山主人《松江院试竹枝词》11首、苏曼殊《捐官竹枝词》14首为代表，深刻揭示了官场黑暗，掀起了反思官场文化与官僚制度的思潮。

从民国末期到 20 世纪 70 年代，竹枝词创作、传播处于萧条时期。改革开放以来，竹枝词再度兴盛。许多诗词团体纷纷提倡创作、发表竹枝词，汇编竹枝词，整理竹枝词，成就颇为可观。2001 年 3 月出版的《江苏竹枝词集》6700 余首，2005 年 4 月出版的《中国三峡竹枝词》493 首，2007 年 1 月出版的《湖北竹枝词》4486 首，2014 年 8 月出版的《安徽古典风情竹枝词集》2090 首，2015 年 5 月出版的《常德古今竹枝词选》1657 首，2016 年 1 月出版的《宁海竹枝词》1000 余首，2018 年 1 月出版的《上海历代竹枝词》4000 余首，2020 年 5 月出版的《扬州竹枝词》2000 余首，2007 年 11 月由丘良任、潘超、孙忠铨主编的《中华竹枝词全编》共 7 册，收竹枝词 6 万余首，作者5000 余人，皆可算皇皇巨著。

地域特征明显的作者群体不断涌现和成熟，竹枝词合集和专集相继出版。例如，合集有：1995 年的《宁波竹枝词》600 余首，2007 年出版的《竹枝词新唱》960 首，2014 年 9 月出版的《南翔竹枝词》520 首，还有 2017 年 5 月出版的《广州古今竹枝词精选》、2016 年 5 月出版的《洪山竹枝词》，等等。个人专集有：1998 年 9 月出版的段天顺《新竹枝词集》200 余首，2005 年 1 月出版的白纲、洪学仁《北京世象竹枝词》400 余首，2018 年 2 月出版的白雉山《烟雨阁竹枝词集》600 多首，还有 2012 年 7 月出版的陈荣华《沙月竹枝词》、2020 年 6 月出版的刘启超《东湖竹枝词》、2011 年 2 月印制的陆翔熊《和〈鸳鸯湖棹歌〉三百首》，等等，蔚为大观。

第三节　竹枝词名号

竹枝词的名称，林林总总，不一而足。据不完全统计，竹枝词各类名称比较常见的有 40 种，见表 1-1。有人认为有 100 多种，实则标准过于宽泛，将许多吟咏风土的诗歌也计入其中，实际并非竹枝词。

表1-1　竹枝词各类名称汇总表

序号	名　称	举　例	备注
1	竹枝曲	唐代顾况《竹枝词》1首。宋代陈允平《竹枝曲》1首。	有时写为竹枝辞
2	竹枝词	唐代刘禹锡《竹枝词》9首。南宋代项安世《荆江渔父竹枝词九首和夔帅侍郎韵　为荆帅范侍郎寿》。	
3	竹枝	唐代皇甫松《竹枝》。唐代孙光宪《竹枝》2首。	
4	竹枝歌	宋代黄庭坚《考试局与孙元忠博士竹间对窗，夜闻忠元诵书声调悲壮　戏作竹枝歌三章和之》。宋代范成大《归州竹枝歌》2首、《夔州竹枝歌》9首。	
5	变竹枝	宋代贺铸《变竹枝词》九首。清代屈复《变竹枝词》63首。	
6	男竹枝歌	宋代陈杰《男竹枝歌》1首。	
7	女竹枝歌	宋代陈杰《女竹枝歌》1首。	
8	竹枝宛转词	元代袁桷《竹枝宛转词·次韵继学》4首。	
9	拟竹枝词	明代邢侗《拟竹枝词》四首，明代周损《拟竹枝词》2首。	
10	小竹枝词	清代袁枚《西湖小竹枝词》5首。	
11	短竹枝辞	清代傅燮鼎《短竹枝辞》8首。	
12	棹歌	宋代朱熹《武夷棹歌》10首。清代朱彝尊《鸳鸯湖棹歌》100首。当代陆翔熊《和〈鸳鸯湖棹歌〉300首》。	
13	口号	明代顾景惺《雨湖口号》3首。清代王士禛《襄阳口号》1首。清代查揆《燕台口号》100首。	
14	欸乃曲，又名欸乃歌、欸乃歌词	唐代元结《欸乃曲》5首。清代王汝璧《欸乃曲》6首。元代秦约《欸乃歌》2首。元代郭翼《欸乃歌词》5首。	
15	橘枝词	宋代叶适《橘枝词·记永嘉风土》。清代沈德潜《洞庭橘枝词》5首。	
16	桃叶歌	明代钟惺《秣陵桃叶歌》7首。	
17	桃花流水引，又名仙家竹枝	明代袁宏道《桃花流水引》10首。	
18	女儿子	清代张埙《女儿子》2首。	
19	市景词	清代颐安主人《沪江商业市景词》868首。	
20	风土词	清代顾曾垣《华原风土词》100首。	
21	下里词	清代赵熙《下里词送杨使君之蜀》64首。	
22	春贴子词	清代谭光佑《春贴子词》2首。	

序号	名 称	举 例	备注
23	荔枝词	清代成鹫《荔枝词三十首寄张子白杨彊侯》。清代程可则《荔枝词》2首。	
24	桃枝词	清代顾光《桃枝词》4首。	
25	衢歌	清代陈金浩《松江衢歌》100首。	
26	渔唱（渔乃）	清代许承祖《雪庄西湖渔唱》365首。清代张綦毋《船屯渔唱》103首。	
27	节物诗	清代吴存楷《江乡节物诗》63首。	
28	征迹诗	清代华鼎元《津门征迹诗》120首。	
29	草珠一串	清代得硕亭《草珠一串》108首。	盖取竹枝土俗之义
30	谣	唐代于鹄《巴女谣》1首。当代张馨《竹枝词·喂贪谣》6首。	
31	曲	清代谭莹《波罗曲》。清代魏源《扬州画舫曲》13首。	
32	百咏	宋代阮阅《郴江百咏》。清代张云锦《当湖百咏》、清代冯家吉《锦城竹枝词百咏》。清代王昌南《老人村竹枝百咏》。	
33	杂咏	元代萨都剌《上京即事杂咏》10首。清代王鸣盛《练川杂咏》60首。清代岳凌云《春日锦江杂咏·仿竹枝词》3首。清代庞垲《长安杂兴效竹枝体》1首。当代张德修《杂感》2首。当代钟家佐《儿时杂忆》7首。当代孙钢《边塞杂吟》2首。	又名杂吟、杂忆、杂感、杂兴等
34	杂诗	清代纪昀《乌鲁木齐杂诗》154首。	
35	杂事诗	清代樊增祥《春明杂事诗》5首。清代黄遵宪《日本杂事诗》100首。清代王初桐《安定江杂事诗》8首。清代佚名《秃厮儿二十二首仿唐人本事诗比红儿》（存21首）。	又名本事诗。
36	小唱	当代王义钫《农家小唱》3首。当代金陵客《竹枝词·读诗小唱》16首。	又名野唱
37	即事	清代陈钧《蕰藻筑坝即事》9首。清代罗曧《壬寅夏纪事竹枝词》16首。近代·杨文俊《扬州竹枝词·癸丑年纪事》10首。当代涂运桥《田园即事》3首。	又名纪事
38	戏作	宋代杨万里《过乌石大小二浪滩，俗呼浪为郎，因戏作竹枝》2首。当代杨逸明《看电视剧〈西游记〉戏作》4首。	

序号	名　称	举　例	备注
39	柳枝词	宋代郑文宝《柳枝词》1 首。当代张馨《柳枝词·满族崇柳》3 首。	
40	桐枝词	当代张馨《桐枝词·故乡桐笛》11 首	

第二章　竹枝词体式题材

第一节　竹枝词特色

关于竹枝词的特色，结合诗家段天顺的研究，从初步的学习写作和一般的阅读理解方面，可将其概括为"五易"：即易学、易懂、易写、易记、易流传。如果从表现形式、题材内容、艺术创作技法及写作目的等多方面考察分析，可以概括为以下几点：

（一）语言流畅，通俗易懂

竹枝词是由民歌演化出来，民间的口语、俚语、谚语、民谣等皆可入诗，似俗似雅，俗中含雅。且极少用典，基本不用偏僻字词，读起来朗朗上口，容易理解，学者、平民皆可涉猎。

例如近代佚名《春游竹枝词》4首：

女伴相邀到草堂，妆成镜里细端详。

画眉深浅入时否？含笑低声问小郎。

草堂游罢武侯祠，拂袂牵衣拜殿墀。

一炷信香私祷祝，阿侬心事自家知。

望江楼畔拥香车，士女如云笑语哗。

更有公园风景好，一株杨柳一梅花。

潋滟碧波曲曲廊，留音机器韵悠扬。

行行又到陈列馆，动物园中看兽王。

女伴相邀到草堂、武侯祠、少城公园，拂袂牵衣，香车笑语，潋滟碧波，杨柳梅花……这些游玩方式是古典式的，特别是只有女伴相邀，说明还保留着妇女不与男士杂游的旧风气。却也有了新的兴趣，如，能听留音机、动物园观狮子老虎。你看，出游前要画眉，并含笑低眉问自己的情郎"深浅入时否"；游到武侯祠，还不忘烧一炷香，寄托"阿侬心事"。四首组诗语言虽浅，语意深新，读来易懂，余味无穷。

（二）不拘格律，束缚较少

民歌作者多依经验写作，多数脱口而出，未曾研究也不太懂韵书上各种各样的规范规定。民间竹枝词形成或写作同样也多依日常生活中的语言声韵和自由声调。当然，竹枝词创作也完全没有必要按照绝句平仄、音韵的严格要求，大可以遵照民歌的自由路径和灵活风格，减少束缚。

例如清代杨燮《锦城竹枝词百首》其一、其二：

一扬二益古名都，禁得车尘半点无。

四十里城花作伴，芙蓉围绕几千株。

鼓楼西望满城宽，鼓楼南望王城蟠。

鼓楼东望人烟密，鼓楼北望号营盘。

第一首符合平仄，也正常押韵。第二首虽然押韵，但平仄严重失调，第二句第二、五、六字应仄，但皆平，第四字应平用仄，且三平脚；第三句第二、六字应仄，但皆平，第四字应平用仄。但这首竹枝词诗味很美，还用了互文技法，读来自由活泼，印象深刻。

（三）诗风明快，诙谐风趣

竹枝词，不论出自南方作者还是北方作者，也不管是汉民族地区还是少数民族地域，或者是中国人写外国异域题材还是外国作者写中国题材，绝大部分都具有这种诗风明快，诙谐风趣的突出特色。这种诗风也是从历史以来的民歌中吸取进来的优质基因。

例如宋代杨万里《竹枝歌》七首选六：

> 吴侬一队好儿郎，只要船行不要忙。
>
> 著力大家齐一拽，前头管取到丹阳。
>
> 莫笑楼船不解行，识侬号令听侬声。
>
> 一人唱了千人和，又得蹉前五里程。
>
> 船头更鼓恰三槌，底事荒鸡早个啼。
>
> 戏学当年度关客，且图一笑过前溪。
>
> 积雪初融做晚晴，黄昏恬静到三更。
>
> 小风不动还知么，且只牵船免打冰。
>
> 岸旁燎火莫阑残，须念儿郎手脚寒。
>
> 更把绿荷包热饭，前头不怕上高滩。
>
> 辛自通宵暖更晴，何劳细雨送残更。
>
> 知侬笠漏芒鞋破，须遣拖泥带水行。

这组竹枝词中第二首，杨万里把江上楼船（多为官船或商船）写活了，写船在纤夫们的"号令"（正如鲁迅说的"杭育杭育派"）下十分听话，很有节奏地在大运河上缓缓前行；此诗暗用千人和的典故（宋玉对楚王问《下里》

《巴人》属和者数千人），以故为新，生动描绘了劳动场面的壮观，活泼有趣，又不露用典痕迹，令人称妙。第三首杨万里在乘船途中捕捉到了船工们打趣的欢乐场面，加以渲染，使这次夜行船显得轻松活泼，其乐融融。此诗叙事笔法灵活跳脱，勾勒出夜行船中诙谐风趣的一幕，奏出艰苦行船中一支欢快的"插曲"，刻画了船工纤夫们豪爽、乐观、风趣的性格，把他们作为诗歌主人翁突现出来，在当时社会条件下，实属难能可贵。第五首描写了船工们冬夜拉纤、中途暂歇的生活片断：船工们围着篝火取暖和狼吞虎咽地吃着热气腾腾的荷叶包饭的情景，生动如画地展现在读者面前，令人掩卷难忘。

杨万里在《竹枝歌七首·序》中写道："晚发丹阳馆下，五更至丹阳县。舟人及纤夫终夕有声，盖讴吟啸谑以相其劳者。其词亦略可辨，有云：'张哥哥，李哥哥，大家着力齐一拖。' 又云：'一休休，二休休，月子弯弯照几洲。' 其声凄婉，一唱众和。因隐括之为竹枝歌云。"这篇序文向我们揭示了杨万里诗歌创作过程的几个问题：一是民歌的古拙与质朴，以及"一唱众和"的表现形式，激发了诗人的心灵感应，引起了诗人强烈的创作欲望。这种直接来自民间底层的深刻体验与文人那种把民歌创作仅作为点缀或"把玩"的心态是截然不同的。二是民歌多为杂言，经文人润色，成为齐言。序尾所云："因隐括之为竹枝歌"，"隐括"二字乃"剪裁改写"之意，则再现了这一由杂言向齐言转化的过程，从中看到诗人的重新创作所在。杨万里《朝天续集钞》："张哥哥与李哥哥，踏地弓腰用力拖。口唱竹枝肩流血，一人吟罢众声哦。"《过显济庙前石矶竹枝词》其一："大矶愁似小矶愁，篙稍宽时船即流。撑得篙头都是血，一矶又复在前头。"纤夫们逆浪而行的艰难和饱含血泪的身影如在眼前，这种直面现实，深刻反映劳动人民痛苦生活的诗篇，在此前文人竹枝词的创作中是不多见的。三是竹枝词加题头，即题头标注具体地点，则自诚斋始。如《过白沙竹枝歌》《过乌石竹枝歌》《过显济庙前石矶竹枝词》《峡山寺竹枝词》等。杨万里的这一创造，对于后来具有鲜明地方特色与浓郁民情风俗的竹枝词的蓬勃发展，起了巨大推动作用，并由此进入一个"竹枝词加题头"创作的自觉时代。四是上述竹枝词，均分布在杨万里创作的各个时期，表明诗人始终没有放弃运用民歌这一形式进行诗歌创作，这对认识"诚斋体"风格的形成不失为一个重要视角。

（四）广为记事，以诗存史

诗与史相结合，是我国诗歌创作的优良传统。竹枝词缘于纪事，举凡风土民情、山川形胜、社会百业、时尚风俗、历史纪变、民族互通、中外交流，等等，皆可入诗。涉及政治、经济、社会、历史、文化、科技、生活等诸多领域。竹枝词的记事特色，可以从多层次、多方面、多时段反映广阔的社会生活，不仅具有文学价值，而且有社会历史价值。一些不曾入正史的国事、民事、社会轶闻、生活花絮，通过竹枝词这种风土味道很浓的诗歌进入艺术画廊，得以传之于世。有的学者概括，竹枝词可以"补史""正史""解史"。

例如清代无名氏《京口夷乱竹枝词》（又名《镇城竹枝词》）五十四首选七：

家家遇鬼吓痴呆，门外提刀劈进来。

衣服银两并首饰，被他掳去实悲哀。

西门一带更凄凉，大厦高楼变火场。

只是路途堆瓦砾，难分巷口在何方。

闺中少妇不梳妆，整日凭栏哭断肠。

闻到夷人俱胆怯，纷纷逃难到村乡。

各官逃去太荒唐，夷鬼来登府大堂。

谕令各家多馈送，公鸡火腿与牛羊。

祸根牛鉴任封疆，尽被生灵骂万场。

到此内河来领路，私通夷寇各遭殃。

都统差人捉汉奸，各家闭户胆俱寒。

误投岁网冤难解，小校场中血未干。

倒运将军是奕经，防身自顾带兵丁。

镇城已破全无计，传到将军没耳听。

反映英国殖民者进犯长江下游、蹂躏镇江，清朝官员投降妥协的真实记录，形象地再现了这一段痛心疾首的历史，也是鸦片战争时期文学的一部分，是当时中华儿女反侵略、反蹂躏怒潮中涌现的一朵浪花。这些竹枝词题材新颖，具有历史的真实性和文学的感染力，充满批判的、战斗的激情，在竹枝词发展史上显得突出，具有特殊的地位和意义，值得我们重视和研究。

（五）兴观群怨，功能众多

《论语·阳货》："诗，可以兴，可以观，可以群，可以怨。迩之事父，远之事君。多识于草木鸟兽之名。"这是孔子在周王朝伦理道德标准下提出来的。

兴，引譬连类，感发志意。前者即通过某一个形象的譬喻，引起人的联想，领会相关带有普遍性的社会人生道理；后者即外在事物反映在作者头脑中引起创作抒发情感，形成诗歌，又对读者的精神引发感奋，进而有所启发和陶冶，提高伦理道德修养。

观，是观察风俗盛衰，考见得失。通过诗歌再现社会生活，反映生活真实，帮助读者了解认识风俗盛衰、社会得失和历史风貌本质。

群，群居相切磋，和而不流。孔子所谓"群"，就是人生活于为氏族血缘所决定的社会伦理关系中，人只有在这种关系中才能生存和发展。通过实行"仁"，把个体陶冶成为一个具有社会责任感、与人们和谐交往、能自觉行"仁"、对国家和社会有用的人。即在相似风土特有的凝聚力之下，分享经验，交流思想感情，从而达到人我协调、社会和谐、政治团结。

怨，怨刺上政。凡是对现实的社会生活，包括政治风俗，带有否定性的感情都属于"怨"。"可以怨"是指诗歌可以用来批评政治，表达民情。即对社会问题的揭露，或者对统治阶级的一种规劝，对时事政治发表不同的看法，提出改进意见。诗歌具有批判、改造社会的功能。

王夫之认识到"兴观群怨"四者是紧密联系的，诗歌的突出特征是高度反映社会生活、抒发真实情感。诗歌的社会作用是陶冶人的心灵，激励人们奋进，启示人们认识社会现实，实现生命回归。同时作用于个体与社会和谐，符合理想认同。竹枝词亦同此理。

例如清代陈祁《清风泾竹枝词》：

> 十里人家一水通，平桥画阁岸西东。
>
> 竹枝低唱清风引，半在迷离烟树中。

风径镇，旧名清风泾，又叫枫溪，此诗通过比兴技法（此处一笔带过，在创作技法中重点介绍）表现了小镇周围十里，一水中通，东西两岸，民居稠密的风光。

再如清代沈云《广沪上竹枝词》，所咏自岁朝以至岁除，凡沪上风俗都有涉及。这里选六首：

在岁初新年之际，有新桃换旧符、相往贺岁、长辈给压岁钱等习俗：

> 万国衣冠拜冕旒，尧天春色丽江洲。
>
> 桃符户户开新序，第一良辰入唱酬。

> 满城裙屐此匆匆，宾主循环一例同。
>
> 卓午出门归路晚，绕阶名纸拾梅红。

> 春盘八簋启家厨，压岁钱还重五铢。
>
> 有客颜酡逢巷口，夕阳红处送归途。

初五接财神：

> 三日新年息曳裾，觅闲窗下觉颜舒。
>
> 忽闻吉语听来切，元宝一双金鲤鱼。

作者自注：俗于初五子分，备宝马牲醴极丰盛，为接财神，必用鲜鲤极活泼者为元宝鱼。先一日，担鱼呼街巷，有以红丝扣鬐踯门而来者，谓"送元宝"。

元宵灯会：

> 艳说年丰五谷登，龙蟠九节彩云蒸。
>
> 瞥如声涌惊涛沸，火树千条抢滚灯。

作者自注：游手环竹箔作笼状，蒙以绤，绘龙鳞于上，有首有尾，下承以柄，旋舞街巷。前导为灯牌，必书"五谷丰登""官清民乐"。又有编篾作一大珠，中笼以烛，为滚灯。尤有恶习，滚灯遇龙灯必械斗，谓"龙抢珠"。

元宵节还有燃放烟花的习俗：

> 月明元夜炯天中，铁锁星桥启碧空。
>
> 峰顶陡看全线撒，笑声喧处逐花筒。

除以上观风俗之盛衰外，竹枝词的"观"还可表现政治之得失、时事之乱离。

又如清代姚伯骥《渔娘竹枝词》：

> 一幅青兜尽半强，忆曾角上绣丝忙。
>
> 如何市上馋涎者，笑指侬为未嫁娘。

> 素面朝天虢胜韩，阿侬黝面映回澜。
>
> 风前倚桌从容立，赢得人呼黑牡丹。

> 芦花风急赶潮来，准拟今宵提四鳃。
>
> 忙里长咒向深处，者边小艇已先开。

以上三首竹枝词专门描写了闵行镇的渔娘在海边谋生的场景，那是一位大胆粗犷、性格独特、能干的女子。"群"即群居相互切磋和探讨，相处和睦而不失自己的特点。"可以群"的元素有：相似风土的自觉凝聚力、经验的共同分享切磋和思想感情的相互交流。

又如清代曹瑛《高行竹枝词·营房》是一首批评朝廷胥吏的竹枝诗作，诗曰：

> 保爱群黎设汛防，吏胥倾剥建官房。
>
> 弁兵本爱家居好，小小风潮便拆光。

诗下自注："营房设于城隍庙后，已不得其地，应移置赵沟岸侧，北镇再设一汛为善。今以建造不固，弁兵贪诈，常见荒废，国家良法惟名而已，奉行者之责也。"从诗和自注可见，在作者眼中，上政是良好的，保爱群黎，只是下面执行的人没有担当，甚至曲解、歪解，干尽坏事。曹瑛还作了两首批评高行当地恶习的诗，其一：

> 近来贼势太猖狂，扳害良民实惨伤。
>
> 蠹吏只知谋饱腹，沉冤未雪祸先尝。

诗下自注："贼祸蔓延，致良民不敢拂触官长，且任其陷害，殊不解也，是所急望于良有司者。"

其二：

> 接宅连村半贼窝，上官仁厚不张罗。
>
> 好闲游手专金革，大祸养成将奈何。

高行镇为贼祸所害，但是地方司政人员不能很好地处置，致使百姓遭殃，这本是朝廷政治的一种腐坏的表现，可是作者之"怨"仅限于部分官吏而已，没有对朝廷政治产生任何质疑，甚至认为是"上官仁厚"，还期望"良有司者"前来治理，实在是深感于儒家温柔敦厚思想。

第二节　竹枝词体式

竹枝词从其来源来说，可以大致分成三种：一是文人搜集整理得来的地道的民间歌谣；二是文人吸收、理解了竹枝词的诗歌精华之后，自己创作出来的富有民歌特色的诗歌；三是假借竹枝词的格调自行创作出来的具有浓厚文人气息的七言绝句，仍然冠以"竹枝词"这样的名字。竹枝词的体式有多种，下面分别论述。

第 01 种：七言四句式

例如晚唐五代孙光宪（约 895 年—968 年）有两首竹枝收入《花间集》：

门前春水（竹枝）白萍花（女儿），岸上无人（竹枝）小艇斜（女儿）。
商女经过（竹枝）江欲暮（女儿），散抛残食（竹枝）饲神鸦（女儿）。

乱绳千结（竹枝）绊人深（女儿），越罗万丈（竹枝）表长寻（女儿）。
杨柳在身（竹枝）垂意绪（女儿），藕花落尽（竹枝）见莲心（女儿）。

这种注有和声的竹枝词，首句平起、仄起均可，但以平起为多。句末押平韵、仄韵均可，但以平韵为多。由于音韵宽泛，韵律之美稍差，以添加和声之法弥补。

至于不带和声的七言四句式竹枝词数量繁多，作者众多，这里不再举例。

第 02 种：七言二句式

唐代皇甫松（生卒年不详）《竹枝》六首为最早：

槟榔花发（竹枝）鹧鸪啼（女儿），雄飞烟瘴（竹枝）雌也飞（女儿）。

木棉花尽（竹枝）荔枝垂（女儿），千花万花（竹枝）待郎归（女儿）。

芙蓉并蒂（竹枝）一心连（女儿），花侵槲子（竹枝）眼应穿（女儿）。

筵中蜡烛（竹枝）泪珠红（女儿），合欢桃核（竹枝）两人同（女儿）。

斜江风起（竹枝）动横波（女儿），劈开莲子（竹枝）苦心多（女儿）。

山头桃花（竹枝）谷底杏（女儿），两花窈窕（竹枝）遥相映（女儿）。

七言二句体竹枝的押韵似乎比七言四句体的更为宽泛。皇甫松《竹枝》六首，前五首押平韵，最后一首押仄韵，一句之中甚至有连续四字为平声的（如第六首的"山头桃花"），且每联的上下句并非平仄相对，如第一首出句为"平平平仄仄平平"，对句为"平平平仄平仄平"，并不符合七绝的格律。最有意思的是，每一句的第二个字俱为平声，余字平仄不拘。

清代陈维崧（1625年—1682年）作有《竹枝四首·粤东词》，明末清初丁澎《巴渝词》四首，皆为七言二句。

第03种：七言五句式

例如宋代周行己（1067年—1125年）《竹枝歌上姚毅夫》五首选三：

秋月亭亭扬明辉，浮云一点天上飞，
欸忽回阴雨四垂。
人生万事亦尔为，今不行乐待何时。

佳人玉颜冰雪肌，宝髻绣裳光葳蕤，
齐声缓歌杨柳枝。
歌罢障面私自悲，坐客满堂泪沾衣。

壶倾烛烬乐事衰，堂上歌声有余哀，

主人谢客客已归。

风荡重阴月还辉，皎皎千里光无亏。

第04种：七言八句式

例如清代寄庐主人《越中十先生竹枝词》：

其一《丹青》：

丹青也算是文场，卅六行中第一行。

彩笔绚成春草木，素绢绘出古冠裳。

描容技学三师太，闹判魂勾杜丽娘。

却喜先生竟好手，手提双格小篮忙。

丹青：指画师。三师太：系一戏名。双格小篮：越地画师习惯携一双格小篮，内盛绘画用具。

其二《郎中》：

一学丹青二学医，十年趁运病相宜。

轿来船去人争迓，实热虚寒我未知。

着手空谈三寸脉，汤头惯用五加皮。

可怜枉死城中鬼，不怨先生怨阿谁？

十年趁运：算命术语，排八字命理，一般用大运来表示运气，十年为一运。

其三《账房》：

九章冥法勉能推，身入豪家便发财。

捧住居停画廊柱，合成会计纸棺材。

秋收例有小租得，日用暗随流水来。

上下开支凭我手，一时声价重舆台。

九章冥法：即《九章算术》。居停：寄寓之所，此处借指东家。画廊柱：越俗嘲讽偏护东家为"捧画花廊柱"。纸棺材：越俗称私造账目为"合纸棺材"。

其四《科房》：

> 送旧迎新百事休，典规缴上复何求。
>
> 空梁无挂传供口，呼役回官想挖头。
>
> 照得札开胜稿本，钦加为此写牌由。
>
> 箍成脚桶满无济，衔蠹未除我亦愁。

科房：即"讼师"。帮人办理诉讼事务。挖头：绍兴方言，"可图之利"的意思。

其五《算命》：

> 肩背三弦手击金，一竿权作指南针。
>
> 逢歧踯躅街道转，行运推排指上寻。
>
> 黑虎遁来尊造利，红鸾算定吉星临。
>
> 江湖生意春天聚，妇女输钱听好音。

黑虎、红鸾：算命术语，"黑虎"为凶神；"红鸾"为吉星。江湖生意春天聚：绍兴有"春瞎子、夏郎中、秋道士、冬裁缝"的民谚。一年伊始，有算算今年流年好坏的旧俗，所以算命先生的生意春天最好。民国时期绍兴的后街有不少算命铺。外出去算命，他们的行头是：身背一把三弦；肩膀里一个连褡；手里一根探路的细竹竿，还有一块形状不同的钢条。

其六《打卦》：

> 读书种子后门开，落魄江湖豪气灰。
>
> 一笔攒天饥饿迫，五行掷地吉凶推。
>
> 象分生克随爻断，日记支干载彙来。
>
> 四季平安人口利，鳌头看去必须猜。

打卦：指根据《周易》，用六爻变化所形成的卦象预测吉凶的一种方法，亦即卜卦。一笔攒天饥饿迫：攒天，耸立天际之意。绍兴俗言"一笔攒天，饿煞灶前"，喻没有出息、不能成器的穷读书人。

其七《厨司》：

　　开账先须定吉期，婚丧大事请厨司。

　　荤筵暗用瘟猪肉，素席多需豆腐皮。

　　碗脚金针兼木耳，霍头腿片又鸡丝。

　　联和上下藤牌手，事毕酬君饮一卮。

藤牌手：俗称搬菜的人。霍头：盖于表层上的上等肴馔。

其八《道士》：

　　话到火居极下流，厕身三教品如优。

　　买来房主能糊口，朝礼天尊只点头。

　　炼度超亡开地狱，道场做七叹骷髅。

　　散花解结功圆满，酒肉龙吞饱也否？

火居：即"火居道士"。龙吞：绍兴方言，狼吞虎咽之意。

其九《吹牌》：

　　进门鼓吹发三通，好日人家喜气融。

　　箫管曲传长寿乐，梅花调谱满江红。

　　登科驸马筵开燕，送子张仙梦叶熊。

　　领得封筒先谢赏，阿拢供奉要回笼。

吹牌：吹鼓手。登科：此处指娶亲，俗称新郎为"驸马"。阿拢：绍兴方言，残肴杂菜合在一起。

其十《小旦》：

　　扮起男身作女身，缓歌曼舞宛如真。

　　篷梢卧榻归班次，台面秋波学笑颦。

　　惯与净生成配偶，每逢痴汉做情人。

　　后庭花发谁争赏？误认桃源洞里春。

这组竹枝词，越中十先生，是越俗的戏称，指画师、郎中、账房、算命、诉讼、占卜、厨师、道士、吹鼓手和小旦十种职业。

清代李伯元（1867年—1906年）《南亭四话》卷四载有《集谚语诗》十首，讲述为人处世之道。近代苏曼殊（1884年—1918年）《捐官竹枝词》八首，讽刺买官卖官劣行。均为七言八句式竹枝词。

第05种：七言歌行式

例如南宋范成大《腊月村田乐府十首》其一《冬舂行》：

> 腊中储蓄百事利，第一先舂年计米。
>
> 群呼步碓满门庭，运杵成风雷动地。
>
> 筛匀箕健无粃糠，百斛只费三日忙。
>
> 齐头圆洁箭子长，隔箩耀日雪生光。
>
> 土仓瓦龛分盖藏，不蛀不腐常新香。
>
> 去年薄收饭不足，今年顿顿炊白玉。
>
> 春耕有种夏有粮，接到明年秋刈熟。
>
> 邻叟来观还叹嗟，贫人一饱不可赊。
>
> 官租私债纷如麻，有米冬舂能几家。

清代李思中《和范石湖〈腊月舂田乐府十首〉》其一《冬舂行》：

> 农夫尽说耕田利，今年大熟多收米。
>
> 大家囷仓欲接天，小家庾积无虚地。
>
> 或踩或揄去秕糠，荒村闭户冬舂忙。
>
> 殷床轰似雷声长，飞尘嵱捧穿日光。
>
> 老人检点儿童藏，柳箕风动红莲香。
>
> 稗九凿八碓已足，不燥不湿光如玉。
>
> 今年幸免水与虫，奢心尚冀开年熟。
>
> 儒生闻此还叹嗟，家无半亩忧常赊。

安能处处丰禾麻？姑春妇担输天家。

第06种：六言四句式

例如明代刘溥《竹枝词》：

江心溅溅秋影，烟外亭亭绿痕。

帝子祠前别思，鸥鹆声里黄昏。

微风细雨初至，碧水遥天未分。

借问黄陵远近，江心一片春阴。

再如清代朱彝瀛《新岁景异往年，记以六言小诗，聊代竹枝之唱云尔》
其一：

未雨桃符少色，方春腊鼓无声。

忽听砰然爆竹，山魈转笑人惊。

第07种：五言四句式

宋代贺铸（1052年—1125年）《变竹枝》九首选四：

莫把雕檀楫，江清如可涉。

但闻歌竹枝，不见迎桃叶。

隔岸东西洲，清川拍岸流。

但闻竹枝曲，不见青翰舟。

北渚芙蓉开，褰裳拟属媒。

但闻竹枝曲，不见莫愁来。

危构压江东，江山形胜雄。

但闻竹枝曲，不见胡床公。

这四首竹枝词组诗，前两句均以写景作为起兴，后两句则均是抒发作者的思想感情。尤其是第三句，以"但闻"转折后，交叉接续"歌竹枝""竹枝曲""竹枝歌"，颇有规律。第四句"不见"后皆用典故，表明思古而追随不得之意，透出许多落寞和无奈。

清代杨志达《变竹枝词·鹤迹石》："鹤为二齐来，僧寂鹤亦去。空余一片石，鹤立听经处。"清代朱瀚《变竹枝词·檀园萝塾》："楼上人已去，楼下花叹息。一片胭脂红，中有蛟龙迹。"清代沈金台《变竹枝词·鹤湾》："望望鹤湾渡，时有白鹤起。隔浦怀幽人，轻桡拨浅水。"均为五言四句式，并押仄声韵。

明代张凤翼《竹枝词》二首，清代屈复（1668年—1745年）《变竹枝词》六十三首，不仅在创作规模上远超前人，而且用新发展的眼光审视竹枝词的体式。

第08种：五言五句式

例如梁宫人《前溪歌》：

当曙与未曙，百鸟啼前窗。

独眠抱被叹，忆我怀中侬，

单情何时双？

这首"五句子"歌，是"五言五句两韵"体。文词简练，情思浓艳。可明显看出是经过"乐府"采风整理的，但不失民间竹枝歌男女相恋的情调。

第09种：五言歌行式

例如当代淀湖南客《五言歌行·鼠会》

老鼠来开会，商量对付猫。

赢者尚瑟瑟，健者已嗷嗷：

一室同风雨，百事须由主。

都言和为贵，何必气如虎？

猫食鱼和肉，鼠食谷与糠。

鱼肉须难得，储粮自满仓。

猫向堂前坐，鼠在洞里藏。

洞里暗无日，堂前明敞敞。

花面献人媚，黄齿献主谗。

主有顺风耳，不作细思量。

从今作主仇，万事有根由。

鼠多力量大，何必苦哀求？

人既不能平，鼠岂枉多情？

猫饱难为法，猫困法无绳。

白日践仓粮，黑夜咬箧箱。

饭坏人难食，肉糟入猫肠。

扰其春梦短，乱其秋恨长。

主与猫俱乏，天下乐央央！

第10种：杂言杂句式

例如清代爱新觉罗·敦诚（1734年—1791年）《东皋竹枝词》八首其一：

东皋中，两岸菰蒲烟树浓。

恰如甫里天随子，放鸭归来雨一篷。

此为三、七、七、七句式。

清代谭宗浚（1846年—？年）《棹歌》三首其一：

也也由，也也由，天寒水浅更推舟。

阿侬生小炎荒住，为过清滩雪满头。

此题三首组诗均为三、三、七、七、七句式。诗前有序云："番禺刘三山孝廉集中有《也也由棹歌》三首，盖取榜人之声而隐约其辞者也，舟中无事，辄复和之，以代劳者歌焉。"盖谭氏此词系和作，另有所谓刘三山者，所作亦可能为此种体式。

再如清代黄爵滋（1793 年—1853 年）《杨村竹枝词》四首：

北运河，北风奈尔何？

南运河，南风将若何？

黄花鱼到时，长官先得食。

黄花鱼过时，长官不暇食。

二月船出坞，十月船归坞。

归坞冰折柁，出坞急如火。

离离沙上鸿，愁杀船家翁。

衔衔仓中鼠，羡杀船家妇。

可见，组诗中第一首杂言竹枝词是三、五、三、五句式，其他三首均是五言四句式。

又如清代释元璟《鞭陀螺》：

京师小儿玉瑳瑳，紫貂裹袖红锦靴。

嬉戏自三五，乐莫乐兮鞭陀螺。

香尘堆里牛羊马骡，

鞭个走珠鞭个旋螺。

随风辗转呼如何？阿哥阿哥。

明年带刀佩剑跃马金盘陀。

这两首杂言竹枝词分别是七、七、五、七句式和八、八、七、四、十一句式。应是根据民谣隐括而来，但隐括的深度有限，更接近民谣。

第三节　竹枝词题材

竹枝词发展壮大到现当代，创作题材包罗万象，时空开阔无边。举凡民族风情、地方风物、方言俚语、山河形胜、政风民气、军旅战争、百行工艺、科技文化、世态趣闻、外国民俗、星际宇宙……俱可纳入竹枝咏唱题材内容。笔者认为，创作竹枝词，要追求"五新"：题材新、语言新、感情新、思想新、技法新。要用作者独特的性格、声音和文字，有个性地、韵味悠长地写出"他人笔下无"的丰富多彩的生活。

第01类：民俗风情

民俗风情是指一个民族或一个社会群体在长期的生产实践和社会生活中逐渐形成并世代相传、较为稳定的文化事项，可以简单概括为民间流行的风尚、习俗。中国是一个具有悠久历史民俗传统的国家，各民族中，都有广大人民群众创造的各类民俗文化，代代传承。这些民俗不仅丰富了人们的生活，还增加了民族凝聚力。民俗起源于人类社会群体生活的需要，在各个民族、时代和地域中不断形成、扩大和演变，为人民的日常生活服务。民俗就是这样一种来自于人民，传承于人民，规范人民，又深藏在人民群体中的行为、语言和心理中的基本力量。

十里不同风，百里不同俗。中国太大了，各地民俗风情相差巨大。主要有婚嫁、丧葬、节日、寿诞、宗教、民间信仰、饮食、民居、服饰、禁忌等方面的民俗风情。

例如，成都小吃闻名天下，以小为特质，与成都看馔，时有区分，时有混同，又独立成为系统。具有临时性、补充性、解馋性、快餐性的特点，这是成都饮食品类极为丰富、成都食客极尽口味的表现。还有一个重要特色为，成都小吃广受成都女性青睐，称为香香嘴，或五香嘴。

清代六对山人《锦城竹枝词百首·米酥》：

　　卖蜜声来打米酥，磨筛细细不教粗。

　　印花木壳间新样，敲得钉锤无处无。

　　精做年糕细磨磨，巧翻面果下油锅。

　　米花糖并兰花豆，费得闺人十指多。

清代定晋岩樵叟《成都竹枝词·米酥》：

　　蜂蜜沿街日叫呼，磨成米面露天腴。

　　钉锤声响家家闹，知是新年打米酥。

清代邢锦生《锦城竹枝钞·豆花》：

　　豆花凉粉妙调和，日日担从市上过。

　　生小女儿偏嗜辣，红油满碗不嫌多。

近代刘师亮《师亮诗草·豆花》：

　　不必中餐与小餐，庵前食货好摊摊。

　　豆花凉粉都玩过，再把红苕捡一盘。

　　清代何韫若《锦城旧事竹枝词》记述了"小吃集萃"61首，计有：总府街"赖汤元"；火神庙前"郭汤元"；忠烈祠西街珍珠元子；中东大街"巫醪糟儿"天鹅蛋；守经街"陈包子"与发糕；华西坝蛋烘糕；"大可楼"海式包子；铁箍井街米花糖；盐道街花生糖；安乐寺炒三合泥；青羊宫花会"三大炮"；牛市口"甜板馍"；焦家巷口烧红苕；丝棉街"八号花生米"；"协盛隆"糕点；"味虞轩"焦桃片、白米酥；"盘飧市"卤菜；"王脖鸭店"烧鹅鸭；夫妻肺片；暑袜南街口砂仁肘子；上升街口鲜花饼；"三义园"牛肉焦饼；街头蒸蒸糕；街头椰椰糕；街头卤肥肠；街头椒盐粽子；街头香油卤兔；街头醪糟担；街头醋豆花；街头卖油糕；街头卖茶汤；街头卖丁丁糖；上中东大街虾羹汤；府城隍庙肥肠豆汤；"治德号"小笼蒸牛肉；"廿四春"蒸饺与"麦丘"烧麦；"矮子斋"抄手；"忙休来"水饺；"稷雪"鳝鱼面与洋芋饼；"五芳斋"面点；"耀华"口蘑面及咖喱牛肉面；铜井巷素面、甜水面；北门城隍庙前凉粉；荔枝巷荞面；长顺街"张麻子"担担面；北门大桥头肠粉；华兴街"冒饭"；"竹林小餐"白肉；"邱佛子"饭铺；祠堂街"努力餐"饭馆；总府街"雅典"饭堂；梓潼桥正街"长美轩"饭店；祠堂街"菜羹香"饭店；西御街"粤香村"饭馆；城守东大街"香风味"饭铺；华兴中街"荣盛"豆花饭铺；青石桥"王豆花"饭铺；万福桥"陈麻婆"豆腐；三洞桥"邹鲇鱼"。

另外，成都人还喜欢吃"炒货"零食，如，花生、胡豆、豌豆、瓜子、板栗、白果和晴沙炒之，香脆爽口，香味四溢。

如清代六对山人《锦城竹枝词百首·花生》：

> 炒和晴沙香满城，书中佳果落花生。
>
> 宜茶宜酒宜羹味，莫作灯油点不明。

"身体、感觉和空间的分析联系在一起的'感官地理'"。成都的饮食街，始终散发着各种诱人的香味。"尚滋味，喜游乐"的民风让成都人最喜欢在吃中玩，玩中吃。

第02类：乡村风物

乡村风物，即指乡村的风景和物品。

例如清代黄炳堃《"南蛮"竹枝词·僰夷》七首：

> 旧唐奉圣服斑斓，才子词留菩萨蛮。
>
> 击鼓舞牌村舍饮，三家乐部尚斑斑。

> 锦绮金华五彩披，竟从坐象仰威仪。
>
> 三章法律垂宣慰，不敢中途更拾遗。

> 冠青衣素旧宗风，泼足牵丝义略同。
>
> 不得碍贫家无聘，三年新婚是佣工。

又贷金钱赶会期，秋千架外柳丝丝。

迎神已诧木居士，击杵娱尸礼更奇。

楼结千山万水溪，好巫信鬼竟雕题。

未亡人解从终义，还向九原称鬼妻。

抗节真同金石坚，烈风暴雨下高天。

石间遗迹君须诧，礼殿先闻血人砖。

叩头始举梁鸿案，入夜如停伯玉车。

听到机声兼佛号，人心如此是华胥。

　　僰夷：又称"僰人"，云南省白族先民，有的也指傣族先民。这组竹枝词是写僰人所居住的乡村文化、道德、衣饰、婚俗、工作、生活等。

　　第一首写南诏归唐，进奉圣乐，李白因作《菩萨蛮》，后讹为《菩萨蛮》。凡僰人乡村宴会，皆击大鼓、吹芦笙、舞牌为乐。其乐有三：僰夷乐、车里乐、骠国乐。

　　第二首写僰人法律森严，由宣慰执行世代相传，使民性质朴，民风淳厚，往往路不拾遗。

　　第三首写凤庆县一带白族衣着冠青缀有耳环，婚嫁用牛羊当聘礼，男至女家以水泼女足为定。家贫者，为女家做佣人三年。

　　第四首写迤西一带僰人，尚奢，"土主会"上虽贫亦借贷以炫。每村置树为神集众祈福，燃炬赛之，置秋千男女嬉戏。人死召村中青壮年饮酒作乐，歌舞达旦，谓之"娱尸"，并让妇人群聚击碓杵为戏，数日后以板数块土葬之。

　　第五首写居住在滇南临安（建水）一带的傣族人，山居者构筑草屋，水居者搭建竹楼。好巫信鬼，额上刺月牙，谓之"雕题"，夫死妻不再嫁，名之"鬼妻"。

　　第六首写滇南弥勒城西四十里（20千米），有白族妇人，夫亡后遗一子，姑逼之嫁，不从，携子逃归母家，姑伙人追及，妇撞石而死。后石壁上留有母抱子影，隐约见之，名之"烈妇石"。

第七首写清代新兴（玉溪）一带的傣族人，妇人敬夫进食必叩头至地。人敬土官，虽在暗室，闻过必跪，举手加额。以纺织大布为业，机宽八尺（2.67米），口诵佛号，始强一梭。

第 03 类：都市风光

成都是四川省的省会，古今均有特别值得书写的旅游胜景。

（一）凭吊薛涛

清代六对山人《锦城竹枝词·薛涛井》：

> 大佛寺前放画船，薛涛井畔汲清泉。
>
> 回船买得薛涛酒，佛作斋公我醉仙。

近代王蜀瑜《竹枝》：

> 深深下拜薛涛坟，千古痴情见此君。
>
> 妾亦效颦花月里，可怜行雨又行云。

现代黄炎培《蜀游百绝句》：

> 一篇《洪度》写云鬟，古井依稀照玉颜。
>
> 管领春风有高格，枇杷门巷漫轻攀。

观薛涛井，拜薛涛坟，为旧时成都都市风俗之一。不管是清嘉庆杨燮写的竹枝词（1803 年），还是百年后的民国黄炎培蜀游竹枝词（1936 年），都记述了这一民俗。

薛涛井水有三重功效：制笺、沏茶和酿酒。其中，制笺最神。

薛涛井，旧名玉女津。水质清洌，石栏周环，昔人常在此汲水酿酒制纸。薛涛笺，从唐风靡至北宋，名人司马光、文彦博都有咏题彩笺诗词。到了元代，多了铁马金戈，少了风花雪月，制笺活动几乎中断。浣花溪自唐代薛涛后，能以溪水造笺者绝少。进入明朝，薛涛笺恢复生产。明万历年间用薛涛井水制造的薛涛笺，限时限量生产，变得更为珍贵。

清代冯家吉《锦城竹枝词百咏·薛涛酒》：

> 枇杷深巷旧藏春，井水留香不染尘。
>
> 到底美人颜色好，造成佳酿最醺人。

薛涛坟：太和六年（832年），一代才女薛涛香消玉殒，时任剑南西川节度使的段文昌亲自撰写墓志，并题写墓碑"西川女校书薛洪度墓"。

凭吊薛涛坟次数最多的古人，是清代西蜀大才子李调元。他前后有十二首诗，分别在青年、中年、老年三个时期吟咏薛涛。

在他十八岁赴绵州涪江书院学习时，闲寄愁绪，在薛涛坟前别有一腔纯情滋味，咏薛涛云：

> 乌鸦啄肉纸飞灰，城里家家祭扫回。
>
> 日暮烟村人不见，薛涛坟上一花开。

他在三十七岁考中进士当上了京官后，因丁忧返乡于成都时，用诗描述道：

> 人间正色夺胭脂，独有蛾眉世鲜知。
>
> 家在薛涛村里住，枇杷依旧向门垂。

这首诗映射出清乾嘉年间中年文人士大夫的审美价值取向，即不爱浓妆尚天然。清水芙蓉，薛涛在此时已经成为一个由人任意想象的女性形象符号了。

李调元在六十六岁时，曾一口气写下十首吟咏薛涛的诗，其中之一为：

> 名士从来出济南，桐轩一语更奇谈。
>
> 美人不见空留水，得饮寒泉心也甘。

这一首记述自己晚年时，同游者张桐轩崇拜薛涛，这位从宋代著名女词人李清照家乡济南来的乾嘉名士，竟然为能喝上一口薛涛井水而感到欣喜万分。这水的神奇、甘洌，流淌着唐诗韵味，直浸肺腑。相隔千年的红颜知己，此刻潜行而来，宛如在目前。

无独有偶，李调元另一首诗中的故事，更是匪夷所思：

> 才人万古总黄泉，我歌原由乏暂眠。
>
> 不识东庵有何愤，竟思哭倒拜坟前。

诗中说，李调元的另一位同游者，乾嘉名士潘东庵，一见薛涛坟，如见隔代红颜知己，顿时不能控制情感，泪水滂沱，呼天抢地，七尺男儿，银发老朽，竟然哭拜于薛涛坟前，几乎昏厥。

千年的礼教社会中，文人骚客们被压抑的性意识，在这座坟边找到了宣泄出口。薛涛，已经成为一个艺妓文化代表的大众情人，已经成为一个文人士大夫潜意识的印迹——永远的红颜知己了。

李调元进入暮年后，已将青年时待薛涛的一腔纯情、中年时的挚情，化为含蓄深沉的顾惜垂怜之意了。他写道：

> 薛坟抛在麦田中，辟草全凭刺史功。
>
> 生与高骈缘不断，如今醉酒又高公。

此诗中的高公，为李调元的朋友华阳县的高若愚。

（二）草堂人日

清代六对山人《锦城竹枝词》：

> 石马巷中存石马，青羊宫里有青羊。
>
> 青羊宫里休题句，隔壁诗人旧草堂。

现实主义诗人杜甫最灿烂的时光是在成都，因为在这里他获得了一生飘零中的短暂安宁。诗中描写的景色一片葱郁，是今世不能枯烂的向往与怀念。这朗朗上口的诗句早已咏叹为盛唐梦境，亮透千年。

成都的天光水色，是杜甫一生颠沛流离生活中最稳定、最滋润的记忆：新绿的成都、清新的成都、温润的成都啊！

（三）武侯祠

清代吴乔《成都竹枝辞》：

> 安顺桥头看画船，武侯祠里问灵签。
>
> 呼郎伴妾三桥去，桥底中间望四川。

闻名东亚的武侯祠，实际上是蜀汉三国刘备、诸葛亮君臣合庙。一代名相的风范，犹如那森森古柏之正直、之根深、之枝叶四季长青。

武侯祠中的诸葛亮，本非神灵，然而被民间百姓看作智慧的象征，人们敬香求签问卜于孔明，亦为民间信仰。

（四）武担山

明代何白《竹枝词》：

> 山精曾作蜀王妃，又传望帝化催归。
>
> 明镜尚留坟上石，催归长向武担飞。

清代六对山人《锦城竹枝词》：

> 城里登山只此山，五丁担处葬花颜。
>
> 武都土盖成都土，石镜松篁土两般。

武担山，其实就是一个土阜，但因其在平坦的成都平原忽然隆起，让一向爱夸饰的蜀人惊呼为"山"！

武担山呈一个银元宝形状，或者说是一个马鞍的样子：中间低凹，立有一块光亮可鉴的大理石，还有尊抚琴女的塑像；两头各为一个平台。西边平台上现有一座小亭，东边有一座砖塔。植物多为黄桷树，硕壮，盘根错节，遮天蔽日。整个武担山为一个居于闹市的幽静园林。

（五）少城公园

前人《少城公园竹枝词》：

> 流莺百啭和留声，惹得游人耳尽倾。
>
> 花馥脂芳穿树出，两般香得不分明。

现代万禾子《成都少城公园竹枝词》：

> 此间水竹会平分，空气清新绝俗氛。
>
> 移座近花凉啜茗，科头闲自阅新闻。

这首近人万禾子写的成都竹枝词，将旧时少城公园描述得恰如其分。"科头"，成都方言，意思是摘下帽子。坐在公园林荫间，湖光山色，两相不厌。在清新空气里享受阳光，喝盖碗茶，读报纸新闻，摆龙门阵（方言，指谈天或讲故事）是成都典型的休闲生活。

现代刘竞成《成都少城公园竹枝词》：

> 保路争夸胆气豪，丰碑纪念表群劳。
>
> 道旁父老来相问，究竟碑功哪个高。

1913 年至 1914 年，为了纪念辛亥革命前夕四川保路运动中献身的死难者，由四川名人张澜、颜楷等联名提议，川汉铁路总公司在少城公园内修建了"辛亥秋保路死事纪念碑"。

万禾子《成都少城公园竹枝词》：

> 溪水盈盈曲且流，绿荫深处隐红楼。
>
> 火云赤日都收敛，一出留声四座秋。

在 20 世纪 30 年代初，少城公园为了追赶时尚，增加收入，将"万春茶园"改建为"大光明电影院"，多上映上海明星、电通、联华等公司的国产片和美国好莱坞电影。为了招徕顾客，又在电影上映前用留声机播放唱片。

现代刘竞成《成都少城公园竹枝词》：

> 太息公园虎早亡，直教群兽发癫狂。
>
> 每于静处听狐说，欲假无威怎下场。

最初开园的少城公园，也曾兼为动物园与博物馆。但因饲养不当，老虎死亡。为了装点风景，吸引眼球，少城公园又安装了西式喷泉。

现代刘竞成《成都少城公园竹枝词》：

> 喷水全凭压力多，冲天直射怪如何。
>
> 莲花疑是仙童化，故向荷池尿倒屙。

少城公园又开办"国术馆"，展出"瓦棺""石蛋"等。另外，少城公园又是体育场，用来踢足球：

前人《少城公园竹枝词》：

> 场平草浅夕阳红，如织人来罨画中。
>
> 学子争夸腰脚健，皮球高蹴入云空。

现代万禾子《成都少城公园竹枝词》：

> 丝管东墙聒耳嘈，打球人集笑声高。

横生一种郊原趣，短短篱边夹竹桃。

1912 年 10 月，四川图书馆在少城公园建立，面向民众开放，此为四川建立新式图书馆之始。开化民智，移风易俗。可以看出成都少城公园为清末民初的新式公园。

现代万禾子《成都少城公园竹枝词》：

女伴双双斗楚腰，轻衣时样着鲛绡。

蔷薇槛外逢中表，为避生人转过桥。

这首竹枝词描绘出旖旎风光与女性身段之婀娜，衣着之"苏气"。"苏气"，是当时四川最时髦的方言，因为，仅距上海滩一箭之地的苏州是中国开埠最早、工商最发达的地方之一。那个年头的苏州和上海，在四川人听来绝对是一个赛过天堂的地方，是先进文化的标杆。此处当时为成都新女性衣着最为"苏气"的地方，是最有亲和力的都市时尚生活中心，也是成都一处新式恋爱、男女相亲见面的最著名的约会地点。

第04类：人生片断

人生片断即指书写从婴孩、童年、少年、青年、老年、暮年各个阶段所经历的人、事、物为题材的竹枝词。

例如当代包德珍《竹枝词·幼儿园小朋友唱〈小篱笆〉》：

南来鸿雁共啼花，笑把春天送我家。

莫让时光轻走去，门前围上小篱笆。

当代钟家佐《儿时杂忆》七首选二：

倚门待母赶圩归，入夜蚊虫蝙蝠飞。

黑影幢幢人不见，遥闻声息识娘回。

塘头接得妈归来，雀跃迎前扑入怀。

扯住衣襟娇未已，葱秸一串笑颜开。

当代赵青甫《忆儿时游戏竹枝词》九首其一《过家家》：

游戏男娃娶女娃，满床盆碗过家家。

枕头一个轮流抱，我当爸爸你当妈。

其八《掏家雀》：

听得饥禽不住鸣，搭肩偷上短墙行。

掀翻邻舍檐边瓦，掏出雏儿老雀惊。

当代段庆林《朔方杨柳枝》五首其一《折柳》：

依依柳笛柳前吹，折柳妮儿柳叶眉。

心事心潭关不住，低随泪眼默相随。

其四《洞房》：

更深犹自点红灯，新盖砖房喜字双。

今日娶来新姐姐，村童争看满纱窗。

当代王恒鼎《心曲》四首其一：

欲折芳馨遗所思，迢迢险路独来迟。

香消色褪花飞尽，唯有伤心泪满枝。

当代段天顺《〈晚情之家〉竹枝歌》十五首选二：

一梦黄粱半纪程，亦甜亦苦伴潮生。

老来喜聚同忧乐，共爱人间重晚晴。

妇唱夫随入晚晴，先从候补列旁听。

老夫也羡夕阳美，一卷《竹枝》贿众公。

作者自注：拙作《新竹枝词集》于1998年9月由作家出版社出版后，赠送诸老友惠正。

当代欧阳鹤（1927年—2019年）《公园一瞥》三首其一《秧歌》：

八十婆婆头插花，秧歌曼舞醉流霞。

嫣然一瞥秋波送，惹得游人笑语哗。

其二《京剧》：

> 不求字正与腔圆，唱破喉咙拉断弦。
>
> 地是舞台天是幕，老来寻乐有悠闲。

第 05 类：世象美丑

每个人所表现出来思想和行为各不相同，有美的、丑的、恶的，有温柔敦厚的、灵活多变的、凶神恶煞的，等等，不一而足。以世象美丑为题材的竹枝词有许多。

当代白纲《北京世象竹枝词》其《租花木》：

> 租花赁绿借春光，摆置新店品位扬。
>
> 时有花工勤探问，巧施技艺保芬芳。

其《假货》：

> 假货横流祸害深，假钞假药假名人。
>
> 世间万物都能假，只有亲娘笃定真。

其《简易离婚法庭》：

> 法庭门外队如龙，无爱婚姻待告终。
>
> 一纸判书双解放，抛恩除怨海天空。

其《婚托儿》：

> 一片诚心觅有缘，殷勤约会总徒然。
>
> 原来堕入婚托计，故弄风情好赚钱。

当代洪学仁《世象竹枝词》其《儿童保健品》：

> 仙方保健脑瓜灵，名校何愁考不成。
>
> 舐犊情深家长到，重金不吝买聪明。

其《盛宴》：

> 北海龙虾南国蛇，千金一掷太豪奢。
>
> 如何酒过三巡后，全入乡亲泔水车。

其《尾气》：

> 终日喧嚣逼九衢，车流络绎绝尘驱。
>
> 黑烟滚滚随声到，何处驰来墨斗鱼。

第 06 类：山川韵致

山川，指山岳、江河。世界各国均有自己的名山大川，风景各异，特点突出，是某一个形象、某一种文化的象征，能吸引旅游爱好者、地理研究者前往考察研究。以此为题材创作竹枝词，更是灵光四现，名作繁多。

例如清代胡宗昆《桃源洞竹枝词》：

> 桃源一曲水湾环，岁岁共明上巳川。
>
> 不见秦时人已久，怅他古洞但长关。

> 入洞逢人事已奇，寻津迷路亦奚为？
>
> 只今唯有桃花水，犹爱年年涨满溪。

清代饶明谦《九把火山》：

> 山光一带赤城烟，照彻南湖十里天。
>
> 莫怪西风吹不灭，秋来常在雨中燃。

据《龙阳古韵》记载，龟山之南，九山毗属，色红如火，俗因名九把火山。

明代林廷玉《西湖女儿唱采莲》：

> 西湖女儿唱采莲，莲花开放荷叶圆。
>
> 香风阵阵棹歌发，隔湖摇曳是郎船。

当代刘庆云《三峡游》其《女导游》：

> 夔州女儿神气清，巴渝解唱足风情。
>
> 景观一一家珍数，三峡工程敢论评。

其《漂流》：

> 箭筏飞腾急水间，平澜缓处亦回旋。

同心举棹推顽石，只觉风波似等闲。

当代赵玉林《珠江纪游》其《珠江夜色》：

粼粼波映最高楼，如此珠江夜色幽。

眨眼星星迷上下，羡君先富走前头。

其《深圳世界之窗》：

铁塔峻嶒百丈高，凯旋门外喜游翱。

须弥芥子容增减，也算巴黎走一遭。

当代明剑舟《竹枝二首》其《喀什东湖公园》：

借得天池水一湖，边城锦上嵌明珠。

芙蓉仙子娉婷舞，柳浪桃云画舫浮。

其《牧归晚图》：

缓缰信马笛声柔，鸟韵琴溪夜曲悠。

柳帐炊烟归牧涌，繁星缀幕月如钩。

第 07 类：行业兴荣

中国古代有三百六十行。现在中国按所属行业分类，将国民经济行业划分为门类、大类、中类、小类四级。门类共 13 个，每个门类又有几十上百个，估计有一千多个行业。以此为题材创作竹枝词，内容十分广泛。

例如清代江耀华《茶庄竹枝词》三十六首选十五：

新安土物尽堪夸，摘了春茶又子茶。

最是屯溪商贾集，年年算得小繁华。

茶行事事瞎张罗，巴结茶商获利多。

闻有几家新客到，一时都想吃天鹅。

有钱老板总辉煌，一半徽商半客商。

别有螺蛳难脱壳，也拖水脚做洋庄。

隔宵奉命出山庄，收拾银钱几担装。
折本赚钱浑不管，几厘回佣且叨光。

纷纷买客乱如麻，辨别行情总不差。
为要价低偏放价，嫩头都抢本园茶。

学上茶门第一遭，越因生手越辛劳。
可怜已是归家晚，偏要教侬扫地毛。

先生收拣本无私，公道还防有怨词。
若把拣场方好屋，此公算是大宗师。

尖毛秤架两边分，四两何妨当半斤。
玉手纤纤亲授受，面前小立也销魂。

管锅司务最轩昂，吆喝高声意气扬。
火候十分看仔细，一天烧得几根香。

辛勤最悯焙茶工，汗染衣衫半截红。
曲背弯腰双手摸，前身应是摸鱼翁。

粗细茶筛次第排，撼盘风扇是同侪。
头都要紧工须赶，场上新添冷饭筛。

连日辛劳焙夜茶，三更犹是未归家。

明朝有约来须早，宜把工钱逐睡魔。

专门包揽做茶箱，上案曾经闹一场。

交易总须随客便，而今切莫再齐行。

看看佳节近端阳，鸭子腌鱼送礼忙。

越是小题偏大做，浼求情面荐船行。

几家花色几多箱，三七还兼二五装。

划子轻飘萝乌奉，写船最好是鸳鸯。

第 08 类：艺文杂碎

艺文，指各种典籍、图书。包括六艺群书、辞章、文艺、掌故。这类题材可以是读来的，也可以是听来的。

例如当代杨金亭《中华正气歌》其《梅兰芳》：

救亡歌哭砺精忠，擂鼓金山剑吐虹。

孤岛陷身藏绝艺，蓄胡明志树高风。

其《聂耳》：

扬子怒涛歌大风，呼将血肉筑长城。

"起来"一曲雄狮醒，倒海排山振汉声。

当代邵辰《题画胡同》三首其一《京城初雪》：

忽见梨花深夜开，悄无声处白皑皑。

神往儿时多趣事，打完雪仗踏歌来。

其《春雨无声》：

> 几多岁月雨风中，往事如烟渺影踪。
>
> 青枝不解从前事，自听门前三月风。

当代石理俊《驴的故事》十首其《有味是红尘》：

> 敢将憨眼藐神仙，打滚蹦蹄自撒欢。
>
> 为啥离开张果老？他朝后看我朝前。

其《得一知己足矣》：

> 新疆驴子不知疲，得得欢声奋小蹄。
>
> 说笨由人谁不笨？知心好友阿凡提。

其《刺耳？悦耳？各有一听》：

> 莫道驴歌不好听，驴们听了动真情。
>
> 唱得幼儿偎母腹，招来夫婿比肩行。

第09类：战争军旅

战争十分残酷，给人们带来无尽灾难。军旅生活，尤其是军事科学研究、海军出海、西北高寒边疆守卫等，条件十分艰苦，寂寞难挨，但特色突出，竹枝词佳作迭出。

例如清代杨棨《镇城竹枝词》：

> 先将放火毁营房，没命旗人改换装。
>
> 弃甲抛戈何处往，一齐逃难到丹阳。

> 监牢囚犯命偏长，却被蛮夷劫狱慌。
>
> 府库钱粮皆抄尽，各衙门内自凄凉。

> 闺中少妇不梳妆，整日凭栏哭断肠。
>
> 闻得夷人俱胆怯，不如投井或悬梁。

仓皇百姓尽逃奔，垢面蓬头出北门。

一路悲啼声不绝，纷纷逃难到乡村。

包袱行囊一担挑，预愁难过北门桥。

夷人各处严搜检，又被乡间半路邀。

"蛮夷"入城，旗人"弃甲抛戈"，"一齐逃难"，"仓皇百姓尽逃奔，垢面蓬头出北门。一路悲啼声不绝，纷纷逃难到乡村"。危难时最为无助的是女子，"闻得夷人俱胆怯，不如投井或悬梁"。这时的镇江，"府库钱粮皆抄尽"，已经是一座废城。

再如当代刘庆霖《高原军人》三首：

撩乱行云雪后生，崖间换哨在平明。

军姿冻得嘎巴响，剩有心温未结冰。

五月高原山未青，巡逻战士挟风行。

雪飞眼路黄昏晚，马踏溪流半是冰。

披风卧雪枕溪声，热血融开永冻层。

最是高寒缺氧处，男儿仗剑牧和平。

第 10 类：域外奇风

世界上每个国家甚至地区均有不同的民风民俗、文化背景和行为方式，有很多闻所未闻的奇风异俗。国人出差或旅游、或访友、或定居、或留学，均有机会进行采风，可以写出丰富多彩、内容充实的竹枝词。

例如清代潘飞声于光绪十三年（1887 年）七月，受邀前往德国讲学，一路经新加坡，过苏门答腊岛，泊锡兰岛、亚丁湾，过红海、地中海，直至意大利登陆，最终达到德国柏林，走的是海上丝绸之路。每日气候、风光、习俗皆记于日记。讲学三年，著有《柏林竹枝词》二十四首，下面选六首供读者学习：

其《柏林溜冰》：

> 阿侬生长柏林城，家近新湖碧玉塍。
>
> 今日薄寒天罢雪，铁鞋携得去溜冰。

其《圣诞礼物》：

> 几日兰闺刺绣成，吴绫蛋盒载糖橙。
>
> 却劳纤手亲相赠，佳节耶稣庆更生。

其《舞会》：

> 百锦氍毹贴地平，蛮娘腰细着衣轻。
>
> 兰因舞作鸳鸯队，妒杀胡儿得目成。

（男女抱腰之舞名兰因。）

其《消夏会》：

> 油壁青驱踏软尘，郊原消夏胜嬉春。
>
> 海山自是无遮会，飞过鸳鸯不避人。

（西俗男女杂游园林胜处为消夏会。）

其《帖尔园刻名同心》：

> 帖园花木自幽深，溱洧因缘邂逅寻。
>
> 未把痴情诉天主，先将名字镂同心。

（帖尔园为男女偕游之所，有邂逅定情，以刀镂树作心形而各书名其中。）

其《圣诞风情》：

> 雅剧兰闺引兴长，耶稣生日夜传觞。
>
> 绿松灯下花船影，应喜佳人得婿乡。

（耶稣生日，家家燃松树灯，至除夕而止。女伴设宴，有戏摘花瓣为舟浮水验其所止方向，以卜择配之所。）

第三章　竹枝词创作技法

第一节　技法概说

竹枝词是中华诗词中的一种体裁，是诗词花园中别具风韵的一枝绚丽的鲜花。一千多年来，作品数量庞大，内容十分丰富，作者队伍众多，竹枝词通俗易懂，易读易学易写。但要真正写好竹枝词，以博流传，绝非易事。笔者总结竹枝词创作公式如下：

也就是说，作家采集某地传统山歌（包括高腔山歌、平腔山歌、低腔山歌、牧歌、号子和船歌）、小调（包括地方小调、丝弦小调、花灯、花鼓、黄梅、豫剧、梆子、快板、秦腔、信天游、沂蒙调、花儿、草原牧歌、雪域长歌、二人转等）、风俗歌谣（包括赞歌、香歌、番歌、神歌、丧歌、摇篮曲与童谣、游戏歌、嫁娶歌等）、谚语、俗语、俚语、方言等等，经过适度消化、拟声、仿效、隐括、诗化，就创作出竹枝词。这里主要是必须把握一个"度"，正如清代杨际昌《国朝诗话》卷一："竹枝诗体宜浅中深，俚中雅，太刻画则失之，入科浑更谬矣。"而竹枝词经过作家进一步诗化、雅化，使之符合平仄、音韵、对仗等，就成为了绝句（古绝）、律诗（古律）。

那么，要怎样才能写出好竹枝词呢？从唐代以来，已经有很多作家进行了思考探索，积累了不少写作经验。为了推动竹枝词的创作，我们不能在古人的基础上停滞不前，更不能故步自封，而应当持之以恒地深入研究和刻苦实践，从形式、结构、技巧、修辞、语言、内容等各个方面，不断思索、提炼、总结和创新。因此，笔者在古人、现当代人基础上，结合自身的研究和创作体验，对竹枝词创作技法，做一个系统的梳理，编撰出竹枝词创作技艺72法（子目168法），并通过古今竹枝词名篇对应加以说明，分析技法的优缺点，帮助广大读者加深对竹枝词的学习和认识，更好地点燃广大作者的创作激情，写出更好的竹枝词精品来，丰富和发展我国竹枝词理论研究体系。

第二节 创作技法

第01法：起承转合

起承转合，是诗词创作最常用的结构技法，当然也是竹枝词最常用的写作方法。出自元代范德机《诗格》："作诗有四法：起要平直，承要从容，转要变化，合要渊永。"

"起"是竹枝词的开头，是起句、起事。可以运用比兴、白描、提问等多种手法起头，自然描述，交代事情的起因、时间、地点等，顺利引起下文。

"承"是承接起句，是"起"的延续、延伸，承接开头，可以写景，也可以抒情，与上句自然衔接，不可松泛。

"转"从意义上开始转入它式，其基础是跟"承"有情绪逻辑方面或事实逻辑方面的关系。往往体现在由物及人、由景及情、由事及理等思路上的转换。

"合"是合笔，是结句，是前三句的最后合成。合句写成，做情绪、逻辑、意义上的揭示和升华，诗的中心思想就表达出来了。这是诗人思想感情抒发的凝结点和创作意图的表达点，起到铿锵有力收束全篇的作用。

创作要求："起"——开头要扣题。"承"——要自然顺接、连贯地承接，按照起句的意思进一步发展。"转"——要巧妙、新颖地转折，在前句基础上转出新境界，生出波澜，为结句着笔做好充分准备，留有余地，力戒平铺直叙，平庸乏力。转笔方法有三种：一是进一层转；二是推开一层转；三是反向转。转笔必须前后呼应，活泼而不板滞为佳。"合"——要含蓄深刻地结束全诗（篇），旗帜鲜明地点出诗旨，给读者留下余味和难忘的印象。

例如唐代顾况（约730年—约806年）《竹枝词》：

帝子苍梧不复归，洞庭叶下荆云飞。

巴人夜唱竹枝后，肠断晓猿声渐稀。

第一句引用古代传说开头，写了尧帝女儿来到南方，投水死，无法再回到北国故乡。第二句写出了荆楚一带寒风呼号、乌云飘忽、落叶缤纷的秋天景象，正如战国时期楚国诗人屈原《九歌·湘夫人》："袅袅兮秋风，洞庭波兮木叶下。"第三句转入巴人歌唱竹枝的悲凉，第四句以猿啼肠断夸张形容人极度悲伤、凄苦而结束全篇。全诗意象丰富，余味无穷。但用典（帝子苍梧、晓猿肠断）较偏，理解费劲，尚欠通俗。

再如元代李庸《西湖竹枝词》：

六桥桥下水流东，桥外荷花弄晚风。

郎心似水不肯定，妾颜如花空自红。

首句以西湖苏堤六桥景致开头，画面中心是广阔的湖水，次句仍以六桥为背景承接，画面中心为粉红色的鲜艳荷花，第三句以姑娘的口吻设喻转折，第四句因郎三心二意而深感青春虚度，感到美人迟暮而合，以自怨自艾、无可奈何收束全篇。此诗第三、四句还同时设两个比喻，第三句对应第一句"水流东"，第四句对应次句"荷花"，技法高超地唱出了这支哀怨的情歌，深深感染读者。李庸在此诗中，在民歌的基础上，把骚人墨客惯用的文雅词汇吸收到通俗的竹枝词中来，使诗歌语言粗中带雅，雅俗相济，提高了作品的艺术性。

又如当代朱玉明《神舟颂》：

宇宙飞行一梦长，地球村外作文章。

神舟堪作羊毫笔，大写乾坤诗万行。

这首诗开头第一句就扣题，叙写我国几代科学家曾经在外国"卡脖子"的情况下，萌生科技强国、探索深空的航天梦想；第二句紧承第一句，为深入研究航天科学技术，就必然要在地球村外的深空大作文章，解决许许多多难题；第三句猛一转折，异想天开，承上启下，给第四句打下了良好基础，才能实现远大目标，健笔雄浑，收束全篇。此诗竹枝风味浓厚，雅中融俗，结构巧妙，想象丰富，诗风雄健，已经入律。

第 02 法：比兴通俗

竹枝词的诞生是从民歌、山歌、民谣、俚语等经过适度诗化，仿作出来的。比兴方法就是最早运用的技法。

西汉毛亨认为，所谓"兴"，包括两种情况：一个意义是指"发端"作用。《毛诗训诂传》说："兴，起也。"就是由物象引发情思的作用，物象与情思不一定有内容上的联系，有时仅是音韵上的联系。《毛诗训诂传》所说的"兴"，还有另一个意义，是指一种复杂而隐晦的比喻。

宋代朱熹比较准确地说明了"比兴"作为诗歌表现手法的基本特征，他认为，"比者，以彼物比此物也""写物以附意"。"兴者，先言他物以引起所咏之辞也""触物以起情"。通俗地讲，比就是打比方，是对人或物加以形象的比喻，使其特征更加鲜明突出。有的诗是个别地方采用比，而有的则是整个形象都是比，就像咏物诗。"兴"就是起兴，是借助其他事物作为诗歌发端，以引起所要歌咏的内容。有的诗中"兴"兼有发端与比喻的双重作用，所以后来"比兴"二字联用，专用以指诗有寄托之意。

"比兴"本来包含"比"和"兴"两种修辞手法，但在谈论古典诗歌和民歌时常将"比兴"兼及，当以"兴"为主，兼有比喻作用，有时仅指"起兴"一端。由于"起兴"具有引发、联想等作用，故常置于诗章的开头。《诗经·卫风·氓》即用了兴的手法："桑之未落，其叶沃若。""桑之落矣，其黄而陨。"《诗经·魏风·伐檀》中，内容是讽刺统治者不劳而食的，每一段开头都以砍伐檀树起兴。汉乐府《孔雀东南飞》开头用"孔雀东南飞，五里一徘徊"起兴，用具体的形象来渲染气氛，激发读者想象，创造出了缠绵悱恻的独特情调，又能引起下文引人入胜的长篇故事，起到了统摄全篇的作用。

例如唐代刘禹锡（772年—842年）《竹枝词》其一：

白帝城头春草生，白盐山下蜀江清。

南人上来歌一曲，北人陌上动乡情。

这首竹枝词是以巴山蜀水起兴。白帝城、白盐山和蜀江是四川境内独特的山水名胜，"春草生""蜀江情"描绘了春到人间嫩草初生，江水澄碧的明丽景象，带给读者清新幽静的美好感觉。这里只用了"兴"，船入三峡，逆流而上，"南人"过此，近乡而喜；北人到此，乡关愈远，思乡愈深。诗中又连用"白""人""上"字，构成叠字修辞格，不仅没有重复拖沓，更有自然妥帖之感，回环复沓之美。苏东坡曾赞曰："此奔轶绝尘，不可追也。"因此后人创作竹枝词竞相效仿。

再如刘禹锡《竹枝词》其二：

山桃红花满上头，蜀江春水拍山流。

花红易衰似郎意，水流无限似侬愁。

此诗比兴兼用，借景起兴。首句写的是静景，一个"满"字，夸张地描绘了桃花之多，布满山头；次句是动景，一个"拍"字，动态地写出了浪拍陡峭河岸、水花四溅的生动景象。前两句着重写景，设色绚丽，形象明丽，视野广阔，为下文设喻奠定了基础；后两句借景言情，运用眼前景物构筑了两个喻象，生动恰切地抒发了女主人公细腻复杂的思想感情。前后两句情景呼应，隔句相承，交相辉映，自然妥帖，耐人寻味。

此诗中还应用了反衬手法写景抒情，以美好、热闹的景象去衬托欢乐的心情，以凄风苦雨衬托愁丝痛绪，这是正衬手法。清代王夫之《姜斋诗话·卷上》认为，反衬法是"以乐景写哀，以哀景写乐，一倍增其哀乐。"本诗中，写青山绿水、桃花盛开，属于"乐景"；写爱情倒退、情郎变卦、侬愁无限，属于"哀情"。使用这种手法写景抒情，倍增艺术效果。这种手法对后人创作启发很大，借鉴作用很强。如南唐李煜《虞美人》："问君能有几多愁？恰似一江春水向东流！"就是脱胎于"水流无限似侬愁"。

又如当代王恒鼎《雨天放晴》：

> 撑开彩伞雨沙沙，一个人成一朵花。
>
> 涌出校门花似海，遍分春色到天涯。

这首竹枝词以彩伞起兴，连用四个比喻：一把彩伞就像一朵花，是明喻；每个撑伞的人不也是一朵花吗，是暗喻；以海比喻花的数量之大，是极度夸张的比喻；更用"春色"这个象征比喻新生力量和国家希望，妙语连珠。运用比兴技法增加竹枝词的含蓄美，可以克服语言直白、诗味寡淡的缺点。

采用比兴技法写作的竹枝词还有元代张世昌《西湖竹枝词》："秦皇石头三丈高，云是秦皇系船标。侬心只似系船石，莫比郎心船易摇。"元代宇文公谅《西湖竹枝词》："湖上交秋风露凉，湖中莲藕试新尝。莲心恰似妾心苦，郎意争似藕丝长。"等等，均是名篇。

第 03 法：鲜明对比

竹枝词对比法就是把对立的事物，通过一定的方式组合在一起进行对照比较，使形象更加鲜明、特点更加突出，以增强竹枝词艺术表现力的手法。"对比"有三种情况：一是将两个事物或人物进行对比，也叫横向对比。二是将同一事物或人物的不同表现进行对比，也叫纵向对比。三是横向、纵向对比两种情况综合运用。

例如明代袁宏道（1568 年—1610 年）《竹枝词》：

> 雪里山茶取次红，白头孀妇哭青风。
>
> 自从貂虎横行后，十室金钱九室空。

此诗首句描绘了春天的美景：残雪未消，山茶火红，把宁静山野点缀得十分美丽。次句诗意和情调骤然陡转，由乐转悲，突出描写一位遭受迫害的白发寡妇临风哭泣，哭声凄惨，催人泪下。后两句从此引申出去，拓开意境，揭露和控诉明朝万历年间宦官横行不法，到处搜刮民财，以致民不聊生，十室九空的黑暗现实。对比鲜明，感情激愤，这是一首富于现实主义批判精神的力作。

第04法：活用典故

典故这个名称，由来已久。出自南朝宋范晔《后汉书·东平刘宪王苍传》："亲屈至尊，降礼下臣，每赐宴见，辄兴席改容，中宫亲拜，事过典故。"

竹枝词中用典，又称为用事，这种写作手法是在诗歌创作中，引用古籍中的故事，或词句。可以丰富而含蓄地表达有关的内容和思想，使语言精练、诗意更加深刻。南朝梁刘勰《文心雕龙》里诠释用典："据事以类义，援古以证今。"即是用来以古比今，以古证今，借古抒怀。用典既要师其意，须于故中求新，更须令如己出，而不露痕迹，所谓"水中着盐，饮水乃知盐味"，方为佳作。

竹枝词用典可分正用（直用）、反用（歪用）和暗用（化用）三种用法。

（1）典故正用

例如清代马宝瑛《鉴湖棹歌》：

入剡名山罨四周，绕堤杨柳绿依依。

朝来飞絮推篷背，疑是山阴访戴归。

南朝宋刘义庆《世说新语·任诞》："王子猷（字徽之）居山阴，夜大雪，眠觉，开室命酌酒。四望皎然，因起彷徨，咏左思《招隐》诗，忽忆戴逵（字安道）。时戴在剡，即便夜乘小船就之。经宿方至，造门不前而返。人问其故，王曰：'吾本乘兴而行，兴尽而返，何必见戴？'"此竹枝词末句设疑，表达作者游览鉴湖，欣赏了绕堤杨柳及其飞絮推篷背，正用"访戴"典故，抒发了逸兴放达之情。

（2）典故反用

例如当代贺苏《香港回归口号》：

七月珠还日，百年耻雪时。

老夫今有幸，不写示儿诗。

宋代陆游《示儿》："死去元知万事空，但悲不见九州同。王师北定中原日，家祭无忘告乃翁。"这首竹枝词即以此事，反其意而用之，令人耳目一新，收到良好效果。这是典故反用。

（3）典故化用

例如元代袁桷（1266年—1327年）《次韵继学竹枝宛转词》：

闻郎腰瘦寄当归，望尽天边破镜飞。

昨夜灯花圆似粟，倚门不肯送郎衣。

这是袁桷于元朝英宗至治元年（1321年）八月写的一首和韵诗，表达了思妇望夫归的主题。首句写少妇催促外出丈夫早日归家。"腰瘦"，暗用典故。《古诗十九首》其一："相去日已远，衣带日已缓。"柳永《凤栖梧》："衣带渐宽终不悔，为伊消得人憔悴。"这首竹枝词以少妇口吻，写她听说丈夫瘦了，去信并寄予当归催他回家。"当归"是中药名，是双关语，暗喻归家。次句再次用典。"破镜"有破镜重圆之意。"破镜飞"指月亮的半边悬在空中。这句描写少妇在月半时遥望天边，盼望丈夫归家团圆。后两句写少妇独守空房深夜难眠，独对孤灯，直到油灯燃尽，看见灯花状如粟米，结成圆形，暗喜等待丈夫回归家里。"灯花"预示喜事来临，是民间传说，反映了思妇深夜不眠之苦和盼夫归家之切。全诗含蓄婉转，耐人寻味。此诗属于典故正用、化用，但用典太多，有不易懂的缺点。

第05法：叙议结合

夹叙夹议是一种写作方法，它要求一面叙述某一件事，一面又对这件事进行分析、评论。这种方法的好处是：笔法灵活多变，生动活泼，还可以起到总起、提示、过渡和总结等作用。正是由于这种方法能够具体地记叙事件，充分地抒发感情，而且能直接揭示所写对象的意义，因而历来为人们所重视。叙议结合有以下三种情况：

（1）先叙后议

先叙后议是在一首竹枝词中前一句或两句写景或叙事，后一句或两句发起议论，表明对事物的看法，抒发对事物的感情。

例如清代丘逢甲（1864 年—1912 年）《离台诗》：

宰相有权能割地，孤臣无力可回天。

扁舟去作鸱夷子，回首河山意黯然。

这首竹枝词前两句采用对比手法叙事，李鸿章签订不平等条约，割地求和，丘逢甲等爱国志士无力回天。第三句中"鸱夷子"即范蠡，春秋时曾辅助越王勾践打败吴国，被封为"上将军"，功成后渡海而去，改名换姓，自称"鸱夷子"。后两句议论，表达了作者满腔爱国热忱和对清朝政治腐败无能、丧权辱国的愤慨。

再如当代崔大年《香港竹枝词·赤柱服装街》：

满街特色货琳琅，外客喜欢中国装。

穿上旗袍弃牛仔，东方明月亮西方。

此诗亦首句写景，赤柱服装街各色货物众多，令人眼花，街面繁荣。第二、三句叙事，外国人喜欢中国服装。第四句议论，表明中国发展迅速，令西方刮目相看。

（2）先议后叙

先议后叙就是先发表议论，表明观点或看法，而后通过写景或叙事来证明前述论点。

（3）夹叙夹议

在一首竹枝词中，叙述和议论交叉进行，快速对应，及时响应，观点更加鲜明。

例如当代王恒鼎《宠物热》：

不惜千金买懒猫，引狼入室也时髦。

殷勤伺候无尤怨，要比爷娘待遇高。

这首竹枝词首句叙事，次句议论，论点"引狼入室也时髦"惊世骇俗，表明当今社会的"新观点"，第三句叙事，第四句议论，论点"要比爷娘待遇高"同样惊世骇俗。更进一步用事实证明前述观点的正确性。这种方式的叙事和议论，对当今社会的怪现象更具有讽刺力量。

第 06 法：开弓射箭

创作竹枝词，在前半部分叙事，主要起到引领、铺垫作用；后半部分过度、转折，最后是阐述主题意旨。因此关键点在第三句，既承上启下，又天衣无缝地转入题旨，写好了第三句，第四句就容易写了。清代王楷苏《骚坛八略》："在第三句着力，须为第四句留下转身之地。第三句得势，第四句一拍便着。譬之于射，三句如开弓，四句如放箭也。"元代杨载《诗家法数》："要婉曲回环，删芜就简，句绝而意不绝。多以第三句为主，而第四句发之……大抵起承二句困难，然不过平直叙起为佳，从容承之为是。至如宛转变化，功夫全在第三句。若于此转变得好，则第四句如顺水之舟矣。"因此写好第三句，蓄势满满，至关重要。

例如清代罗汉《鞭子》：

> 辫发从来北狄风，武陵胡服亦相同。
>
> 垂垂脑后休多事，削尽烦丝万虑空。

辛亥革命之初，辫子是很敏感的话题。辛亥革命时期，辫子被视为清王朝的象征物。在这些遗老遗少心目中，辫子是忠君的表现，剪辫意味着造反。最具代表性的，就是搞复辟的张勋，他命令麾下士兵一律保留发辫，因此他的部队有"辫子军"之称。

殊不知，清军入关之初，强令汉人剃发蓄辫。在"留头不留发，留发不留头"的威吓声中，不少人丢了脑袋。"辫子"是清廷统治的象征。

此事毕竟已过了二百多年，早已被人们视为理所当然，纠正起来，焉为易事。这首竹枝词中，"鞭"同"辫"，第三句"垂垂脑后休多事"蓄势，才有第四句"削尽烦丝万虑空"的结果。

再如当代陈荣华《沙月竹枝词酬刘中林老师赠诗》其三：

> 诗礼传家有后生，钟情杏苑做菁英。
>
> 提携小辈群星灿，更作壮年万里行。

此诗前两句叙事，说明学生在后面紧跟老师，愿意发扬竹枝词（诗词）创作传统，第三句写老师提携小辈不遗余力，如张弓蓄力，才能出现"更作壮年万里行"。

第 07 法：斟酌对仗

竹枝词从唐朝顾况、白居易、刘禹锡根据民歌仿作开始，每个朝代创作方法、涉及题材、写作水平等均有所发展，尤其到了清代，超过 100 首以上的组诗不断涌现，而且和者甚众，竹枝词创作出现了空前繁荣的局面。文人创作竹枝词作品越来越多，同时，偏离竹枝词原生态也越来越远。表现方式是越来越讲究平仄、对仗和音韵，并成为符合标准的律绝。因此合律的竹枝词也成为一体，当然，既要符合绝律，又要具备竹枝风味，充分表现风土民情、新生事物、劳动生活等原生状态。

对仗有以下三种形式：

（1）首联对仗

如清代彭施铎《竹枝词》：

福石城中锦作窝，土王宫畔水生波。

红灯万盏人千叠，一片缠绵摆手歌。

这首竹枝词中，首联对仗，所记录的福石城遗址就位于湘西永顺县城东约 19 千米的灵溪河畔，福石城也称土王宫，福石城的繁华，灵溪河的清波被诗人用文字记录下来，后两句的描述也令人不得不遥想土家千万人一起唱梯玛神歌跳摆手舞之"红灯万盏人千叠"的恢宏场面。光绪年间诗人向晓甫，也有一首描述《梯玛神歌》的竹枝词传世："摆手堂前好赛歌，姑娘联袂缓行歌。咚咚鼓杂喃喃语，袅袅余音嗬也嗬。"

（2）尾联对仗

例如唐代刘禹锡《竹枝词》：

山上层层桃李花，云间烟火是人家。

银钏金钗来负水，长刀短笠去烧畲。

这首竹枝词后联对仗，写山村居民热气腾腾的劳动生活。挎着长刀、戴着短笠的男人们根据传统前去放火烧荒，准备播种；戴着饰物的青年妇女们下山担水，准备做饭。不仅上下两句相对，而且还采用了句中自为对（即当句对）的办法，把语言锤打得十分凝练。同时还运用了借代：用"银钏金钗"借代青年妇女，用"长刀短笠"借代壮年男子，正好捕捉了山民男女形象的特征，具有浓厚的地方色彩。

再如清代沈晍《南园竹枝词》：

沈郎园里柳如绵，新抽荷叶又田田。

拾得柳花为侬絮，摘来荷叶当郎钱。

此竹枝词后两句对仗，精练地写出了一对恋人拾花、摘叶相赠的绵绵情意，体现出了诗情画意。

（3）两联对仗

竹枝词两联对仗，是标准的绝句，语言简洁，对仗工整，诗意增多，铿锵有力，气势雄浑。

例如明代杨慎（1488年—1559年）《竹枝词》：

日照峰头紫雾开，雪消湖面绿波来。

鱼腹浦边晒网去，麝香山上打柴回。

这首竹枝词首联对仗，描写了日出放晴之际云开雪化的美景，兼有色彩美、动态美和语言美，对偶工整，音韵和谐，将读者带入画境。尾联对仗，在动态的自然风景画面上，写出了活跃的人物，生机勃勃。两个地名，对得巧妙。

再如明代杨慎《滇海竹枝词》：

东浦彩虹悬水桩，西山白雨点寒江。

烟中艇子摇两桨，空里鹭鸶飞一双。

诗中"水桩"即虹霓，一个"悬"字将它挂在半空，分为南北两截，在青山绿水衬托下，分外艳丽。次句承接下雨征候，昆明西山骤雨来临时，湖山被点缀得更加雄奇壮观。第三、四句描写湖面和空中景色：湖面小船两桨齐划，空中白鹭双飞，上下辉映，构成一幅情趣盎然的优美画图。全诗对仗，一句一景，又合成一幅，境界开阔，意象灵动。

又如当代武正国《访晋城大张村》：

> 两个文明集大张，一双泥手创天堂。
>
> 花衣花蝶戏花草，小院小楼过小康。

这首竹枝词亦由两组对仗组成。四句是写同一个事物的四个方面，首联和尾联均对仗，且使用了三个"花"，三个"小"，叠字回环，印象深刻。三首竹枝词的共同特点是均体现出自然工整的对仗美，令人回味。

在历代竹枝词中，通篇对仗的作品并不多见。对仗工整而又气韵流动，更是难能可贵。

第08法：蒙太奇术

蒙太奇是电影用语，有剪辑和组合的意思。也是电影导演的重要表现方法之一，为表现影片的主题，将一串相对独立的镜头组织起来，构成一个完整的意境。后来这种手法被推广应用到诗歌（包括竹枝词）创作中，作者对时间、空间和场景等素材进行选择和取舍，再进行拼接和组合，以使表现内容主次分明，内容高度概括和集中，引导读者的注意力，激发联想，达到类似电影的特写、聚集、并列等效果，使诗歌（竹枝词）具有时空感、立体感和凸显感，给读者强烈冲击。

竹枝词通常是四句，每一句一个场景或景象，人物景象相关，如巧妙剪辑的镜头一样，次第展开在读者面前，令人赏心悦目。

例如明代佚名《广陵古竹枝词》：

> 相约来朝去踏青，灯前烧草卜天晴。
>
> 黄昏几点催花雨，坐拥薰香恼到明。

这首竹枝词围绕计划去踏青，设"约""卜""雨""恼"四个画面，一句一个景象，层层推进，运用蒙太奇，收束全篇。尤其是最后一句，更使人感到意外，给读者留下"到底去成了没有"的思考。

再如当代陈荣华《湘西黔东文化采风·沱江凤凰城之谒沈从文墓》：

> 沱江古渡觅归程，吊脚楼飞傩送声。
>
> 一叶清心权祭拜，石碑枕翠凤凰城。

这首竹枝词也是一句一景，四景关联沈从文的创作内容。后两句，作者怀着崇敬的心情祭拜已故著名作家走完曲折的一生，终卧在青翠的山城。蒙太奇术就是创作竹枝词的"奇术"。

又如当代安燕梅《同学聚会》：

> 廿载分离一笑逢，同窗故事火锅中。
>
> 纷纷从底轻捞起，兑入乡音味更浓。

诗家杨逸明点评："看这首诗就像看一组电影镜头：明明是老同学聚会讲述过去的事情，忽然故事中的人物一一散开，与沸腾的火锅汤水隐隐约约重叠起来，还似乎从火锅中捞起各种食材，化作了那过去的熟悉人物。上面朦朦胧胧闪过了曾经发生的人物和情境。甚至发出的声音带有乡音，使人回味无穷。这种将时空景象人为剪辑拼贴的手法，最早被人从建筑领域延伸运用到电影艺术中，现在又被诗人引进到文字表达中来，使文字也产生了视觉上的效果。每个单独镜头只是一个独立图像，但这些图像被诗意地组合起来，形成具有艺术感染力的形象。当导演把两个平淡无奇的画面剪辑在一起时，带给观众的却是前所未有的强烈冲击与震撼。电影蒙太奇的效果就在此。诗人也要好好学习这种手法，以使短小精悍的绝句诗词，不但产生悦目的画面，而且产生一种有动感的穿越时空的艺术效果。"

第 09 法：设问牵引

设问是竹枝词创作的一种常见修辞手法，常用于表示强调作用。为了强调某部分内容，故意提出问题，自问自答。正确地运用设问，能引人注意，启发思考；有助于层次分明，结构紧凑；可以更好地描写人物的思想活动；突出某些内容，使文章波澜起伏，富有变化。

创作要求：设问要抓住读者关心的问题，否则就是故弄玄虚，不仅不能提高表达效果，还令人生厌。可分为单句设问、两句设问和多句设问。单句设问又分为首句设问、次句设问、第三句设问、末句设问。

（1）首句设问

例如唐代白居易（772 年—846 年）《竹枝词》：

江畔谁人唱竹枝？前声断咽后声迟。

怪来调苦缘词苦，多是通州司马诗。

诗歌以首句设问起兴，写诗人在忠州江楼上忽然听到不远处有人在唱竹枝歌，只有悠扬歌声，而分不清是谁在歌唱。先声夺人，引起读者注意。次句叙述了竹枝曲调的特点，第三句概括了曲调凄苦、哀怨感人的特点，末句说明好友元稹被贬到四川通州后也学习民歌，创作过竹枝词。

（2）次句设问

例如清代郁永河《土番竹枝词》：

耕田凿井自艰辛，缓急何曾叩比邻？

构屋斫轮还结网，百工俱备一人身。

这首竹枝词是次句设问，第一、三句着重写高山族同胞辛勤劳作，样样都能干。第二句以反问的口吻，突出强调了他们倔强自立的性格，但对"与世隔绝""不通往来"的落后生活感慨系之。自然真切，褒中有贬。

（3）第三句设问

例如清代吴炳南《羊城竹枝词》：

越王台下种相思，种得相思子满枝。

采采相思寄何处？相思愁煞冶春时。

此诗前两句用倒叙的手法，追忆少女昔日在越秀山的越王台下亲手种下了相思红豆，现在已经枝繁叶茂，结子满枝头，暗喻爱情之花已经结果，内心欣慰，这是"乐景"。第三句诗意一转折，由乐转悲：姑娘心上人已经离开羊城，远走他方，去哪里了？说不清，辜负了男女春游的季节。

（4）末句设问

例如宋代黄庭坚（1045年—1105年）《梦李白诵竹枝词三叠》：

竹竿坡面蛇倒退，摩围山腰胡孙愁。

杜鹃无血可续泪，何日金鸡赦九州？

这首竹枝词是末句设问，不好懂，体现了黄庭坚诗歌艰涩难解的特点。"要"同"腰"。金鸡：古代盼赦日，设金鸡于竿，以示吉辰。诗的意思是：竹竿坡前蛇在退缩，摩围山腰猴子发愁。杜鹃声声"不如归去"，大赦的王命何日发布九州？这是反问，无法回答，表明了作者面对残酷现实的愤慨。

（5）两句设问

例如当代石理俊《赤壁今景唱竹枝》其二《戏问周郎》：

公瑾当年悟性高，弦歌声里听弓刀？

南飞乌鹊无栖处，横槊曹公底气糟？

其五《游陆水湖》：

迷蒙烟雨幻中参，飞起宏图改旧颜。

千载陆郎何处去，可来湖上荡诗船？

第一首次句、末句设问，均有反问之意，不需回答，引起读者思索。第二首在第三句设问，第四句可以理解为对第三句的回答，又可认为是反问，留待读者去理解、品味。

（6）多句设问

例如当代张馨《无人夏牧晚归》：

羊晚无人乍牧归？可蒙犬可吠解围？

薯秧雨后新插嫩，禁吃还凭犬指挥？

这首竹枝词首句设问起兴，引起读者注意。次句试探给出回答。第三句写在雨后红薯秧刚插入土。第四句设问似肯定，又有反问之意。三次设问，可收到强烈艺术效果。

再如当代刘萍高《竹枝词六首》其三：

> 打支山歌进了冲，冲里青竹几万根？
>
> 几多杉树坡上长？几多妹几想后生？

诗中"妹几"是江西萍乡方言，犹"妹子"。此诗第一句以唱山歌起兴，第二、三句设问，继续起兴，第四句才是目的，拐了几个弯，诗意突显，效果全出。

又如当代张馨《丙申七夕赠妻二首》其二：

> 情人节里送鲜花？怎表长天万里霞？
>
> 应否今宵开借据？来生可允觅君家？

此诗连环追问，七夕准备什么赠妻？送物太俗，"送鲜花"不妥，能否开借据？一生还不了，来生可允许再结百年连理？四连设问，答案读者自己品味寻找，别具一格，饱含深情，恩爱常新。

第 10 法：奇用行话

"行话"就是行业或专业术语，用在诗歌（竹枝词）中，会有说明书的感觉，枯燥无味。但如果用在合适位置，提示主题，将"死"的行话用"活"，则往往成为惊人的"奇语"，可以"警策"世人，收到奇特的效果，给读者留下难以忘怀的印象。

第 11 法：联想夸张

在创作竹枝词中，对事物进行联想，根据自己的认识、理解，进行必要的艺术夸张和变形，使它成为耐人寻味的艺术形象，使作品更具感染力。但必须掌握在合理、可信范围内，否则成为画虎不成反类犬的劣作。

例如当代王恒鼎《雨天放学》：

> 撑开彩伞雨沙沙，一个人成一朵花。
>
> 涌出校门花似海，遍分春色到天涯。

诗中"花似海"，形象极度夸张，不仅可信，而且十分美丽，令人喜爱。"遍分春色到天涯"同样十分夸张，祖国的"花朵"，在雨天放学，打着"彩伞"成队回家，像春色一样延伸到天涯。艺术感染力极强。

再如当代张德蕴《过西陵峡》：

> 秀插云霄十二峰，古楹倒挂势犹雄。
>
> 天梯不挡西陵道，一路轻车上九重。

"上九重"，形容高度，极度夸张，以联想写感受，可感可信。这就是以夸张取胜的手法。事实上，高度夸张在竹枝词写作中十分常见。如当代蔡厚示《竹枝词·山歌》："池戏鸳鸯柳荡丝，帕头情意我心知。如何偷得仙家种？种出百年连理枝。"当代沙月《黄春元武汉竹枝词项目认证会有感》："硚口长堤古镇根，竹枝俗调为留痕。清明景物图堪比，市井风情世所尊。骚客集中千首灭，秀才腕底百篇存。鼎三喜有知音在，五百年间梦共温。"当代负离子《西湖边看现炒龙井》："众香闻尽一香殊，嫩叶新锅小火炉。且向老翁称二两，三千里外饮西湖。"等等，都是代表作。

第12法：画龙点睛

画龙点睛是成语典故，这里不说典故，专指写竹枝词，在关键的地方用一二句诗语点明要旨，使诗词内容更加生动传神有力。

例如明末清初杜濬（1611年—1687年）《竹枝词·老店驰名刘鹤家》：

> 老店驰名刘鹤家，三钱买得好乌纱。
>
> 昨来误怪称呼别，乞丐相逢总唤爷。

诗中第一二句"画龙"：声名远扬的百年老店家，花了三钱银子买了一顶乌纱。第三句一转：奇怪的是昨天称呼变了样。第四句"点睛"：乞丐碰到刘鹤都唤爷。形象而深刻地揭示了"只认衣衫不认人"的社会现象（主题）。

再如当代罗期明《增江竹枝·牧童何去》：

> 老牛退役史留名，机引铧犁代步耕。
>
> 欲问牧童何处去？校园传出读书声。

"老牛退役""铧犁"耕种，普通农耕时代过去了，迎来了现代农耕时代，就是"画龙"。老牛退役后牧童干什么去？上学读书！在小康社会条件下，小孩均要上学读书，提高文化素养，这是点睛之笔。

唐代张彦远《历代名画记·张僧繇》："武帝崇饰佛寺，多命僧繇画之……金陵安乐寺四白龙不点眼睛，每云：'点睛即飞去。'人以为妄诞，固请点之。须臾，雷电破壁，两龙乘云腾去上天，二龙未点眼者见在。"竹枝词创作中，画龙就是描述景物、事件，是铺垫，为点睛做好准备；点睛是升华主题。如果只画龙不点睛，龙就是死龙，一点睛，龙就造势，破壁飞上天去了。

又如当代石理俊《赤壁今景竹枝词·三国塑像馆》：

东去长川日夜奔，一堂济济演三分。

我问群雄谁义战？孙刘孟德没声音。

此诗笔法高超、奇特，前半部分写的是波澜壮阔的大景，大江奔流东去，分占天下的三国在继续纷争。表面看结句"没声音"，但此时无声胜有声。正如明代陈继儒《小窗幽记》中所说："凡事留不尽之意则机圆，凡物留不尽之意则用裕，凡情留不尽之意则味深，凡言留不尽之意则致远，凡兴留不尽之意则趣多，凡才留不尽之意则神满。"真是构思奇巧，独出新裁，是行家的点睛之笔。

第 13 法：打诨增趣

插科打诨原指戏曲、曲艺演出中穿插一些滑稽的动作和谈话，引人发笑。现在广泛运用于相声、小品、山歌（情歌）对唱、二人转（说口），甚至辩论中。竹枝词具有山歌、小调、风俗民谣、俚语等浓厚风味，可采用民间幽默、滑稽语言，带有诗意地互相撩逗，有时没话找话打破沉默，有时是表露心中怨气指桑骂槐，有时是含沙射影批评人物，有时是横竖挑刺评价事物，有时是强词夺理推脱责任，有时是正话反说增添趣味，等等，在浓厚生活气息的基础上，写出竹枝词接地气的风趣，丰富人民群众的文化艺术生活。

例如当代张桓《离休杂咏·一年后又咏》其二：

鞍前马后度青年，到老熬成炊事员。

最怕还乡团扫荡，残羹剩饭吃三天。

青年时期"鞍前马后"在企业奋斗，"炊事员"比喻为退休后的父母，"还乡团"比喻为儿子儿媳孙子、女儿女婿外孙等晚辈，周末，小辈们来长辈家"打牙祭"。作者以打诨笔法创造风趣幽默的诗歌，把长辈们对小辈们既想念期待又担心的矛盾心理以及相聚后"残羹剩饭吃三天"的无奈现实，表达得非常充分、透彻，提示出在共享天伦之乐中，要考虑老人的感受。

第 14 法：误会矛盾

误会，是指误解、错误的理解。在传统戏曲中十分常见，能够制造尖锐的矛盾纠葛，使情节多一些起伏，甚至达到高潮。俗话说，无巧不成书，巧合原本是误会。生活中也不乏误会和矛盾，如，不打不成交、大水冲了龙王庙等，待解开误会和矛盾，豁然开朗，便相视一笑，更加印象深刻。

竹枝词中的误会矛盾，实质上就是竹枝词中的人物矛盾心理和异常行为的反映。通过恰当的语言表达，反映出人物前后自相矛盾、相互误会的行为举止和心灵感受。正如苏轼所说："诗以奇趣为宗，反常合道为趣。""反常"就是表面上看似超乎常情常态；"合道"则是设身处地想来，在特定环境中又合乎情理逻辑。竹枝词若能以反常言语道出至情入理的复杂矛盾心态和不一样的行为举止，方显出奇趣之所在。刘熙载《艺概》云："篇意前后摩荡，则精神自出。"这里"摩荡"就是矛盾抵触之意。以匠心制造矛盾，待矛盾释放领悟后，心头为之一振，精神凸显，更出精彩。

例如当代赵清甫《竹枝词·捕蝶》：

门对石桥老树斜，翩翩黄蝶入篱笆。

小童挥动捕虫网，扣得原来是菜花。

这个误捕，我们小时候遇到过，在长竹竿一端绑一个圆形铁丝网，再蒙上两层蜘蛛网，悄悄一捕，待收网一看，不觉相视而笑，大人们看见也会笑小孩们的行为。但这个细节属于众所周知，读来增添了生活情趣。

再如清代陆售《游了晴湖泛雨湖》：

游了晴湖泛雨湖，米家山色正模糊。

分明画出西施睡，还倩酒边人去扶。

诗中，"倩"同"请"。在雨中泛舟游湖，西湖仿佛米芾、米友仁父子一张泼墨山水画，景物空濛，若有若无，别有风味。分明画出来的是睡着的西施，还请喝多了酒的诗人去扶抱。这种误会，只能意会不可言传。

又如清代鲍元浑《鉴湖春游竹枝词》：

> 夜分归来缓步行，清流倒影客醒醒。
>
> 去年花里多卿伴，今日花开又见卿。

诗写鉴湖一位姑娘再次春游，第一次遇到心上人做伴，第二次巧合又遇到心上人，痴情难已，但这是一个误会，矛盾释放后，是单相思，故事自然就此打住。

第15法：叠字回环

叠字竹枝词是指诗中的部分句子或全诗各句都用叠字组成，分两字或多字叠，连续叠或叉开叠。叠字（词）的恰当应用，可以增加语言的音节美，增进情感的强度。叠字竹枝词读起来朗朗上口，荡气回肠，把诗人的感情也表达得淋漓尽致，让人回味无穷。从听觉效果来说，叠字和韵脚的回环往复，让人感受到音乐美，亲切感人，重复又是强调，无疑增强了表达的力度。

例如明代宋濂（1310年—1381年）《镜湖竹枝词》：

> 恋郎思郎非一朝，好似并州花剪刀。
>
> 一股在南一股北，几时裁得合欢袍？

诗中第一、三句分别为一字叉开叠和二字叉开叠，加之"袍"谐音"抱"，不仅读起来朗朗上口，而且感觉回环往复，增强了表达效果，谐音语意，更令人回味。

再如清代宋湘（1757—1827年）《西湖棹歌》：

> 大西门外是苏堤，堤坏堤成柳又齐。
>
> 穿过堤桥折堤柳，六如亭子在堤西。

诗中每句均有"堤"，共六个"堤"；还有两个"西"、两个"柳"，不仅没有重复多余的感觉，更有回环亲切、景色迷人之感。

又如当代段庆林《朔方柳枝词》：

依依柳笛柳前吹，折柳妮儿柳叶眉。

心事心潭关不住，低垂泪眼默相随。

这首《朔方柳枝词》的前两句中，共用了四个"柳"，把一位女孩子与情人依依惜别的情景叙写得动人心扉，折柳的意象与韵味迂回跌宕，情景十分感人。后两句知其留不住，默默泪眼紧相随。读来有乐感，使人领略到叠字竹枝词的音韵美和意境美。

叠字竹枝词还有很多。如唐代白居易《竹枝词》："巴东船舫上巴西，波面风生雨脚齐。水蓼冷花红簇簇，江蓠湿叶碧萋萋。"明代伍瑞隆《竹枝词》："蝴蝶花开蝴蝶飞，鹧鸪草长鹧鸪啼。庭前种得相思树，落尽相思人未归。"清代潘睿隆《借住西湖第一桥》："南峰北峰峰对高，箫声鼓声声动摇。阿侬最喜看春色，借住西湖第一桥。"元代陆仁《和西湖竹枝词》："别郎心事乱如麻，孤山山角有梅花。折得梅花赠郎别，梅子熟时郎到家。"清代王士禛《秦淮杂诗》其一："潮落秦淮春复秋，莫愁好作石城游。年来愁与春潮满，不信湖名尚莫愁。"均是名篇佳作。

第 16 法：陈古刺今

陈古刺今即借古讽今。借评论古代某人某事的是非曲直，影射现实。作者在创作竹枝词时先营造一个合适的典型环境，将古代的人物和事件与现在相关联的人物和事件进行对比、拉近、糅合在一起写。虽然有点儿像杜甫穿西装、系领带、穿皮鞋、戴皮绒贝雷帽，可能感到浑身不自在，但出于幽默，意义深刻。正如宋代程大昌《考古编·诗论十七》所说："若其隐辞寓意，虽陈古刺今者，诗之乐之，皆无害也。"

例如当代林崇增《历代诗人新咏》其三《杜甫——该找找穷的原因》：

戎马关山泪湿诗，秋风茅屋苦歌时。

霜毫不写升平颂，潦倒江湖你怨谁？

唐代杜甫生活在国家动荡不安，自己报国无门的时代，"亲朋无一字，老病有孤舟。戎马关山北，凭轩涕泗流。"所居茅屋为秋风所破，"布衾多年冷似铁，娇儿恶卧踏里裂。床头屋漏无干处，雨脚如麻未断绝。自经丧乱少睡眠，长夜沾湿何由彻！"但他推己及人，为人民呼号，他的诗故称"诗史"。为什么如此穷困潦倒？是因为他有一颗正直诗人的心，霜笔从来不去拍马屁，写歌舞升平。这首竹枝词反刺当今有些人只知道拍马屁，写一些歌颂时政的打油诗，时过境迁，没有任何生命力，甚至成为笑话。

第 17 法：纯朴白描

白描，原指中国画的传统技法，即只着重于人和物本身的描绘，黑线勾勒，不着颜色，没有背景。把它引用到竹枝词写作技法上，指用最简洁的词语，最省俭的笔墨，诗意地勾勒出鲜明生动的意象。达到质朴自然，平中有奇；以形传神，妙神妙理。

例如唐代李涉《竹枝词·荆门滩急水潺潺》：

十二峰头月欲低，空聆滩上子规啼。

孤舟一夜东归客，泣向东风忆建溪。

此诗用白描手法叙述了舟行巫峡时所见所闻及旅人思乡的哀愁。开头两句描绘了巫山十二峰上斜挂的明月即将西沉，长江上呈现一派迷茫景象，处于梦幻沉睡中，只有杜鹃声声啼叫"不如归去"。后两句刻画了旅人之苦和身世飘零、极度怀乡思亲之痛。"欲""泣"两字传神，景真情真，笔墨质朴中含有空灵，意境深沉幽远。

再如宋代苏辙（1039 年—1112 年）《竹枝词》：

上山采薪多荆棘，负水入溪波浪黑。

天寒斫木手如龟，水重还家足无力。

诗中描述了山中劳动妇女的艰辛。前两句写妇女既要上山砍柴，又要下山到溪边背水。后两句进一步描述采薪和背水的艰难。"手如龟"三字刻画了双手皮开肉绽，疼痛难忍的惨状；"足无力"三字刻画了浑身疲乏、举步维艰、摇摇晃晃的情状。皆纯朴自然，深刻传神。

又如当代谢清泉《田园拾趣》其一《春燕》：

> 一夜夭桃燃碧坡，林园雨后鸟争歌。
>
> 檐边燕恋春光美，衔得残红补旧窝。

树树桃花绽放在翠绿的山坡，雨后林园小鸟争相歌唱，屋檐下边的燕子迷恋春天的美好，太阳要落山了还衔泥修补去年的老窝。描述纯朴简洁，"燃""争""恋""补"四个字，用得生动，妙理传神。

竹枝词采用纯朴白描技法的名篇还有当代汤林尧《春院》："莺歌墙外柳，燕垒院中巢。劈篾爷编篓，孙跟奶唱谣。"当代詹益峰《电焊工》："道道弧光闪，云层放彩莲。攀登高塔上，人在九重天。"等等。

第 18 法：激情抒志

激情抒志，也叫直抒胸臆，激情满怀地直率抒发自己的思想感情。出自明代胡震亨《唐音癸签》第十回："杜公七律，正以其负力之大，寄慨之深，能直抒胸臆，广酬事物之变而无碍。"竹枝词多从民歌、俚语而出，更便于直抒平生宏志，直吐心中块垒。此法可分为以下三种：

（1）青春壮志

例如明代袁宏道（1568年—1610年）《竹枝词》：

> 龙洲江口水如空，龙洲女儿挟巨艟，
>
> 奔涛波面郎惊否？看我船歌八尺风。

龙洲：古代荆州，今湖北江陵县。首句描写了江边口岸所见江面景象：碧水连天，碧空连水，水天一色。以碧空喻碧水，别具匠心。次句写荆州姑娘劈波斩浪，在大江上娴熟地驾驶大船。"挟"字传神，体现姑娘英姿飒爽的形象。第三句以"男怯"衬托"女勇"，结句写姑娘倚风自笑，蔑视狂涛，其豪气、胆识、本领尽显。激情满怀，直抒宏志，畅快淋漓。

再如当代刘友竹《抗洪抢险竹枝词》其一《子弟兵》：

> 惯施惨祸江河水，力挽狂澜子弟兵。
>
> 管涌堤崩手挽手，拼将血肉筑长城。

其二《生死牌》：

> 从来危难显英雄，誓与长堤共吉凶。
>
> 出现险情跟我上，遗书留在挂囊中。

"子弟兵"均是青年人，当人民生命财产遭受洪水损坏时，人民子弟兵不顾危险挺身而出，甚至连遗书都写好了放在"挂囊中"，这种舍弃自己为广大人民群众的无私奋斗精神，跃然纸上。

（2）老年志趣

例如当代郑直《部队干休所八题》组诗其六：

> 老来偏疼老婆娘，嫁得征夫日月长。
>
> 为献殷勤买鱼肉，挽将袖子下厨房。

此竹枝词将身边家务事写得气势夺人，抒志亲切，生动感人。体现了老年人的高级趣味，情景相融，情事相融，颇耐细读。

再如当代郑直《部队干休所八题》组诗其三：

> 香炉峰在白云间，耄耋红军视等闲。
>
> 倘若长征重上路，敢摇轮椅过岷山。

这是作者郑直在游庐山时写的，尾句结到岷山。岷山位于甘肃省西南、四川省北部，西北—东南走向，西北接西倾山，南与邛崃山相连。包括甘肃南部的迭山，甘肃、四川边境的摩天岭。主要由石灰岩构成，平均高度 2500 米，山脊在 4000—4200 米。主峰雪宝顶海拔 5588 米。峰峦重叠，河谷深切。是"我"当红军参加长征经过的地方，虽然"我"现在成了八十岁老人了，如果祖国需要，就是摇着轮椅，"我"也要翻过岷山，贡献自己的力量。激情满怀抒发了"烈士暮年，壮心不已"的豪情壮志。

又如当代李建章《老兵新趣》：

> 老来爱唱战时歌，不按宫商走调多。
>
> 难识音阶五线谱，无需伴奏自消磨。

宫商：五音中的宫音与商音。这是一个老兵闲适自由、趣味萦怀的晚年生活，真正的身边人、身边事，直抒胸臆写来，平中见奇，真切感人。

（3）直抒怨气

例如清代陈璨《西湖竹枝词》：

抉目还留死后忠，吴山千古属英雄。

至今真气难销歇，白马银涛到越东。

此诗首句七字概括了伍子胥忠谏吴王反被赐剑自刎的悲壮故事，文字精练浓缩。《西湖游览志》："吴山，春秋时为吴南界，以别于越，故曰吴山。"次句：吴山千年万代永垂不朽，它永远属于英雄们，而绝不属于奸邪之辈。深含哲理，精警动人。诗人通过神话传说直抒忠臣伍子胥死后愤愤不平，其满腔正气难以消歇，英灵终于化作钱塘江潮，每年八月，他骑马、驾银涛来到钱塘江上。以景结情，意境壮丽雄浑，韵味深长，引人遐想。

第 19 法：通感推新

通感又叫"移觉"，是在描述客观事物时，用形象的语言使感觉转移，将人的听觉、视觉、嗅觉、味觉、触觉等不同感觉互相沟通、交错，彼此挪移转换，将本来表示甲感觉的词语移用来表示乙感觉，它系人们共有的一种生理、心理现象，与人的社会实践的培养也分不开。通感技法使竹枝词意象更为活泼，更为新奇的一种修辞格式。

例如当代邢敦岭《近水人家》：

朵朵帆花次第开，渔歌款款上阳台。

小楼夜闭南天月，门缝蛙声挤进来。

此诗中次句"渔歌"上阳台，是听觉转换为视觉，第三句"南天月"关闭在小楼外，是视觉转化为触觉，末句"蛙声"挤进门缝，是听觉转变为触觉。这样词语、句式在一首诗接二连三转化，技法高超。这在通感中属于"听声类形"，使诗产生美感，变得具有新鲜感，令人心动，耐人品味。

再如当代马雪聪《乡行趣》：

采笋扶锄上翠微，山村沃野浴朝晖。

春风为我添诗兴，拾得莺声一串归。

此诗在末句使用通感手法，"拾得莺声"是触觉转化为听觉，也是"莺声"被拾得，那就是变听觉为触觉，捕捉到了以前没有的鲜活的艺术形象，使诗新颖感人，难以忘怀。

又如当代刘庆霖《白城包拉温都赏杏花》其二：

> 红尘紫陌入心胸，漫把诗思说万重。
>
> 头枕鸟声山径卧，手中一叠杏花风。

此诗第三句"鸟声"，没写听来，而是枕在头下，将听觉转化为触觉；末句"杏花风"是香的，没写闻，而是抓在了手中，将嗅觉转化为了感觉。这种通感思维跳跃，非常有韵味，有情调。另外，此诗还使用了夸张、拟人、拟物等技法，将竹枝词写活了，不仅形象生动，新颖别致，而且意趣盎然，情味绵绵，推陈出新，推常出新。

第 20 法：抑扬奇崛

抑扬，是指音量有节奏地或大或小；浮沉，进退；文气起伏；褒贬等。这种技法用于竹枝词中，以通俗的诗语，引发波涛起伏的感情，取得奇崛的效果，给读者留下深刻的记忆。它分为以下三种情况：

（1）先扬后抑

在竹枝词前半部分做足"势能"，感觉高高在上，意气昂扬，在后半部分释放形成"动能"，形成显著落差，突显冲击力。

例如元代贡师泰（1298 年—1362 年）《葛岭东家是相门》：

> 葛岭东家是相门，当年甲第入青云。
>
> 楼船撑入里湖去，可曾望见岳王坟？

此诗前两句写了相门光宗耀祖，府第高耸，令人羡慕，做足了"势"。第三句一转，尾句以反问释放"势能"，忠奸对比立显，讽刺韵味浓厚，而又含蓄委婉，令人回味。

再如清代冯诚修《暮鹤》：

> 远望天空一鹤飞，朱砂为顶雪为衣。
>
> 只为觅食归来晚，误入羲之洗砚池。

相传，乾隆皇帝带着一帮文人学士下江南，游览名胜。一天黄昏，天际由远而近飞来一只丹顶鹤。乾隆欲试随从们的才华，令众人各赋诗一首。这突然而来的考查，使随从们瞠目结舌，狼狈不堪。随游的江南诗人冯诚修见状，脱口吟道："远望天空一鹤飞，朱砂为顶雪为衣。"乾隆听到此，故意打岔说："寡人要吟的是黑鹤，非才子所赋也。"冯诚修毫无难色，泰然又云："只因觅食归来晚，误落羲之洗砚池。"冯城修巧借典故，一下子将白鹤"变为"黑鹤，真是浑然天成，意趣横生。乾隆夸道："卿真诗中状元矣！"

（2）先抑后扬

用先抑后扬技法创作竹枝词，先将描写对象往坏处写，打入"十八层地狱"，后再迅速拉起，形成奇峰突崛，光彩照人。

例如元代康瑞《和西湖竹枝词三首》其一：

> 大船捶鼓银酒缸，小船吹笛红绣窗。
>
> 鸳鸯触棹忽惊散，荷花深处又成双。

此竹枝词写在湖中划船，轰轰烈烈地击鼓奏乐、吹笛，惊扰鸳鸯离散了，给人造成非常失落的感觉，但在荷花深处，鸳鸯又成双了，结果非常美好。

再如元代于立《西湖竹枝词》：

> 杨柳枝头双鹁鸪，雨来逐妇晴来呼。
>
> 鸳鸯到死不相背，双飞日日在西湖。

鹁鸪鸟有一个怪癖，天将下雨时就要赶走自己的配偶，晴天时再呼还。前两句：两只鹁鸪鸟在一起看起来很是亲密，其实并不恩爱，遇到劫难时赶走自己的老婆。寓含讥讽。后两句：鸳鸯至死永不分离，对爱情忠贞不渝，高度赞赏。先抑后扬，对比鲜明，很有感染力。

（3）夹抑夹扬

例如清代纪昀（1724年—1805年）《祝寿》：

> 这个婆娘不是人，九天仙女下凡尘。
>
> 生个儿子去做贼，偷得蟠桃寿母亲。

《清朝野史大观》里有一则记载纪晓岚作祝寿诗的故事，夹抑夹扬，跌宕起伏，通俗易懂，很是风趣。传说有一天，一位翰林给太夫人做寿，纪晓岚与该翰林是同道中人，便前往祝贺。该翰林见纪晓岚来了，十分高兴，便请他为太夫人作一首祝寿诗以光宗耀祖。纪晓岚当即应允，提笔写下第一句："这个婆娘不是人。"这个玩笑开得太大了吧？当时在场的所有人见了均大惊失色。纪晓岚若无其事，第二句落在纸上："九天仙女下凡尘"。啊，原来是先贬后褒！大家看了也随之松了一口气，生气的情绪得到了缓和，且都露出了笑容。这时纪晓岚又写出一句："生个儿子去做贼。"众人见了又惊愕到了极点。纪晓岚说："大家可不要惊愕，这个儿子可是一个大大的孝子。"紧接着，他不慌不忙又往下续了最后一句："偷得蟠桃寿母亲。"

蟠桃祝寿，昌瑞吉祥。大家见了赞不绝口，鼓掌雷动。纪晓岚作祝寿诗，确系文坛佳话，流传至今。

第21法：无中生有

无中生有，就是把没有说成有。出自《老子》："天下万物生于有，有生于无。"作为竹枝词写作的一种技法，就是要打通"有"和"无"这一对矛盾，创造条件，从"无"写"有"，从"无"创造"有"；也可以换位思考，增添思路，拓宽诗的写作空间，从一个侧面着手以"有"来认定"无"。

例如当代丁汉荣《雪乡素描》：

悬灯贴福过新年，大雪封门梦正甜。

一片曦光称捷足，先掀夜色照春联。

此诗从"无"写"有"。诗词家杨逸明点评：前两句铺垫，似一般般，但也不是可有可无之笔。后两句全用新诗写法，新鲜形象，妥切生动。"曦光"无足却能"捷"，无手却能"掀"，全是诗人想象为之"安装"也。目前格律诗词（包括竹枝词）存在通病就是语言太"现成"，不知如何打造得"活色生香"。我所谓的新诗写法，其实也不甚确，这种写法实际上古已有之，如"山抹微云，天连衰草""孤灯燃客梦，寒杵捣乡愁"，等等，只是当代的诗词作者渐渐弃之忘之，而新诗作者再不断继承创新，倒成了一种现代化的新写法了。

再如唐代张仲素（约 769 年—约 819 年）《王昭君》：

> 仙娥今下嫁，骄子自同和。
>
> 剑戟归田尽，牛羊绕塞多。

此诗是以"有"来认定"无"。写王昭君出塞和亲，战争停止了，争端和不愉快均消失了，出现了民族团结友好、相互尊重来往、互相帮助体谅的和谐景象。诗中以"有"——"牛羊绕塞多"来从反面认定没有战争之"无"——"剑戟归田尽"。

又如当代白纲《北京风情竹枝词·早市》：

> 精挑细选趁朝晖，果菜新鲜肉蟹肥。
>
> 徒用心思争物价，哪知斤两已吃亏。

早市以卖菜、日用品为多。此诗中以买方之"有"——"用心思争物价""斤两已吃亏"反衬了卖者之"无"——缺斤少两、质次价高，商德缺失严重，经营手段太黑，作者是呼唤商德回归。

无中生有法创作的竹枝词还有：当代丁汉荣《中秋》："九霄今夜泻银波，人到中秋望素娥。为有吴刚勤斫桂，蟾宫漏出月光多。"

第 22 法：意趣创新

意趣就是意味和兴趣，包括两层意思：一是意向，旨趣；二是意味，趣味。宋代严羽《沧浪诗话·诗辨》："夫诗有别材，非关书也；诗有别趣，非关理也。……盛唐诸人惟在兴趣，羚羊挂角，无迹可求。故其妙处透彻玲珑不可凑泊，如空中之音、相中之色、水中之月、镜中之象，言有尽而意无穷。"南宋张戒《寒岁堂诗话》："大至向中若无意味，如同高山没有烟云，春天没有草树，岂复可观。"写诗如有兴趣、意味，能挑逗到心尖，产生诱人的魅力。笔者将其分为以下三种情况：

（1）里趣（隐趣）

中国诗歌的"兴象"具备"天然"这一特征，是把描写对象从自然的浑然一体的连续体中摄出来，从自然中裁出这么一块，却不让人感觉到裁的痕迹，仍以自然的面目出现。意趣其里，天然物外。

例如清代纪映淮《秦淮竹枝词》：

栖鸦流水点秋光，爱此萧疏树几行。

不与行人绾离别，赋成谢女雪飞香。

清代江苏女诗人纪映淮这首竹枝词，其别称为《咏秋柳》，全诗"思与境谐"，颇得景趣，确为佳作。"栖鸦流水"点"秋光"，点出了秋色的无限美好，但面对"萧疏"，面对清寒，诗人的心境异常平和、安静和慎居，深含意趣其里。

谢女，指东晋才女谢道韫。谢太傅寒雪日内集，与儿女讲论文义。俄而雪骤，公欣然曰："白雪纷纷何所似？"兄子胡儿曰："撒盐空中差可拟。"兄女道韫曰："未若柳絮因风起。"公大笑乐。

所以诗中纪映淮便以"雪飞香"来形容柳絮的飘舞和秋色的寒凉。清初的诗坛巨匠、神韵诗派主将王士禛当时非常赏识纪映淮这首竹枝词，乃作《秦淮杂咏》相和，其诗曰："十里清淮水连桥，板桥斜日柳毵毵。栖鸦流水空萧瑟，不见题诗纪阿男。"纪映淮，字阿男，其时正孀居在家，故纪映淮的兄长看到这首竹枝和词后很不高兴，责备王士禛轻佻。后王士禛致书信道歉，并为纪映淮建木坊旌于杜府门前，以彰其忠贞、节烈。不料于木坊落成的第二天夜晚，纪映淮借来耕牛数头，套上绳索将木坊拉倒，以示国亡家破之恨和不屑。因纪家为明朝名门望族，纪映淮夫君即左将军王凝抗，清兵败被戮后全家曾隐山中几十年。此事后全家离开所居之城。读者通过阅读这首竹枝词，了解这段文坛波折，当更为敬重这位孀居女诗人。

再如隋代毛藻（601年—673年）《答〈催妆〉俳语》：

月影空濛柳影疏，秦淮水涨石城隅。

小姑独处无郎惯，争似罗敷自有夫？

清代袁枚《随园诗话》：泗州选贡毛藻，字俟园，辛卯年赶赴金陵才加乡试，主考官是彭芸楣侍郎。他的朋友罗恕孝廉，是彭芸楣门下的人。写信索要他近来的技艺，戏说作《催妆》俳句。毛藻以此诗回答他。诗意是：月照流水空漾洄，柳影也稀疏，秦淮河水淹没石城的边沿。小姑独自一人没有郎君娇惯，考试竞争好像获取美人罗敷为己所有？等到揭榜，毛藻考试得中。罗恕前去祝贺，进门大叫道：今日小姑也嫁给彭芸楣侍郎啦。一时间传为佳话。

上溯唐代朱庆馀《近试上张水部》："洞房昨夜停红烛，待晓堂前拜舅姑。妆罢低声问夫婿，画眉深浅入时无。"这诗语言非常含蓄，顿悟后意趣益然。

（2）外趣（显趣）

外趣是将人物、事件所发生故事的意趣诗意地表现出来，容易理解一些，因此也叫显趣。意趣其外，卓识其中。

诗人均知景色可以愉悦心灵，而心境通过人的思维也可以感染景色。写出"愉悦"的心态和"感染"的情景，这便是景趣。

例如陈榕滇《江村春夜》：

青溪竹院隔蓬门，桃杏数枝见淡痕。

午夜箫声江畔月，香氤入梦尽温存。

作者在青溪竹院的幽雅境致中，隔着"蓬门"可以隐约地看到远处的桃树和杏树，客居于江畔，半夜里"箫声"阵阵，月色清明，在这美丽而清静的江村中度过诗意的一夜，梦绕清香，温馨软卧，令人难忘。这是景色"愉悦"了心灵，清新自赏。

再如李长瑞《重返山乡》：

长长夜幕隐繁星，耳畔松涛动地惊。

借宿农家难入梦，开窗放入闷雷声。

作者在拥挤的城市里居住的时间长了，自然想换一个不一样的地方。当他返回到出生的乡下后，发现原来贫困闭塞的乡村发生了巨大的变化，不禁感慨万端。童年小友、往日故事，一件件涌上心头。此时借宿于亲朋好友的农家，在小院，在曾经与小伙伴玩游戏的地方，种庄稼的片土，浮想联翩，哪里还睡得着觉，哪里还能做出梦来？披衣踱步，看着繁星点点，机灵地在夜空中不断闪烁，听着凉意山风，强劲穿过成片森林呼号，心潮起伏，总是无法平静。于是作者干脆打开窗户，让那"闷雷"一样的林涛滚滚而来，直抵胸襟。这个松涛声变成"闷雷声"，就是被诗人当时的特殊心境感染了的鲜活景色。

又如现代徐长清《醉酒》：

老哥老酒老规章，欢煮鱼锅酌夜舱。

对饮三斤船也醉，险倾归客下清江。

这首竹枝词十分有趣。诗人遇见老友，在船上喝酒聊天。两人喝了三斤酒，人没醉倒是船醉了！这就是奇思妙想。全诗妙在"船也醉"三字。说船醉妙处有三：一是船醉即人醉，亦即人与船俱醉，这比单说人醉风趣得多；二是船醉即船颠簸摇晃，为结句造势，"险倾归客下清江"就顺势而出，恰似离弦之箭；三是船醉暗示船颠簸，也可暗示船已漂到江中，这深夜江面老友醉酒叙旧的欢乐也达高潮。可见，竹枝词要能说出痴人语、心中意，便收获了意想不到的效果。

又如当代魏新河《西湖竹枝》其二：

俨彩明光色太浓，万灯画出水晶宫。

白堤好在苏堤看，忘却苏堤亦画中。

作者至杭当夜，自武林门漫步经湖滨、白堤、西泠、岳庙，返西山寓所，历二十余里。次句千万盏灯绘出一座水晶宫，具有趣味；站在白堤观看苏堤非常好看，忘却了苏堤也是在画中，再增意趣。给人留下深刻记忆。

显趣竹枝词还有当代何鹤《松花江纪行》："如约小聚过松江，些许残荷稻穗黄。一缕乡情锅里煮，满山都是鲫鱼香。"肖少平《竹枝词·夜饮》："五月江南绿抹油，月光如水水如羞。半成酒意溪边卧，扯过清风当枕头。"均是名篇。

（3）多趣（兼趣）

多趣指既有里趣，也有外趣，趣味盎然。竹枝词作者当为诗词创作高手。

例如当代黄志军《喝茶》：

松枝火舔瓦汤锅，桑木瓢分白水河。

　　将就潲山青石碗，片时枯叶活春波。

　　诗中有山有水，有火有木，有瓦有锅，有瓢有碗，有枝有叶，有松绿有白水河，不可谓不热闹，最后以一个"活"字相结，全诗就鲜活了。感情丰富，既有显趣（外趣）又有隐趣（里趣），精彩绝伦。

　　王昌龄《诗格》："诗有天然物色，以五彩比之而不及。由是言之，假物不如真象，假色不如天然。如'池塘生春草，园柳变鸣禽'，如此之例，皆为高手。中手倚傍者，如'余霞散成绮，澄江净如练'，此皆假物色比象，力弱不堪也。"

第 23 法：理趣开新

　　竹枝词中的理趣，是寓某种社会生活的哲理于生动具体的意象、意境之中。钱钟书《谈艺录》认为："理趣之旨，极为精微。……诗贵有理趣，反对下理语。理语是理学家把说理的话写成韵语，不是诗。理趣是描写景物，在景物中含有道理。理趣不是借景物做比喻来说理，而是举景物做例来概括所说的理。……以事拟理，还不是理趣，理趣要即事即理，事理凝合。"可见理语和理趣的根本分界线是：理语的作者有意识地借助某种事物的形象来说明某种道理，犹如得鱼可以忘筌，得意可以忘形；而理趣的作者则无意识地借助客观事实以明理，是自然地于具体物象、事象之中生发出生活哲理，寓理于形象中，妙合无垠，难解难分。

　　如写咏物诗，通常是对所咏之物赋予人的情感和性质，所谓"咏物言志"就是这个意思。赋予人特定环境下的情性，物趣就开掘出来了。

　　例如当代温瑞《竹枝词·咏鞋》二首其一：

　　　　出风入雨伴同行，踏尽人间路不平。

　　　　问汝何时方一快？迷途得返最身轻。

　　这首竹枝词所咏之物是鞋，作者却给它赋予了人的品质、人的情性和人的心灵，所以最终写的还是人。正是因为用上了拟人的创作手法，赋予了人的感情色彩和人的意志灵魂，此诗便获得了一种特殊的理趣。

再看当代诗童《竹枝词·咏轮胎》：

躬身负重转终生，最晓人间路不平，

未得功名常受气，依然滚滚赴新程。

此诗前两句所写内容和感受与温瑞《咏鞋》虽然相似，但"出风入雨"和"躬身负重"还是体现了"鞋"和"轮胎"的不同，毕竟鞋是供人走路用的，轮胎是供车辆行驶的。因此后两句便突出了各自的特性，也是赋予人的情性最关键点。轮胎只有在"受气"条件下方能奔走前程，作者考虑到它只默默奉献，"未得功名"，还经常"受气"。好在它从不消极怠工，更不自暴自弃，不怕伤筋折骨，"依然滚滚赴新程"。此诗写得很有理趣，给人以精神启迪。

又如宋代杨万里《竹枝歌·月子弯弯照九州》

月子弯弯照九州，几家欢乐几家愁。

愁钉人来关月事，得休休处且休休。

月子：指月亮。钉：是督促、管理。月事：即月亮的阴晴圆缺。休休：第一个"休"字指休沐，宋朝时是每旬休沐一天（相当于我们现在的星期天）；第二个"休"字是休得（即不能、不得的意思）。"休休"可以引申为宽容，气量大。后两句诗的意思就是："最愁上司每到月底就来检查工作，好容易熬到休沐的时候也不能去休息，只好停止休沐加班加点了"。因此，这首竹枝歌可以理解为：一弯月牙照亮人间，多少人家欢乐，多少人家忧愁。但人间的忧伤与痛苦与月亮的阴晴圆缺有什么关系呢？该宽容的地方，姑且将气量放大些吧。

杨万里的这首竹枝词是一首饱含哲理的小诗，一句"得休休处且休休"道出了诗人的处世态度。

由以上事例可以看出竹枝词理趣的特点：一是从其创作过程看，作者不是先在头脑里有了某种哲理观点，然后去寻觅现实世界中相应的景物给以体视，而是触景（物）生理，理在景（物）中。二是从艺术境界的创造看，作者触景（物）所生之理，也融进了意境中，做到了理与境偕，而不是直接用抽象的言辞去表达哲学概念，理过其辞，淡乎寡味。理语不能入诗，诗境不出理外。三是从诗主情的文学体裁来看，作者在生活中触景（物）所生之理、之情，表现在诗中是水乳交融成为一体，共同构成诗的艺术境界，从而使景（物）、理、情三种要素合而为一。

第24法：禅意出新

禅趣，禅宗用语。即通过修禅道所获得的自我体验的趣味。"禅定"的修身方法是讲究静坐敛心、专注一境，坚持达到身心"轻安"、观照"明净"、冥思妙理、心神恬静的境界。这成为仕途坎坷的失意文人于茫然中另找到的一条自我解脱的退隐之路。禅趣由禅定而来。诗人于静心养性之中，尽释杂念，冥思禅理，神游妙境，超脱世外，感受那种空明洁静、轻松愉悦的审美趣味。禅趣诗可分为以下两种：

（1）自寻妙境

作者通过对某种事物安静专注寻找、观察和鉴赏，逐渐进入妙境，得到超脱。这是一种静观式的禅趣美感。

例如宋代王安石（1021年—1086年）《北山》：

北山输绿涨横陂，直堑回塘滟滟时。

细数落花因坐久，缓寻芳草得归迟。

北山：即今南京东郊的钟山，王安石晚年在那里隐居。陂：池塘。堑：这里指水渠。回塘：弯曲的池塘。滟滟：形容春水在阳光下闪闪发光的样子。诗中写久坐则细数落花，缓步则寻芳忘归，通过细微而漫不经心的举止，反映王安石超乎世外的空静心境。清代沈德潜说："王右丞（王安石）诗不用禅语，时得禅理。"

当代陈榕滇《竹枝词·春钓》：

青溪夹柳柳摇风，几树桃花隔岸红。

独坐江头闲掌钓，归帆驶入夕阳中。

作者"独坐江头"，先看到江流两岸的翠柳，在风中自由摇摆，岸边几棵桃树，花朵开放，花颜耀眼。在这恬静环境中悠闲自在把守钓竿，让美丽的时光缓缓流走。是否能钓到鱼并不在意，主要让清静的山水净化一下长期奔波劳累的身心，尽情享受一段在阳光下独处的温馨，不亦快哉。在这休闲的其乐融融之中，太阳倒先就疲倦了，它想下山在远处海中安睡了。而一艘艘晚归的渔船，渐次行驶在夕阳的斜晖中。世间荣辱抛身外，闲散天地享人生。悟透禅缘心自定，明朝餐后启征程。

（2）悟道得神

诗人寻道觅仙，冥思苦想，在山穷水尽之际，又峰回路转地顿悟，获得神理，得到一种豁然开朗的审美快感。

例如南宋某尼《悟道》：

> 尽日寻春不见春，芒鞋踏遍陇头云。
>
> 归来笑拈梅花嗅，春在枝头已十分。

诗中以"春"喻"道"，抒写到处寻道未果，却于归来之际突悟：原来"道"即在身边、在眼前，竟然熟视无睹。真是："踏破铁鞋无觅处，得来全不费功夫。"寓禅理于生动具体的形象之中，别有禅趣。

再如元末明初丁鹤年《竹枝词》：

> 水上摘莲青滴滴，泥中采藕白纤纤。
>
> 却笑同根不同味，莲心清苦藕芽甜。

这首竹枝词，有视觉、味觉的搭配，就莲藕来说，从视觉上品，莲在水上，青绿色，鲜嫩清新；藕在水下，是白黄色，耀眼好看。从味觉上品，莲心味涩苦，藕芽味清甜。让人不解的是，为什么莲与藕同根不同味，莲心是苦的，而藕芽是甜的？第一解为：在古代，"莲"与"怜"谐音，"藕"与"偶"谐音，均象征爱情，通过采莲女的自述，表达了"只有经过艰苦的劳动，才能结出甜美的果实"。隐含意趣。第二解是坐莲念佛清苦，还俗追求爱情甜蜜。别有禅趣。

第 25 法：双关寄意

双关是在一定的语言环境中，利用词的多义或同音的条件，有意使语句具有两种意思，言在此而意在彼，使诗含蓄有味。宋代范仲淹《〈赋林衡鉴〉序》："兼明二物者，谓之双关。"笔者将其分为以下三种情况：

（1）谐音双关

就是以谐音表达双重具体的形象，是作者在生活中多次接触、多次感受、多次为之激动的既丰富多彩又高度凝缩了的形象，它不仅是感知、记忆的结果，而且打上了作者情感烙印，受到思维加工。竹枝词使用此法，以具体可感的形象表现出生活、思想和感情，很是普遍。谐音双关又可以分为单字、双字和多字谐音双关三种。后两种也叫词谐音双关。

首先说单字谐音双关竹枝词。

例如元代郑元祐（1292年—1364年）《西湖竹枝词二首》其一：

岳王坟西是妾家，望郎不见见栖鸦。

孤山若有奢华日，不种梅花种杏花。

诗中"杏"与"信"谐音，属于单字谐音双关。后两句意思是：孤山若有一天繁华起来，就该不种梅花而种杏花。通过谐音又委婉地表达这个女子对忠贞爱情大胆向往的形象。

单字谐音双关竹枝词很多。如元末明初倪瓒《愁水愁风人不归》："愁水愁风人不归，昨夜水没钓鱼矶。踏尽莲根终无藕（同'偶'），惹多柳絮不成衣。"唐代刘禹锡《竹枝词》其一："杨柳青青江水平，闻郎江上踏歌声。东边日出西边雨，道是无晴却有晴（同'情'）。"明代沈周《酸来酸去只怨梅》："杏子单衫窄样裁，荷花娇貌一般开。心中有事谁知得？酸来酸去只怨梅（同'媒'）。"明代冯廷槐《郎似蓬花轻去乡》："郎似蓬花轻去乡，妾如兰草闭幽芳。无藕池边难得藕（同'偶'），有霜时候不成霜（同'双'）。"均是名篇。

其次说双字谐音双关竹枝词。

例如现代鲁迅（1881年—1936年）《哀范君三章》其三：

风雨飘摇日，余怀范爱农。

华颠萎寥落，白眼看鸡虫。

鸡和虫都不值得重视，用来比喻争权夺利的可鄙人物。当时自由党主持人何几仲，排挤进步人士范爱农，为范爱农所鄙视，所以说白眼看鸡虫。"鸡虫"同"几仲"谐音，这是一语双关。

再如后唐代孙光宪（901年—968年）《竹枝词二首》其一：

乱绳千结（竹枝）绊人深（女儿），越罗万丈（竹枝）表长寻（女儿）。

杨柳在身（竹枝）垂意绪（女儿），藕花落尽（竹枝）见莲心（女儿）。

诗中越罗就是越地所产的绮罗，"莲心"同"怜心"谐音，怜爱之心。双字谐音双关，加深了诗意，增强了表达效果。

再说多字谐音双关竹枝词。

例如明代释如晓《莲子丝多也断肠》：

荷衣香褪不成妆，莲子丝多也断肠。

斜雨斜风归渡急，停桡羞问野鸳鸯。

诗中"莲子丝多"与"怜子思多"谐音双关。情人相爱相思太多，也令人肝肠寸断。

（2）词意双关

例如元末明初钱惟善《叶间红泪滴成珠》：

贫家教妾自当垆，马上郎君不敢呼。

折得荷花待谁赠？叶间红泪滴成珠。

据东晋王嘉《拾遗记·魏》："文帝所爱美人姓薛，名英芸……闻别父母，歔欷累日，泪下沾衣。至升车就路之时，以玉唾壶承泪，壶则红色。既发常山，及至京都，壶中泪凝如血。"以后常泛指女子的眼泪为"红泪"。这里"红泪"词意双关，既指眼泪，又指荷花瓣上的水珠。

再如清代徐允翘《如何容易便心通》：

妾家住久竹林中，一尺枝梢一尺风。

枝上青青都是节，如何容易便心通？

心通：明说竹枝多节，不易打通；暗喻要获得"我"的爱情也不容易。属于词意双关。

（3）诗意双关

例如谭奇《勉落第诸生》：

银鳞百万跃龙门，一线之差天壤分。

江汉自生归有所，何妨奋鳍待来春。

鳍：鱼类的运动器官，由刺状的硬骨或软骨支撑薄膜构成。有调节速度、变换方向等作用。此诗表面看是写鱼跃龙门，但题目是写给落第考生的，勉励他们来春奋鳍而飞。属于诗意双关，寄意高妙。

再如唐代朱庆馀《意献张水部》：

洞房昨夜停红烛，待晓堂前拜舅姑。

妆罢低声问夫婿，画眉深浅入时无。

这是一首在应进士科举前所作的呈献给张籍的行卷诗。前两句渲染典型新婚洞房环境并写新娘一丝不苟地梳妆打扮。后两句写新娘不知自己的打扮能否讨得公婆的欢心，担心地问丈夫她所画的眉毛是否合宜。此诗以新妇自比，以新郎比张籍，以公婆比主考官，借以征求张籍的意见。全诗选材新颖，视角独特，以"入时无"三字为灵魂，将自己能否踏上仕途与新妇紧张不安的心绪作比，寓意自明，令人惊叹。这是诗意双关，立意高妙。

朱庆馀呈献的这首诗获得了张籍明确的回答——《酬朱庆馀》：

越女新妆出镜心，自知明艳更沉吟。

齐纨未足时人贵，一曲菱歌敌万金。

诗中，他将朱庆馀比作一位采菱姑娘，相貌既美，歌喉又好，因此，必然受到人们的赞赏，暗示他不必为这次考试担心。

首句写姑娘身份和容貌。她是越州的一位采菱姑娘，刚打扮好，出现在镜湖的湖心，边采菱边唱歌。次句写她的心情。她当然知道自己长得美艳，光彩照人。但因为爱美的心情过分了，却又暗自忖度起来。朱庆馀是越州人，越州多出美女，镜湖为其名胜。故张籍将他比为越女，且出现于镜心。这两句是回答朱诗中的后两句，"新妆"与"画眉"相对，"更沉吟"与"入时无"相对。新娘打扮得入不入时，能否讨得公婆欢心，最好先问问新郎，如此精心设问寓意自明，令人惊叹。后半部分进一步肯定她的才艺出众：虽有许多其他姑娘，身上穿的是齐地出产的贵重丝绸制成的衣服，可是那并不值得人们的看重，反之，这位采菱姑娘的一串歌喉，才真抵得上一万金哩。进一步打消朱庆馀"入时无"的顾虑，所以特别以"时人"与之相对。朱诗写得好，张诗答得妙，酬答俱妙，均为诗意双关，可谓珠联璧合，千年来传为诗坛佳话。

诗意双关还有清代谢起蛟《八月十五月团金》："八月十五月团金，湖山高高湖水深。三潭月映三轮月，不及湖心一点心。"后句针对前句，诗意双关。

第 26 法：新词增色

竹枝词的一大特点就是贴近生活，反映世风民情。在诗中有意识地提炼和巧妙使用当代社会口语，或者改进外来语，使诗的语言适应新时代，质朴自然，明白晓畅，给读者留下新颖亲切的感觉，增加竹枝词特色。正如宋代戴复古《读放翁先生剑南诗草》所言："人妙文章本平淡，等闲言语变瑰奇。"清代赵翼的《论诗》："诗文随世运，无日不趋新。"

例如现代李默庵（1904 年—2001 年）《申江杂咏》：

腰悬小表轮金轮，巧比铜壶刻漏真。

相约只凭钟几点，不劳子午标时辰。

当时"小表"是引进外国产品，属于新生事物，刚进入上海的有钱人的生活，使用方便，又是一种荣耀，此诗表现了现代都市生活的进步和繁华。

再如当代宋秉仁《小村见闻》四首其一《民企女杰》：

忆中还是小毛丫，出水芙蓉一朵花。

传讯手机铃每响，多谋善断万团麻。

20 世纪 90 年代初，手机刚刚出现，诗中女民营企业家配置了手机，随身携带，家事、企业事即便如万团麻一样难缠，她都能当机立断，运用智谋及时解决，体现了女民营企业家的聪明果断、办事得力。形象十分生动，鲜活感人。

又如当代罗福江《新路行》：

> 环山新路净无泥，青翠枝头好鸟啼。
>
> 心旷神怡林里转，氧吧天造令人迷。

现在的乡镇村寨，国家投入大量资金对住地、河道、湿地、山麓等进行美化设计和花园式建设，比城市更安静、更环保，尤其是鸟语花香的新家园从推广到普及，成为天然"氧吧"，吸引村民和从城市到农村度假的市民，随时可以散步，享受自然美景，调节心态。

又如当代姚泉名《武汉交通竹枝词·共享单车》：

> 撒向街衢事略奇，手机扫码任君骑。
>
> 春风蹬得随轮转，一块钱烻半小时。

> 东湖绿道恰春晴，摩拜踩欢坡变平。
>
> 兴致忽随香汗下，锁车梅畔却舟行。

> 你方锁罢我来骑，无柱单车共享时。
>
> 欧佛黄兼摩拜橘，道途儿女更多姿。

> 小时二十价如珠，绿道专营利可图。
>
> 共享单车过江鲫，租车生意瞬间无。

> 红轮车伴小黄车，路上风情近日殊。
>
> 儿辈蹬车玩自拍，可知父母忆当初。

烻：闪光的样子。摩拜：英文名 mobike，摩拜单车是由胡玮炜创办的北京摩拜科技有限公司研发的互联网短途出行解决方案，是无桩借还车模式的智能硬件。人们通过智能手机就能快速租用和归还一辆摩拜单车，用可负担的价格来完成一次几公里的市内骑行。"共享单车",是近几年才在各大城市出现的新词。通过手机扫码、开锁和付费,路边定点存放,极为方便;没有污染排放,相当环保;上下班不用坐公交、打的士,半小时才收一元钱,既节省了交通费用,又减缓了早晚交通拥堵,可谓一石四鸟。诗人用惊喜的目光打量它,并享用它、赞美它、感恩它,那种春风得意的快乐心情溢于言表。

捕捉新词、赞颂新生事物的竹枝词还有:现代朱文炳《海上竹枝词》:"海上人人讲卫生,自来水最是澄清。浣衣寄语贫家女,莫恋东邻宋玉情。"这是歌咏自来水。现代叶仲钧《上海鳞爪竹枝词》:"零星小吃也无妨,饭店争相集弄堂。昔日正兴都是馆,而今大陆作商场。"这是歌颂小吃进商场。当代白纲《自动取款机》:"出行何必带浮财,自动银行昼夜开。磁卡一插轻按键,现钞如数早飞来。"这是歌咏自动取款机的。当代李池《琼乡竹枝词》其一:"果农大叔驾嘉陵,清早出城轮急行。傍晚归来车更快,合同已订万箱橙。"这是写嘉陵摩托车的。当代段天顺《青岛即兴》其一:"滂沱千里访滨城,老友相逢话兴浓。酒到酣时歌舞起,卡拉 OK 伴涛声。"这是写卡拉 OK唱歌的。等等,均是名篇。

第 27 法:就题演义

蒋大器《三国志通俗演义·序》对"演义"曾做这样的解说:"文不甚深,言不甚俗,事纪其实,亦庶几乎史。盖欲读诵者,人人得而知之,若所谓里巷歌谣之义也。"就题演义就是作者根据竹枝词题目敷陈义理而加以引申,围绕主题进行艺术构思,创作出新颖独特的佳作,可以异想天开,心游万仞。

例如当代星汉《葡萄沟食葡萄》:

周身绿染入冰壶,一饱已贪无再图。

万贯贾儿休傲我,而今满腹是珍珠!

诗家杨逸明评点:腹有诗书气自华,诗人吃了新疆天山的满腹葡萄,居然也底气十足,敢嘲笑万贯的贾儿。诙谐中带着傲气,诗人本色也。

当代张馨《从广元飞北京》其二《飞行》：

> 万米高空不胆寒，借飞云路半天宽。
>
> 莫因已步青云道，遗忘民间行路难。

在万米高空的飞机上，云路宽广平坦，我自闲庭信步，不要忘记陆地上的道路高低不平，甚至多有坎坷，难以行走。劝诫那些"位高权重"的人民公仆，要时时记住广大老百姓的疾苦，心中装着平民，为民办实事。从坐飞机演义主题，寓意深远。

就题演义的名篇佳作还有：当代范少华《笔架山随想》："权将玉宇做书房，笔架云山气自昂。更借星湖为墨砚，好书天下大文章。"当代刘畴《玉龙雪山》："玉龙堆雪白如银，万古千秋不染尘。惬意撑天潇洒极，冰清玉洁壮山魂。"当代吴修秉的《济南珍珠泉》："时人品价问珍珠，此处珍珠与世殊。日涌泉中千百串，只供观赏不求沽。"等等。

第 28 法：曲径通幽

唐代常建《题破山寺后院》诗："曲径通幽处，禅房花木深。" 意思是从弯曲的小路通向风景幽美的地方。此法用在竹枝词创作上，能获得意外之喜，增加趣味。

现代佚名《溪州竹枝词》：

> 连宵哭嫁一声声，骂了婆家骂媒人。
>
> 儿曹似解哭声假，特意焚膏看泪痕。

土家族女子出阁有哭嫁之俗，往往在出嫁前要哭上半月至一月之久。"夭桃时节卜佳期，无限伤心叙别离。哭娘哭嫂哭姊妹，情意缠绵泪如丝。""听说人家嫁女娘，邀呼同伴暗商量。三三五五团团坐，姐一场来妹一场。"此诗的哭嫁，"骂"其实是感谢婆家、感谢媒人，通过小孩实现曲径通到幽处：虽是离开娘家有伤心因素，但大多是找到爱情归宿是高兴的事情，是"喜哭"，如果直言就没有诗味了。

再如清代陈光泰《石门竹枝词》：

> 几日天门不肯关，桃花流水去闲闲。
>
> 无因觅得留春计，一曲竹枝到绿湾。

此诗连续设曲径，前半部分桃花随溪水流去，是因为天门不肯关上；后半部分因为没有找到把春天留住的计策，只一曲竹枝歌的功夫，就流到了绿湾。再次曲径设计，就通往诗意的幽处了。

应用曲径通幽技法的名篇还有：清代王子元《访友》："乱乌栖定夜三更，楼上银灯一点明。记得到门还不扣，花阴悄听读书声。"清代方蒙章《访友》："轻舟一路绕烟雾，更爱山前满涧花。不为寻君也留住，那知花里即君家。"当代秦林臣《山茶》："盈盈笑靥涨红云，花放春融美十分。东宅姑娘簪两鬓，教人误认是昭君。"

第 29 法：成语智用

一般成语、熟语和固定词组用在竹枝词中，显得呆板、枯味，又浪费篇幅不提倡这样做。如果采用插字、拆开、改造、摘取、对仗等手段灵活、智慧地运用成语、熟语和固定词组在恰当位置，可以在节奏上增加气势，在语序上增加力度，在篇幅上增加文采和诗趣。笔者将其分为以下七种情况：

（1）直接放入

例如元代吴复（1321 年—1383 年）《不用千金酬一笑》：

> 官河绕湖湖绕城，河水不如湖水清。
>
> 不用千金酬一笑，郎恩才重妾身轻。

千金酬一笑：古人指美人一笑之难得。王僧孺诗："再顾连城易，一笑千金难。"后两句意思：我不贪图金钱，看中的是你的才华。对比鲜明，说明这个女子眼光远大，值得追求。

再如当代何国瑞《承德棒峰》：

> 独立峰巅直插云，威然回顾不移身。
>
> 问君何以长如此？怕有偷天换日人。

诗中直接插入成语"偷天换日"，鲜活的诗意和雄浑的气势就出来了。

（2）布白变换

例如张馨《送保康县委张书记至湖北省任副秘书长》：

　　幸遇当今伯乐珍，心怀远志出凡尘。

　　居高谨慎须怜下，为富谦虚应布仁。

第三、四句是"飞白"变换，将"临"改为"怜"，要时刻关心下属，关心湖北省老百姓，做好人民的公仆；"不"改为"布"，作为富有者，要广布仁慈，支援贫困地区，救助贫民。又将"谦虚谨慎"拆开，对仗工整，读来节奏参差，富有声调。

（3）定位淡化

例如当代蓝林《两岸情思》：

　　日月潭边客，黄河故里人。

　　相思红豆结，粒粒系同根。

诗中前半部分就是将"日月潭边""黄河故里"定位，淡化各自主体之境，增强"客"在台湾，隔海相望，"心"思大陆，"根"在中原，并且对仗工整，语气果断。引出第三、四句，感情自然流露，生动感人。

（4）拆开对仗

例如当代曾金美《碧波诗词读后赠友人》：

　　碧水粼粼含雅韵，波光闪闪奏清音。

　　诗心美美如佳酿，词意甜甜欲醉人。

诗中"碧水波光""诗心词意"均拆开，两联均对仗，语调增气势，诗意境界开。

（5）插入字词

例如现代曾燠《沅江棹歌》：

　　相见桥边相别难，君须西上我东还。

西行一百二重塞，东行七十二重滩。

曾燠自注：相见桥在镇远城外，自常德陆路入滇，俗称有一百二十关。称"西上"。诗中在"西上东还"中插入"我"，说明了在相见桥旁分别非常难过，两人此去均路途遥远，千难万险，相互牵挂。

（6）隐去字眼

例如张馨修改吉生庸医联，写成竹枝词《电线杆上疑难杂症包治包好》：

广告杆墙粘处处，包医杂症解民灾。

交钱未必逢凶化，得药何曾起死回。

此诗第三、四句分别隐去成语"逢凶化吉""起死回生"中的"吉""生"二字，痛快淋漓地讽刺了电线杆、路边墙面等铺天盖地的庸医（吉生）治病，信誓旦旦包治包好的谎言。

（7）错开反用

例如石理俊《南宫村采摘》：

翁媪分散进林园，李下今天不避嫌。

摘个大梨分八瓣，一人一块笑分甜。

成语"李下避嫌"用在此诗中，错开反其意，表明当代中国农村老百姓生活水平不断提高，物质不再匮乏，采摘水果时可以任意吃，任意品尝，甜蜜的笑容代表了幸福的生活和美好的向往。

第 30 法：智水仁山

子曰："智者乐水，仁者乐山；智者动，仁者静；智者乐，仁者寿。"朱熹注："智者达于事理而畅流无滞，有似于水，故乐水。仁者安于义理而厚重不迁，有似于山，故乐山。"乐山乐水的竹枝词创作者"登山则情满于山，观海则意溢于海"。诗得江山助，充分发挥山与水的特殊作用，可以使作者写出情境交融、诗意盎然又具有民歌风味的竹枝词来。此技法分为以下四种情况：

（1）灵山浩气

例如明代朱廷声（？年—1537年）《青尉祠》：

不为身家只为民，誓将一死感吾君。

寸诚真切弥天地，散作龙阳百里春。

《明史》载：青文胜，字质夫，夔州人。仕为龙阳典史。龙阳濒洞庭，岁罹水患，遍赋数十万，敲扑死者相踵。文胜慨然诣阙上疏，为民请命。再上，皆不报。叹曰："何面目归见父老！"复具疏，击登闻鼓以进，遂自经于鼓下。帝闻大惊，悯其为民杀身，诏宽龙阳租二万四千余石，定为额。邑人建祠祀之。妻子贫不能归，养以公田百亩。万历十四年诏有司春秋致祭，名其祠曰"惠烈"。以死为老百姓请命成功，古今历史上极为少见，常德青尉祠当永远配享香火。

再如明代黄周星（1611年—1680年）《西湖竹枝词》：

山川不改仗英雄，浩气能排岱麓松。

岳少保同于少保，南高峰对北高峰。

此诗以警句开头，气势磅礴，雄视千古，使读者对保卫祖国的先烈油然而生敬意。次句写英雄们生前一身正气，大义凛然，锄奸却敌，精忠报国，视死如归。正气能战胜一切，推倒一切。英雄怀有正气，才排除无数艰难险阻，创造了惊天动地的伟业。第三句写南宋抗敌英雄岳飞和明朝保卫京师有功的爱国忠臣于谦，他们均立下功勋，却遭奸人迫害致死。后人将岳飞葬在北山栖霞岭，将于谦葬南山三台山麓，均立祠纪念。南高峰和北高峰称"双峰插云"，为西湖十景之一，这首诗运用象征手法，说明岳飞和于谦是我国人民心中两座丰碑，永远令人景仰。正如清代袁枚《谒岳王墓》："江山也要伟人扶，神化丹青即画图。赖有岳于双少保，人间始觉重西湖。"

写山川灵气、浩气的竹枝词还有：清代福庆《异域竹枝词·新疆》："三峰孤耸插青天，冰雪莹莹照眼鲜。一片琉璃遮日月，水晶宫阙在山巅。"当代张馨《昆仑关纪行》其一《俯松》："风欺雨打势犹尊，屹立高岗稳扎根。千载男儿长作礼，昆仑关上拜英魂。"其三《忠骨》："钢军铁旅巅峰阵，血肉长城保万家。偶见山头白骨立，依然守土卫中华。"其四《柱联》："名将题诗慷慨辞，血花飞舞御倭儿。我来恰遇秋阳落，霞浸昆仑景浸诗。"张馨《仰望韶山》其一："巅高谁过珠峰顶？哪座山绵跨海疆？万里风云生激变，伟人睿智起荷塘。"其二："赤旗镰斧隐山冲，血性湖湘暗自雄。星火长征承大任，燎原赤县漫天红。"其四："江山何幸此多娇？殉难英雄热血浇。六位亲人捐性命，至今浩气贯云霄。"等，均是名篇。

（2）借水造境

例如清代王士禛（1634年—1711年）《广州竹枝》：

> 海珠石上柳阴浓，队队龙舟出浪中。
>
> 一抹斜阳照金碧，齐将孔翠作船篷。

首句写龙舟竞渡的中心地带——海珠石岛柳树枝叶浓密景象。次句写龙舟竞渡的热闹情景，"出浪中"形象地描写了龙舟迎风破浪，桨击江水，水花四溅，龙舟如在浪中跃出，飞驰前进。后半部分写在斜阳下，用孔雀尾、翡翠羽毛装饰的船篷，造境在斜阳映照下，金碧辉煌，分外夺目。

再如张馨《晚过资江》其一："榜落孙山忆旧时，曾掀浊浪阻归迟。江神也具高低眼，今日波光带笑姿。"其二："横溪跳跃入江斜，逆向源头是我家。抬眼九龙山上望，白云峰颈系巾纱。"第一首"波光带笑姿"造境巧妙，双关语，明说波光在阳光照射下如微笑欢迎摆渡者，暗寓波光也只认衣衫不认人。第二首写九龙山上的一环白云像系在山峰颈部的巾纱一样，造境多美。

（3）以水抒怀

借助水的特性以及和水有关的事物为媒介，进行想象、推理、对比等，抒发作者的特定情怀。

例如明代方文（1612年—1669年）《竹枝词》：

> 侬家住在大江东，妾似船桅郎似篷。
>
> 船桅一心在篷里，篷无定向只随风。

首句以姑娘的口吻交代她住在长江下游，熟悉船上的生活。次句姑娘自比船上高高竖起的桅杆，把情郎比作风帆。第三句"一心"是巧语双关，明面说船的桅杆固定不变，全身插在船上，而且靠它竖起风帆，暗寓姑娘一心一意忠于爱情，绝无二心。第四句"随风"亦是双关语，明说船帆随风转，不断变化，暗寓情郎用情不专，随风转向，见异思迁。"无定向"三字非常恰切，很有深意：一个是一心一意有定向，另一个是三心二意无定向，两相比较，孰优孰劣，不言而喻。

再如清代林树海《台阳竹枝词》：

阿侬生小住台湾，不羡蓬壶缥缈间。

愿借一帆好风力，随郎西渡到唐山。

林树海自注："南洋诸番称中国为唐，称内地亦为唐。"本竹枝词描写了台湾同胞回归祖国大陆的愿望。首句写姑娘自小在台湾长大，她对台湾土壤肥沃、气候温暖、物产丰富等非常熟悉。刚来台湾的移民包括姑娘的长辈觉得台湾如世外桃源、蓬莱仙境。如丘逢甲《台湾竹枝词》："浮槎真个到天边，轻暖轻寒别有天。树是珊瑚花是玉，果然过海便神仙。"第二句姑娘认为虚无缥缈的仙家生活不值得羡慕，是因为风俗习惯影响和怀念亲友、思念大陆。后两句希望凭水借船帆、乘好风早日顺利回到大陆。"随郎西渡"还暗示夫妻俩恩恩爱爱，共结连理，打算回到大陆重建家园，创造幸福的生活，与家乡众多亲友团聚。

（4）山水互映

明山丽水本身相互辉映，如果再加上作者丰富的想象，赋予一定的寓意，形成佳作。

例如清代张芝田《梅州竹枝词》：

凌风高阁俯城隈，人立城头眼界开。

最好夕阳红两岸，半江风送一帆来。

梅州古城，沿梅江、程江北岸而建，一条主要街道即凌风东路、凌风西路，贯穿城镇东西两端。首句写登临高高的凌风楼可以俯瞰全城，直到城镇的边沿角落。次句进一步渲染站得高看得远，眼界开阔，梅城美景尽收眼底。后两句写梅城最美的时刻在黄昏红艳艳的夕阳西沉时，程江和梅江两岸一片火红，整个梅城分外娇艳。"一帆"还暗示梅城商业尚未发达，江面往来船只不多。诗人这样写可能考虑画面的简洁。唐人有"嫩绿枝头红一点，动人春色不须多"。清人有"触目横斜千万朵，赏心只有两三枝"。

再如清代钱琦（1709年—1790年）《台湾竹枝词》：

> 鹿耳门外帆影垂，鹿耳门内村烟炊。
>
> 早潮出口晚潮入，世上风波哪得知？

鹿耳门以前是台湾门户，在进入台湾岛的海道入口处，地势险要，为兵家必争之地。但诗人在前半部分以清淡平和的笔调勾勒了鹿耳门的轮廓，创造出一种和平、静穆气氛。第三句进一步渲染这里平静如常：早潮退去，晚潮又进来，自然照旧。末句"风波"语意双关，既指自然界风波，又暗寓政治军事上风波，是"诗眼"，起到画龙点睛作用。且用反问句式，引人思索，耐人寻味。

第31法：借句写新

这种技法是在竹枝词创作中，适当巧妙地借用前人、他人诗句，写出自己的新诗意、新意境。借用分正借和反借，正借又可分为直接借用、改造借用和诗意借用。因此它分为以下四种情况：

（1）直接借用

例如当代林崇增《抗洪曲》：

> 誓言人在长堤在，生死牌前壮国魂。
>
> 记否簰洲溃缺日，去留肝胆两昆仑。

此诗末句直接借用清代谭嗣同《狱中题壁》尾句"去留肝胆两昆仑"，表现了抗洪战士为了老百姓的生命安全，视死如归的牺牲精神。

再如当代刘启超《东湖竹枝词·东湖牡丹园》六首其一：

> 自古江南无牡丹，北花南植百般难。
>
> 八年培育终成遂，园艺东湖百尺竿。

东湖牡丹园位于梨园广场南侧，前身是东湖花卉盆景研究所。1997年东湖牡丹园从洛阳、甘肃等地引进牡丹试种，经数年科技攻关，2004年大面积种植成功，改写了"自古江南无牡丹"的历史。这首竹枝词直接引用成句，在第三句进行否定，说明了经过科技创新，改变了现实。

（2）改造借用

例如当代刘友竹《抗洪抢险竹枝词·班师》：

> 午夜班师梦不惊，谁知别泪满城倾。
>
> 松花江水深千尺，不及军民鱼水情。

此诗改造唐代李白《赠汪伦》："桃花潭水深千尺，不及汪伦送我情。"表明解放军战士在松花江畔抗洪抢险结束时，老百姓送别时的场景，体现军民鱼水亲情之深。

再如当代刘启超《东湖宾馆》十首其九：

> 亲水东湖在武昌，迎风驱涌斗长江。
>
> 惊涛自信三千里，浪遏飞舟在楚湘。

这首竹枝词改造伟人名句，表达了豪迈诗情，以及对自然的主宰和社会的改造。

（3）借意反用

例如清代杨昌浚（1825年—1897年）《恭诵左公西行甘棠》：

> 大将筹边尚未还，湖湘子弟满天山。
>
> 新栽杨柳三千里，引得春风度玉关。

歌颂左宗棠率领湘军收复新疆伊犁的伟大功绩，遍植杨柳，杨柳即左公柳。尾句借唐代王之涣《凉州词二首》其一："春风不度玉门关"，反其意而用之——把春天带到了边疆，让春风吹到了玉门关外。

再如清代葛圭身《越船歌三十首》其二十九：

> 一种方船稻桶名，手牵绳索不须撑。
>
> 隔河当作桥梁用，野渡无人不自横。

越地多水，旧有一种自渡船，即将船用两条绳索分别系于两岸，过渡者在船中自己拉索过河，称"稻桶船"。这首竹枝歌中"野渡无人不自横"，是反用唐代韦应物《滁州西涧》："春潮带雨晚来急，野渡无人舟自横。"意境自见。

（4）借意正用

再如清代诸观光《采茶歌十首》其三：

> 露华风叶缀新枝，采之春光好采之。
>
> 谁道隔花莺语滑，阿侬随口唱歌儿。

竹枝诗中"隔花莺语滑"，唐代白居易《琵琶行》："间关莺语花底滑，幽咽泉流冰下难。"显然受到此诗句影响，充分表明了阿侬随口所唱采茶歌非常具有韵味。

第 32 法：诗情寄月

古今中外诗人以月亮为依托，吟诵诗篇汗牛充栋。竹枝词以月吟咏，描写景物，寄托情愫，表达主题。分为以下四种情况：

（1）描写景物

例如当代李君华《月下即景》：

> 村姑汲水润青苗，步履轻盈过小桥。
>
> 阵阵晚风撩发鬓，两轮明月一肩挑。

此诗写村姑在傍晚新月照耀下，挑水润苗，阵阵晚风撩起肩头秀发的美好形象如在眼前。尤其是尾句"两轮明月一肩挑"，熠熠生辉，诗意盎然，鲜活生动。

再如当代苏野《夜收》：

> 入夜风凉景色柔，稻乡儿女抢秋收。
>
> 嫦娥也有支农意，笑助银镰月一钩。

此诗想象丰富，将弯月与银镰联系在一起，通过拟人手法，想象"嫦娥"拿着"银镰"来支援秋收，手法自然，诗意连绵，意趣横生，耐人寻味，确为诗家语。

（2）寄托爱情

例如明代王叔承（1537年—1601年）《竹枝词》：

> 月出江头半掩门，待郎不至又黄昏。
>
> 夜深忽听巴渝曲，起剔残灯酒尚温。

> 白帝城高秋月明，黄牛滩急暮潮生。
>
> 送君万水千山去，独自听猿到五更。

这两首竹枝词均是写情郎出远门办事，以第一人称借月抒发"我"对郎君的担心和思恋，表明了"我"对家庭、对爱情的忠贞不渝。

再如现代邹息云《中秋无月》：

> 一岁婵娟此夕奇，那堪风雨误佳期。
>
> 应怜处处腾烽火，不向人间照别离。

诗写作者在台湾教书，因战争烽火连天，无法回湖南新化结婚，以中秋无月拟人，那是不愿照人间离别。此诗别开生面，将人与月融合在一起，相互理解。

（3）抒写怨情

例如元代顾佐（1376年—1446年）《愿郎心似湖月明》：

> 阿侬心似湖水清，愿郎心似湖月明。
>
> 南山云起北山雨，云雨朝朝何处晴？

诗中前半部分写自己心如湖水般纯净，希望情郎心也像月亮一样明亮。第三句一转，第四句"晴"同"情"，谐音双关，明面上说北山雨要到何时才停，天才能放晴，暗寓郎君何时才可表白感情，这是等待的煎熬、焦虑。

再如清代徐嘉绮《南北高峰两插天》：

> 南北高峰两插天，飞来峰小最堪怜。
>
> 偏心最是山头月，照着南边失北边。

此诗抒发怨情，后两句以山头的月亮照了南边丢失北边，比喻男子喜新厌旧，爱情很不专一。

（4）抒发正气

例如清代王培荀（1783年—1859年）《竹枝词》其一：

> 明月楼头且醉眠，从来富贵亦徒然。
>
> 邓通坟近铜山在，寒食无人挂纸钱。

邓通，蜀郡南安（今四川省乐山市）人，汉文帝嬖臣（男宠），极尽阿谀奉承本领，凭借与汉文帝的亲密关系，依靠铸钱业，广开铜矿，制"邓通钱"，富甲天下。文帝死，太子景帝即位，首先便把邓通革职，追夺铜山，并没收他所有家产。可怜富逾王侯的邓通，一旦落难，竟与乞丐一样，身无分文，最后竟应了许负的话，饿死街头。且死后无人给烧一点儿纸钱。此诗抒发了对富贵无道之人的愤慨和鞭挞。

再如当代刘多寿《香港回归感赋》：

> 约定南京水亦寒，月如无恨怎常弯？
>
> 牛年还是当年月，却照英夷捧璧还。

此诗巧妙地将中国收回被英国霸占99年的香港与明月通过拟人手法紧密联系起来，新颖地抒发了中国人民解放军的正气。

第33法：衬托突出

衬托也叫映衬、烘托，为了使事物的特色突出，把另一些事物放在一起来陪衬或对照。能突出主体或渲染主体，使之形象鲜明，给人以深刻的感受。分以下四种情况：

（1）正面衬托

例如清代叶调元《汉口竹枝词》其六《地貌》：

> 上街路少下街稠，卧帚一枝水面浮。
>
> 扫得财来旋归去，几人骑鹤上扬州。

汉口金庭公店以上的街道路少，以下的街道路多，从空中望去似一把扫帚浮在水面上。扫来的钱财很快花掉，有几人揣着钱骑上仙鹤到扬州去做官，过神仙般的生活呢？诗中借扫帚一样的地势，扫来巨额钱财旋又花掉，从正面衬托这里的商人很少有长远眼光，挣了钱没有去培养下一代、发展家庭文化，甚至是支援国家建设。正如作者自注："汉口地势上狭下宽，形如卧帚，后无座山，故财易聚亦易散。"

再如当代林崇增《抗洪颂》：

> 成城众志泣山河，肆虐冯夷奈我何。
>
> 万里长江今做墨，军民同写抗洪歌。
>
>
> 严防死守战洪峰，谁肯危时做狗熊？
>
> 今日长缨欣在手，迷天风雨缚苍龙。
>
>
> 力挽狂澜天地寒，巍巍泰岳水云间。
>
> 君看千里江堤上，一个军人一座山。

以上三首竹枝词均是从正面衬托解放军战士参加抗洪抢险，为了人民大众的生命财产安全，众志成城，严防死守，最终力挽狂澜。

（2）反面衬托

例如清代叶调元《汉口竹枝词》其十六《扒泥》：

> 人气熏蒸垢腻沉，大街尘土比黄金。
>
> 操镰执筅谁家子，石缝扒泥一寸深。

汉口商人扫钱，但下层小民只能在臭气熏天的石板路缝里扒泥，从中搜得一点点儿碎银、铁钉。根据沙月对叶调元自注的注释：千万不要以为他们是因为泥土肥沃，才在这大街上扒尘土，拿回家乡去做肥料在地里施肥。此诗从反面衬托富得流油的汉口商业街，下层小民生活的不容易。

再如当代白纲《北京风情竹枝词·追星》：

> 偶像都缘意念生，追星少女太多情。

天王金曲无穷爱，似醉如痴带泪听。

白纲自注：歌星深为青年喜爱，追星远胜敬爱父母，对香港"四大天王"更加如痴如醉，不惜作巨资听演唱，一曲终了上台送吻，散场时立门旁久等祈得签名，热泪盈眶。报载追星少女其父亲垂危，欲见女一面，恰逢演唱会弃父不顾，艳装赴会送吻去也。此诗从反面衬托追星女的痴迷，达到了何等地步！

又如当代范东学《村娃》：

赤脚光臀几稚童，追蛙扑蝶菜畦中。

时而发愣天边望，说道爹娘在打工。

此诗第一、二句描写，是铺垫，看似在写童年欢乐，但这是反衬。含有诚斋诗味。第三句忽然反转，引起悬思，结转到打工的爹娘，心情深感辛酸，社会内涵丰富，值得注意。

反面衬托事例还有：李建新《咏白牡丹》："得宠春风里，仍穿素淡装。此花虽富贵，心态却平常。"以白牡丹的心态，反衬人富贵了心态就不能保持平常。韩倚云《春燕》："双翼乘风带彩霞，高天下望有人家。管他百姓和王谢，只借门庭看杏花。"燕子不势利，不在乎地位高下、身份贵贱，恰恰反衬人的势利眼。

（3）旁敲侧衬

创作中诗人不从正、反面着笔直接描写，而是从旁侧借它物委婉曲折表达主题，符合古人所谓"文似看山不喜平""文章贵曲折斡旋""文道更喜是崎岖"等观点。

例如当代孟凡溶《过残山感赋》：

不待凌云便做薪，断桩泪滴木横陈。

直当斩尽刀和锯，还我青山万里春。

这首诗主题是批评乱砍滥伐树木，但作者没有直接批评伐木者，而是从侧旁敲衬，把责任推到刀和锯上，只有把刀锯销毁，才能保护森林，使环境优美。这样技法更有意趣，自然效果更佳。

（4）高低衬托

竹枝词中描写高度不能像测量专业一样使用数字说话，均是采用衬托物，相互对比，诗化地一较高低，生出鲜活的形象。

例如当代欧阳梅先《登祝融峰》：

> 一路轻车上碧霄，白云缭绕足边飘。
>
> 佛堂钟鼓弥天响，我把星辰日月邀。

当代杨融春《登黄山》：

> 百步云梯独抢先，千峰笋翠蓥腾烟。
>
> 云缠足底心生怵，怕上天都头碰天。

当代陈银沙《观黄山云海》：

> 飞充云海夺天工，自古黄山集妙峰。
>
> 一上天梯霞满袖，游人歌笑洒云中。

以上第一、第二首的衬托物均为"白云"，第三首衬托物为"云霞"，通过衬托，加上无尽的联想，高低比较，所写的景象就非常鲜活了，诗也成了名篇。

再如当代陈鸿源《登嵩山》："行吟策杖陟嵩山，百折回旋只等闲。古刹少林尚未见，此身已在彩云间。"杨亚夫《咏喜玛拉雅山》："几经沧海几桑田，人世独尊谁比肩？伏卧铺成千里雪，昂头顶破九重天。"这两首诗均在山的高度上做想象，虚笔描写，设计悬念，使诗更有余味，言近旨远。

第 34 法：巧用数字

在竹枝词创作中，巧妙地运用数字，能大大增加表现力度，获得夸张美、比喻美、节奏美、对仗美和回环美等。分为以下两种情况：

（1）数字生奇

例如当代赵文光《戍边垦荒杂记·种豆》：

> 手挥铁铲二尺多，一窝撒种四五颗。
>
> 为解民忧脱困境，腰酸腿痛不蹉跎。

此诗应用具体数字，显示出作诗通俗美，戍边垦荒的军人学习农民种地的专业美。

再如当代沙月《轻轨竹枝词》其一：

> 一桥飞架路当中，电掣风驰一票通。
>
> 花上三元钢硬币，东吴堤角顺东风。

此诗前半部分使用数字，节奏顺畅。后半部分写只花三元钢硬币，就可坐上轻轨列车，如借到东风一样便捷、高速，通俗而有风味。

巧妙运用数字的还有：徐云贵《夏荷》："举首千姿秀，摇头十里香。波浮三百画，浪捧一丛芳。"夸张、对仗美也。唐纯华《如画农家》："红杏碧桃科技花，千红万紫灿仙家。三冬育出三秋果，三九迎来三夏瓜。"清代何佩玉《一字诗》："一花一柳一鱼矶，一抹斜阳一鸟飞。一山一水中一寺，一林黄叶一僧归。"节奏回环，美也。

（2）数字分奇

例如灌玉《春城》：

> 无寒无暑滇池岸，碧绿斑斓锦绣城。
>
> 浩荡东风谁调遣，常留一半驻昆明。

此诗描写春城昆明的美好，末句运用数字写东风留下"一半"驻在昆明，能引起读者联想长江中下游占四分之一，中原占八分之一，塞外占八分之一。引人思索，耐人寻味。

再如元代薛兰英、薛惠英《苏台竹枝词》：

> 翡翠双飞不待呼，鸳鸯并宿几曾孤。
>
> 生憎宝带桥下水，半入吴江半太湖。

此诗写爱情。翡翠鸟双飞、鸳鸯鸟并宿，恩爱非常，但只恨宝带桥下的水和船，把情哥爱侣不是载到吴江去就是载到太湖去，这两个"半"，没有给女主人留下一点儿时间，恨就更加深刻了。

第 35 法：描写站位

竹枝词创作中，描写站位和距离不同，创造的意境不同，写出的诗意不同，表达的主题和突出的效果不同。它分为以下三种情况：

（1）正面入微

从正面抵近事物，静下心来调动作者全部知识水平和经验，细致观察研究，注重细节刻画，发挥精巧特长。

例如当代李建新《赠抗日老战士》：

　　烽火年方少，今成九十翁。

　　一提驱寇事，声响尚如钟。

诗家杨逸明点评：前两句言简意赅叙述了老英雄的一生。但人老心未老，老战士一提当年抗击倭寇事，兴奋异常。寥寥几笔，小小一个细节描写入微，把九十岁抗日老战士火爆性格刻画得活灵活现。这样的老英雄，何等可歌可泣、可敬可佩。古人赞扬杜甫："欲知子美高明处，只把寻常话入诗。"写诗"深而晦，不如浅而明"。能词浅意深，词浅情深，诗短情长，最妙。

再如明代宸濠翠妃《咏梅花》：

　　绣针刺破纸糊窗，引透寒梅一线香。

　　蝼蚁也知春色好，倒拖花片上东墙。

宸濠翠妃，是明代皇室宁王朱宸濠之妃，她写此诗，把闺中女子春情难遣，向往春色的绵绵情思，细致入微地刻画了出来。她禁锢在宫里太久，十分喜爱春色，禁不住用绣针刺破一点儿窗纸，却惊奇发现，满园春色扑面而来，梅花香气透过纸窗而入，沁人心脾。而窗外的蚂蚁也似乎"闻香而动"，在春日里忙碌，倒拖梅花掉落的花片上了东墙。此诗以"刺破""引透""倒拖"几个很小的细节描写，将浓浓春意表达得淋漓尽致。

（2）反面入细

例如当代胡焕章《乌纱》：

　　乌纱脱下着单纱，日日相随有菜篮。

　　独有菜农曾见识，招呼仍喊旧时衔。

此诗写现实生活中的人情世态，老领导退休后，在家买买菜，熟人见了也像没见到一样，装作不曾相识。只有菜农还像原来一样亲切招呼。

（3）侧面入里

当代何鹤《榆林往返飞机上》：

> 云海茫茫自在行，仙凡两界辨难清。
>
> 机身抖动缘何事？天路崎岖也不平。

坐飞机人人心中有，但此诗他人笔下无。"机身抖动缘何事？天路崎岖也不平。"作者从侧面用眼光搜寻，往深里进行了思索，用心灵进行了感应，以诗人高度的敏感性发现了生活的真谛，就产生了好诗。

从侧面入里的诗还有刘夜烽《再咏黄山人字瀑》："飞下人间不染尘，如烟如雾梦无痕。浪经曲折崎岖路，白白清清做个人。"孙高虹《人字瀑口占》："紫壑朱峰挂碧泉，飞流直下瀑声绵。遥观撇捺神功在，教我如斯立地天。"等等，均是名篇。

第 36 法：神韵风流

清代王士禛"神韵说"中有关文学创作理论的三个层面。一是强调文学创作中作家的悟性和创作灵感的闪现。作者只有具备自悟的能力，才能进入"拈花微笑"的"悟境"，领悟到创作的真谛，创作出浑然天成的作品。二是强调作家的学识和创作经验的积累。《渔洋文》中有言："夫诗之道，有根柢焉，有兴会焉，二者不可得兼。镜中之象，水中之月，相中之色，羚羊挂角，无迹可求，此兴会也。本之风雅以导其源，溯之楚骚，汉魏乐府诗以达其流，博之九经三史诸子以穷其变，此根柢焉。根柢源于学问，兴会发于性情。"三是强调文学创作的最高境界。"悟境"与"化境"是禅学与艺术创作的最高境界，均突出心灵观照的体验作用。诗歌创作的最高境界是超越于语言之上的境界，要能够给读者留下丰富的想象空间，营造一种余味无穷的深邃意境。"句中有余味，篇中有余意，善之善者也"。

例如清代王大淮（1785 年—1844 年）《横塘竹枝词·绿杨深处掩湖光》：

> 绿杨深处掩湖光，团扇摇风扑面凉。

　　说与同行须小步，恐惊花底睡鸳鸯。

　　盈盈渌水浸荷花，郎唱采菱妾浣纱。

　　怪煞喧声乱曲意，寻将石子打鸣蛙。

　　第一首竹枝词中湖光景色，悠闲散步，后两句是写不便打扰"睡鸳鸯"，美妙动人，由物推人，还是由人推物？句中有余味，整篇印象深。

　　第二首竹枝诗恰恰相反，蛙不知一对情人在，放声歌唱，打乱了他们的"曲意"（即歌词，亦指男女间的私情。）急得找一块石子丢向没眼色、不懂世故的多嘴青蛙。这种风流韵致，谁读了不记忆深刻，回味无穷？

　　再如当代张馨《傍晚看南宁夏景》其一《芒果树》：

　　果婴熟睡可人意？忽响雷声震耳边。

　　急得夕阳扒缝看，依依不下虎山巅。

　　其二《大榕树》：

　　撑开伞盖庇千军，独木成林天下闻。

　　美髯风华惊四海，千龄生子更成群。

　　第一首，写芒果像熟睡的婴儿用布袋吊在树上一样，忽然打雷要下雨了，急得夕阳扒开一条云缝观看，担心它们被雨淋湿，迟迟不肯落山。连续拟人，空灵韵致，构思精巧，过目难忘。

　　第二首，写大榕树"独木成林"一惊，"美髯风华"二惊，"千龄生子"三惊，"子成群"四惊，一首诗有此四惊，风流全出，还能忘记？

第 37 法：绘工虚实

　　明代李贽《杂说》："《拜月》《西厢》，化工也；《琵琶》，画工也。夫所谓画工者，以其能夺天地之化工，而其孰知天地之无工乎？"历代诗人将画工的创作技艺、观感效果应用到诗词（包括竹枝词）创作中，不仅景具诗意，诗中有画，画中有诗，诗画互衬，效果倍增。笔者将其分为以下六种情况：

（1）动静相生

每当诗人捕捉到动态诗趣时，就要联想到静态的景趣，再以静态的画趣联合表达诗意，将动与静的辩证哲学关系糅合入诗意之中，给读者传递不一样的美学感觉。

例如方庆珠《月夜池边行》：

漫步池边影自孤，蛙声阵阵朗吟书。

风吹莲动鱼儿跳，搅碎一张星月图。

再如清代赵增槐《麻埠茶谣·饱沃鸡豚作酒逋》：

饱沃鸡豚作酒逋，不闻外事乐歌呼。

端阳开遍家家锦，一幅山中富贵图。

第一首竹枝词中，先写静景，后写动景，以动搅静；第二首竹枝词是先写动，后写静，以静总动。皆为诗画同生，互为催化，美中之美矣。酒逋：酒债。

（2）画景互彰

例如清代刘继增《惠山竹枝词》：

侬家生小二泉东，屋后香塍五里通。

镇日看山看不厌，云烟变幻画难工。

再如宋代王安石《赠外孙》：

南山新长凤凰雏，眉目分明画不如。

年小从他爱梨栗，长成须读五车书。

又如当代陈家靖《九马画山》：

画图峭壁水山融，九马画山各不同。

浪卷篸摇时隐现，自然奇景笔难工。

当代汪济诚《武夷纪胜》：

拾级层登一线天，天游峰上景无边。

国中多少丹青手，三十六峰画不全。

以上四首皆以画喻景，再高明的画家也画不出来，这种手法无疑是高度赞扬了景色的无比美丽，给画家吸引力，对读者更具吸引力。

（3）取景入画

例如清代马宝瑛《鉴湖棹歌》：

> 波光八百鉴平铺，一棹轻移入画图。
>
> 秘监不知何处去？游人还说贺家湖。

再如明代顾清《吴江竹枝歌》：

> 三月吴江柳正青，柳花飞去半为萍。
>
> 蔬畦麦垄蔷薇架，妆点田家作画屏。

又如清代黄钺（1750年—1841年）《于湖竹枝词》：

> 风卷松涛入梦醒，卧游曾对赭山亭。
>
> 分明天水明于练，一幅汤鹏铁画屏。

以上三首竹枝诗作者观景心动，接着如痴如醉，完全将自己融入美景之中。取景入画，画在诗中，诗中有画，诗情画意聚于笔端，这种手法是对所描写的景物最美好的赞颂。

（4）人在画中

例如明代高濂（约1573年—约1620年）《西湖千顷泻银河》：

> 西湖千顷泻银河，来往轻舠似掷梭。
>
> 三月春工五色锦，裁成十里障笙歌。

诗中后两句形容三月的春风仿佛一个能工巧匠，在西湖上织出十里长的五彩锦，围着那满湖的歌舞人群，更加迷人。人在五彩锦中，可以想象有多美丽。

再如当代陈龙几《游武当山》：

> 武当福地天生就，琼阁仙山有美名。
>
> 雾绕云缠峰翠秀，游人自在画中行。

又如当代王子江《哨所吟》：

> 云挂江心雁列空，层林尽染万山红。

夕阳背后拍风景，战士持枪在画中。

以上三首诗均是美景中有人，人在画（锦）中。写景非常鲜活空灵，诗意盎然，令人难忘。

（5）画在景中

例如清代黄钺（1750年—1841年）《于湖竹枝词·短碣亲题篆籀工》：

短碣亲题篆籀工，严家山后翠重重。

画工欲辨萧真本，记取坟前几树松。

萧云从（1596年—1673年），明末清初画家，字尺木，号默思、无闷道人、于湖渔人等。其山水画广学唐宋元明各家而自成面貌，行笔方折枯瘦，结构繁复而不乏疏秀之致，气格高森苍润，人称姑熟派。人物画继承李公麟白描法又有发展，线条流畅，造型生动。曾帮助芜湖锻工汤鹏创造铁画艺术，并长期与之合作。去世后葬在严家山，石碑甚古雅，坟上松酷似其画。此所谓画在景中。

再如清代李文安（1801年—1855年）《村居杂景·云峰晚秀》：

卅六芙蓉大小孤，白衣苍狗极须臾。

先生一笑归来晚，看遍青天万变图。

在夕阳照耀下的云峰，云雾瞬间万变，山峰亦随之变化，这里的美景就是图画，图画就是美景。

又如清代朱麟应《续鸳鸯湖棹歌十三首》其九：

荇带莼丝绿满川，池塘乳鸭避渔船。

谁将李甲图中景，写入晁家好句传。

池塘乳鸭是指元时桐乡石门张子修所建的私家园林，叫乳鸭池。李甲，宋时海盐画家，工翎毛，晁无咎曾题其画鸭诗。此诗图在景中，题诗在画中，诗画皆美。

（6）画中有我

诗人醉心于美景，将美景视作绘画，想象自己置身在画里，即画中有我，诗意更加亲切感人。

例如当代李世萌《登华山》：

群山秀拔一峰岧，攀索悬崖上翠微。

醉览秦川千里画，欲腾云彩九重飞。

再如当代白晓东《畅游漓江》：

青山淡墨水溜洄，妙有七分看不真。

大匠无心勾细节，偏留我作画中人。

以上两首诗中，均诗中有画，画中有我，读来清新鲜活，亲切感人，趣味多多，诗味多多。

第 38 法：痴情造化

作家在观察、思考和诗词创作中，极度迷恋或憎恨某些人、某种事、某些物，茶饭不思，日夜不眠，身心全部陷落其中而不能自拔，从而造化出异想天开、境界奇妙的诗句。笔者将其分为以下几种：

（1）痴情化身

作者对景物、事物特别钟情，恨不得脱胎换骨，通过梦化、幻化与之接近、亲近。

例如宋代苏轼（1037 年—1101 年）《菡萏亭》：

日日移床趁下风，清香不尽思何穷。

若为化作龟千岁，巢向田田乱叶中。

再如清代德舆《京都竹枝词》：

开谈不说红楼梦，读尽诗书也枉然。

一曲红楼多少梦？情天情海幻情身。

又如宋代冯熙之《送刘篁嵊》：

来似孤云出岫闲，去如高月耿难攀。

若为化作修修竹，长伴先生篁嵊山。

以上竹枝诗中，第一首，作者苏轼想要全身化作千岁长寿的乌龟，将自己的巢筑在田田的荷叶丛，这是对菡萏亭的全部痴情。第二首前两句，作者高度赞扬了《红楼梦》是我国古典文学小说的一部巅峰之作，形成了独具一格的"红学"，以至于全民开口不谈"红楼"，读尽其他诗书也枉然。《红楼梦》共有一百二十回，前八十回为曹雪芹所著。《红楼梦》写了贾、王、史、薛四大家族的兴衰史以及贾宝玉和林黛玉凄美动人的爱情故事和梦想，"情天情海幻情身"，深入到了读者内心的深处。第三首，作者幻想化作"修修竹"，"长伴"先生刘筼嵘，辞意洒脱，境界高超，不输唐人。

痴情化身竹枝词名篇还有许多，例如明代徐渭（1521年—1593年）《送林某》："野客年来百事休，也怜歌板去难留。若为化作沿江柳，直管莺声到岸头。"清代钱谦益《石涛上人自庐山致萧伯玉书于其归也漫书送之》："五乳峰前旧影堂，依稀莲漏六时香。若为化作军持去，午夜随师入道场。"清代舒位《真娘墓》："歌舞萧凉恐不胜，危峦一角浪千层。若为烧作鸳鸯瓦，黄土青山两莫凭。"清代舒位《夜看瓶中辛夷花有咏》："细漏丁冬入梦云，夕熏初换雨花纷。若为化作青镂去，遍写罗虬九锡文。"等等。

（2）痴情分身

作者对世间景物、人间事物特别痴情，急不可待地想于百忙之中，分出部分身心，去欣赏、体验美好的世间境界和人间亲情。

例如现代罗汉《民初汉口竹枝词》其三十二《工巡局》：

革命军兴汉市烧，藉开马路乱花销。

近来改作工巡局，只管湖堤命半条。

湖堤：即张公堤。旧时对堤防的管理多半是敷衍塞责的，"堤瘦官肥"常见，每届岁修，民间讽曰："剥皮见新手段高，湖堤还有命半条。"1931年大水，张公堤的金银潭、姑嫂树与黄家湾等均发生崩溃，堤身破坏严重。1935年汛期，该堤到处塌陷、滑坡。此诗将"湖堤"分身"命半条"，从反面讽刺当局滥用公权，暗地贪赃枉法，沉痛深刻。

再如清代陈恭尹（1631年—1700年）《赠黎普济》：

慈心到处有奇方，苦海逢君便得航。

世上疮痍非一日，分身须是上岩廊。

"岩廊"是一个典故。《汉书·董仲舒传》："盖闻虞舜时，游于岩廊之上，垂拱无为，而天下太平。"就是说虞舜的时候，虞舜常常在宫殿的走廊里散步，无所作为，但国家太平。后遂以"岩廊"指高峻的廊庑，后借指朝廷。此诗后两句意思是：世上满目疮痍已经不是一两日了，要想分身还要依靠朝廷。

采用痴情分身手法创作的竹枝词还有：倪祥润《番薯》："俗语讥称你是苕，荒年谁不竞折腰。分身布色红黄白，变体成型馃片条。枝叶碟盆装炒煮，蕨茎水火作蒸烧。春风荡漾新生地，又听山歌唱绿苗。"何国瑞《武夷山九曲溪》："九曲黄河九曲溪，谁教作此袖珍奇。安能分我身为二，一半长留醉武夷。"等等。

（3）痴情入醉

作者对世间景物、人间情感，到达了自我陶醉的地步，情浓意深，如痴如醉。

例如现代罗汉《民初汉口竹枝词》其一百三十九《留髡》：

酒阑灯炧不分明，住却休侬去未成。

风月无边春似海，泥人魂醉是骚声。

留髡：留客痛饮。旧时指妓院。酒阑：酒席将终。灯炧：灯烛余烬。风月：男女情事。泥：软缠，一再以柔言相求。骚声：浪声浪气，下流挑逗。这首竹枝词从反面规劝人们不要去灯红酒绿的风月场所，"魂醉骚声"只能消磨奋斗意志，败坏家庭。

再如王庆农《太湖停车小钓》：

停车小钓雨含烟，暝色空蒙水接天。

万顷倾来皆酿酒，一生长醉太湖边。

此诗从正面描写太湖的美妙景色，想将万顷湖水配成美酒，一生品味、醉倒在太湖边，想象奇特，写出了作者的一片痴情，醉倒了读者。

（4）痴情入梦

作者对人间某人的亲情、世间某种事物的情感，在醒时铭心刻骨，在睡时梦绕魂牵，难以忘怀。

如丘逢甲（1864 年—1912 年）《元夕无月》二首其二：

> 三年此夕月无光，明月多应在故乡。
>
> 欲向海天寻月去，五更飞梦渡鲲洋。

五更：一夜分成五更，一更大约两小时，此处指深夜。鲲洋：台湾南部有海口名"七鲲身"，此指台湾海峡。前两句意思是：在大陆三年后的今夜天空不见月光，美丽的月亮大概在台湾故乡。但作者特别想念故乡，一片痴情在半夜进入梦境，飞渡重洋，到海天之外去寻找那熟悉的明月。

再如北斗《竹枝词·暗恋》

> 那年同桌是阿霞，长辫梨窝巩俐牙。
>
> 貌似无心轻一踩，至今入梦总酥麻。

这首竹枝词道出了主人翁和曾经同桌的"她"暗恋的秘密。这首"痴情入梦"的竹枝诗链接被发出去后引起了轰动，在没有刻意推动的情况下，短短一天时间竟然点击过千，更有人提议把 4 月 7 日定为全国"同桌节"或者"暗恋日"，尤其是和诗甚众。这里选几首供读者欣赏。如风诗韵和作："曾经同桌是阿姝，划界为邻不可逾。犹忆当年偷望眼，娥眉浅笑有还无。"雪轻云和诗："当年同桌叫舟舟，秀发护肩好温柔。今日人潮擦肩过，我回头见她回头。"陆畅和作："那年同桌曰兰香，个子高高卷发长。别院男生常借故，虽无演出看红妆。"

（5）痴情入癫

"癫"指疯癫，对人间某种亲情、世间某种事物的痴情达到了几近失常的地步。

例如当代薄会申《拟竹枝词三首》其二：

> 暗转秋波不敢留，目光才接又低头。

疯癫把盏痴情语，酒焰能遮粉面羞。

再如黄洪《广州竹枝词》：

共向华林种福田，痴情儿女最堪怜。

低头五百阿罗汉，一个心香乞一年。

第一首竹枝诗直面写"疯癫"，痴情似疯如癫。第二首前两句铺垫，后两句一个动作"低头祈祷"，委婉表达了女主人翁的痴情如癫。

（6）痴情入狂

"狂"：本义是狗发疯，后亦指人精神失常。衍义指"纵情任性或放荡骄恣的态度"。引申指"气势猛烈，超出常度"。用于竹枝词创作，指对亲情、事情的感念达到了如痴如狂，精神不同于寻常的程度。

例如当代熊召政《长阳竹枝词》三首其三：

长阳文化三宗宝，南曲情歌与跳丧。

七十老人身手健，一招一式惹人狂。

这首竹枝诗中的"狂"，是指古稀老人在长阳文化三宝——哼南曲、唱情歌、跳丧舞时，身手健朗，气势热烈，超出平常。

再如现代郭沫若（1892年—1978年）《商业场竹枝词》三首其一：

蝉鬓疏松刻意修，商业场中结队游。

无怪蜂狂蝶更浪，牡丹开到美人头。

郭沫若这首竹枝词作于1910年在成都高等学堂分设中学求学时期，诗人以自己亲身见闻和感受，描写当时成都商业中心商业场"楼前梭线路难通，龙马高车走不穷"的繁荣景象和热闹场面。前两句采用实写手法。"刻意修"强调妇女头上的打扮、装饰，"蝉鬓"发型，高高耸着，松疏光洁。显然是为了赶商业场，经过一番精心梳理打扮。"结队游"表明这些姑娘、少妇三五成群结伴相游。辛亥革命前，为提防轻薄少年调戏，单个妇女，特别是姑娘、少妇一般不单独出门。后两句采用比喻手法。"蜂"和"蝶"指轻薄少年，油滑浮嚣子弟被姑娘、少妇容貌、穿着打扮所迷醉。"狂""浪"写出了轻薄少年、痴情小伙们就像癫狂的蜜蜂、浪荡的蝴蝶一样，飞来扑去，追花采蜜、寻欢作乐。小伙子们的如狂如浪，如醉如痴，反衬出姑娘、少妇们的美貌、诱惑人心。姑娘、少妇们一个个打扮得如花似锦，像一朵朵牡丹花开放似的，以致对少年们产生了磁力般的吸引。一个"开"字，写尽了姑娘、少妇们的精心打扮、美貌如花，自然得体，荡人心魄。诗中以蜂借喻少年、牡丹借喻美人，给人以生动形象的直觉，更能引起读者丰富的联想。

第 39 法：拟人拟物

拟人的修辞方法就是把物当作人来写，使物人格化，即赋予人以外的他物以人的特征，使之具有人的思想、感情和言行。

例如元代刘景元《和西湖竹枝词》：

柳枝袅袅柳花飞，一种春风有是非。

柳枝插地根到底，花飞出树几时归？

再如元代吴复《西湖竹枝词》：

西京寄书三载强，锦心织出双鸳鸯。

肯逐大堤杨柳絮，一翻风雨一翻狂。

又如明代游潜《乱山凄雨正溶溶》：

蓦地风来湖水阴，乱山凄雨正溶溶。

柳丝空自能千尺，不系郎船系妾心。

又如当代高昌《玉渊潭赏樱口占》：

春似顽皮小破孩，描红涂绿逐人来。

东风搔得樱花痒，挤向枝头扰攘开。

又如当代张树伟《童眼观岛》：

孤岛行观波半埋，外甥年幼笑言开。

这山耍赖真奇怪，躲进湖中不上来。

以上五首竹枝词均采用拟人手法。第一首拟人加暗喻，坚贞的爱情像柳枝插地，一插到底，生根发芽；见异思迁的人，就像飞出的柳花，几时才能飞回来呢？第二首也是拟人加暗喻，她织出来的这对鸳鸯，追逐着堤上的杨柳絮而飞舞，任凭风吹雨打，永远不分离；暗喻她对远在西京、离别三年的丈夫的忠贞爱情。第三首将柳丝拟人，白白长这么长，不拴住载我丈夫远去的船，却把我一颗思念的心系得紧紧的；第四首将春比拟为顽皮的小破孩，会描会涂，还会搔痒，弄得樱花奇痒难耐，只好挤向枝头开出花来。诗人也要有小破孩一样的天真烂漫，才能出奇想，得奇句。第五首竹枝词记录了作者与年幼的小外甥一起在桓龙湖边公路上乘车、行走，扭头看见湖中孤岛，小外甥天真好奇地问："这个山怎么躲入湖里赖着不上来呢？"引起一车人的笑声。年幼的外甥用儿童的眼光观察事物，恰好在不知不觉中用了拟人手法，把湖岛比拟成了人物，让湖岛有了孩童的顽性。作者将生活情趣变成了竹枝词情趣。

拟物的修辞方式就是把人当作物，或把此物当作彼物来写，也就是使人具有物的状态或性质。它分为以下三种情况：

（1）把人当物

如当代洪学仁《竹枝词·牛奶浴》：

> 赚钱奇术太无聊，奶浴招牌奢且骄。
>
> 不怕池中多激素，浑身上下长牛毛？

作者自注：报载，有洗浴中心打出牛奶浴的招牌招徕顾客，暴殄天物，理所不容，民众群起而攻之，事遂寝。此竹枝词中"长牛毛"，比人为物，文学讽刺效果突出。

（2）把甲当乙

如当代张树伟《采山菜》二首其一：

> 你采新芽我采秧，村人健步遍山忙。
>
> 东山采过西山采，春天采进杏条筐。

这首竹枝词写满族村民在春天里，上山采山菜的繁忙情景和兴高采烈的乐趣。采芽采秧，扤筐拎袋，山坡都是采菜人。村民们不仅把山菜采进杏条筐里，更惊奇的是把春天也采进筐里了。春天是个季节，是个时序，一个小杏条筐是不能装下的，这里把春天比拟成一个像山菜一样新鲜事物装进筐里，从而奇趣般地表现了采山菜的乐趣和收获。

（3）抽象作物

如当代张馨《读徐迟〈哥德巴赫猜想〉》：

> 失败连连不计年，焊联失败树梯天。
>
> 堆平蹶堑前行步，摘得明珠耀眼前。

徐迟《哥德巴赫猜想》："他无法统计失败了多少次。他毫不气馁。他总结失败的教训，把失败接起来，焊上去，作为登山用的尼龙绳子和金属梯子。吃一堑，长一智。失败一次，前进一步。失败是成功之母，成功由失败堆垒而成。"诗中把失败焊接，蹶堑堆平，垒起见识，皆抽象作物，形象生动地报告了陈景润攻克世界数学难题经历了无数艰难险阻和几十年的失败，才摘取皇冠上的明珠。

第40法：设疑拟景

竹枝词创作过程中，在运用比喻、联想的基础上，为了更加突出诗意，充分表达主题，往往在合适的地方顺理成章地设疑，导入、开拓和升华所咏景物的丰富内涵。

例如清代施钟成《玉溪杂咏十六首》其十二：

> 篆烟袅袅拨残灰，小院双扉昼不开。
>
> 礼拜方停人伫立，恍疑鹤驾下云来。

作者自注：东皋道院吕祖坛时有请方者。此诗亦在第四句设疑，表明小院环境恬静、神秘，具有仙气，令人神往。

再如元代顾瑛（1310年—1369年）《阳山图》：

> 前春别宴武陵溪，候馆垂杨暖拂堤。
>
> 忽见画图疑是梦，故人回首洞庭西。

此竹枝词所写景为阳山，在第三句设疑，看到这样的景色，仿佛是一幅图画，又仿佛是在做梦，通过惊奇和疑惑，写出了此景此情的动人之处，给读者留下深刻印象。

又如当代王善恒《桂花》：

奇芳疑是蟾宫种，喜到人间淡淡妆。

愿借清风抒远志，千家万户尽生香。

此诗第一句就设疑，借月宫桂树的传说，新颖地描写了桂花喜到人间，虽着淡妆，但具清风远志，造福千家万户，自然地开拓了桂花高尚的精神品质。

设疑拟景竹枝词还有：现代罗汉《民初汉口竹枝词》其九十一《髦儿戏园》："一笑登台宛转歌，却疑月府舞嫦娥。自从盗得霓裳曲，儿女都知奏大罗。"其九十三《影戏》："居然弄假俨成真，芥子须弥细似尘。影戏却疑先汉代，姗姗曾见李夫人。"当代段天顺《京郊山区小景》其四《梯田喷灌》："惊疑孔雀落深山，翠羽屏开态万千。曳起随风旋转舞，一时撩乱夕阳烟。"等等。

第41法：方言熟语

竹枝词中运用民间熟语、地方方言，传情达意精准到位，语言十分朴素自然，语意特别深刻感人，易读易懂，容易为大众喜闻乐道，并留下深刻印象。

例如现代无名氏《村馆竹枝词》十五首选六：

摆来桌椅乱纵横，七八儿童上学行。

一块红毡铺地上，拜罢老孔拜先生。

吓得儿童魂也销，宛如老鼠见狸猫。

抬头怕见先生面，天地君亲着力号。

馆地明年定也否？央亲求友费钻谋。

关书到手心都放，柴米油盐在里头。

馆地原须急急巴，全凭趋奉脸涂花。

束金有限妻常恨，笑道明年一定加。

近来也晓学时风，到处逢人说某翁。

但愿把牢衣饭碗，有人赞我甚圆通。

丧尽良心总不知，刚刚人地两相宜。

四碗一盘三杯酒，便是先生得意时。

第一首"摆来桌椅""儿童上学行""拜老孔"（即孔子像），第二首"老鼠见狸猫""天地君亲"，第三首"央亲求友""柴米油盐在里头"，第四首"束金"（束脩之金，旧时入私塾时交的学费），第五首"把牢衣饭碗"，第六首"丧尽良心总不知""四碗一盘三杯酒"，均是吸收民间俗语，成为竹枝词非常醒目的创作手法和亮点。

再如当代沙月专门创作了一组《武汉方言竹枝词》，一共四十首，她用生花妙笔，采用雅俗共赏的竹枝词样式，传神地写出了武汉方言的"专属记忆"，真实记录了武汉历史的客观功能，形象地记载了武汉本土的特色元素和人文内涵，充分表达了作者对武汉发自内心的关切和热爱，颇获好评，值得我们学习和发扬。这里选几首与读者分享和品味。

其一《老丢皮》：

姑娘女婿懂礼仪，一岁外孙膝下依。

日子顺心还顺意，邻家快乐老丢皮。

诗中"老丢皮"，是汉口老大爷对自己的昵称。表现老人家庭幸福，姑娘女婿孝顺，含饴弄孙，形象生动。

其二《者一哈》：

女人就要者一哈，胖嫂谆谆教育她。

若是河东狮子吼，吓跑男将不成家。

诗中"者一哈"，指在人面前撒娇。

其三《醒倒梅》：

总是飞蛾望火飞，黏糊上脸混人前。

好像公关人才好，醒倒梅时个个嫌。

诗中"醒倒梅"，汉口人称一类很令人讨厌的男性，这种男人不管对象是谁，都会主动凑拢去"醒倒梅"，表现出一副没有骨头的样子。与之类似的说法还有"细梅细梅""梅里梅气""梅得像腐乳"等。

其六《洗了睡》：

年龄优势算我孬，过了四十一柱草。

上进无门洗了睡，生存无奈只自嘲。

诗中"洗了睡"，汉口方言。最先前的意思是："快完蛋了，赶快歇着吧。"通常用于对人蔑视的口吻。例如："算了，算了，就你这水平，还不回去（念 kè）洗了睡。"但是，近年来，多用于中年人无奈的自嘲，自我调侃，自我排遣。"洗了睡"用在此，效果非常好。

其十一《亲一哈》：

快点跟我亲一哈，话一出口笑哈哈。

心中切莫生邪念，清检收拾汉口话。

"亲"与"清"谐音，汉口方言，意思是"清理家什""收拾东西"。外乡人不懂，乍听之下，总是被武汉人的"开放"和"幽默"，吓了一大跳。后来仔细了解，才算是明白了。但也不敢随意使用这个方言，容易产生异解，心生邪念。

其三十八《弯管子》：

一口乡音批评挨，憋着弯管上了台。

弯它武汉普通话，笑倒乡亲一大排。

诗中"弯管子"，意思是用乡音说普通话，三不像。全国推广普通话，要求把普通话作为机关、会议、学校交流的通用语言。很多人学说普通话的积极性很高，但是实在说得不好。家乡老人称他们是"陕西驴子做马叫"的"弯管子"。此方言将人物写活了。

第42法：巧妙掩饰

就是巧妙地设法遮盖、掩盖真实情况，不让他人发现。笔者将其分为以下两种情况：

（1）善意掩饰（正面）

在社会生活中，某人内心深处存有隐私、恋情等情感，不便表露，却又不禁有所表露。如有人问及，则以谎言、巧语、笑话等其他理由加以巧妙掩饰过去。作者抓住其细节，创作竹枝词，往往富有浓厚的生活情趣。

例如清代无名氏《荷花含笑笑侬痴》：

才见莲生怨藕迟，荷花含笑笑侬痴。

南风更比东风暖，不到湖头那得知？

诗中"莲"同"怜"，"藕"同"偶"，这个女子隐藏着对爱情的强烈追求，但在湖头刚见莲蓬结莲子，却巧妙地抱怨说，藕长得太迟了。

再如民歌《手把丫枝望郎来》："高高山上一棵槐，手把丫枝望郎来。涯娘问涯望什么，涯望槐花几时开。"《白天晚上想情哥》："白天晚上想情哥，泪水奔流似小河。邻妹问涯哭啥子，灰尘落进眼窝窝。"都是掩饰美好恋情，将情窦初开的少女不愿透露心中秘密的心态，还略兼羞涩、凄苦的情绪，刻画得惟妙惟肖，情趣盎然，可堪品味。

（2）恶意掩饰（反面）

如当代张湘平《为某妻管严画像》：

同窗久隔今宵醉，电话禀妻歉意随。

被送回家搓板待，阴云转笑洗衣迟。

诗中"云"同"容"，妻子本来是黑着脸拿出搓衣板让喝醉酒的丈夫跪，见他的同学将丈夫送回，迅速转黑脸为笑脸，还说今晚自己洗衣服太迟了。对外人尴尬地掩饰妻管严的本质。

第 43 法：炼字亮点

　　"炼字"的意思是琢磨用字，以求遣词准确精当。竹枝词写作中，在用字遣词时进行精细的锤炼推敲和创造性的搭配，使所用的字词获得简练精美、形象生动、含蓄深刻的表达效果。其目的在于以最恰当的字词，贴切生动地表现人或事物。犹如找到一颗夜明珠镶嵌在竹枝词里，无论白天还是夜里，不管千年还是万年，均光彩耀人，熠熠生辉。

　　例如清代无名氏《越中祭扫竹枝词》百首选三：

　　　　桃花飞雨柳飞烟，画出清明二月天。

　　　　南镇炉峰香事了，镜湖浮出上坟船。

　　　　兰亭花径路迢迢，吩咐船家赶紧摇。

　　　　何处笙歌偏早会，一齐撑出状元桥。

　　　　棕缆纤长水一程，前村转出后村迎。

　　　　痴儿未识身行快，反说今朝岸倒行。

　　第一首两个"飞"字，十分生动形象地飞出了春天；一个"浮"把船写活了。第二首"撑"字，写绍兴城市民急匆匆乘船参加笙歌早会，担心来迟，一齐奋力撑船，挤出桥洞，其热闹场面可想而知。第三首"倒行"将静止的岸写活了。

　　再如清代岑镜西《南镇春游竹枝词》十首选二：

　　　　几日春光趁嫩晴，柳丝初吐绿盈盈。

　　　　马衔金勒舟飞鹢，结伴招邀半出城。

　　　　稽山门外即长堤，鸟解窥人过水啼。

　　　　山拥一祠红半角，游人指认路东西。

　　第一首"嫩"，这里指初生而柔弱、娇嫩，用以写初晴、新晴，再恰当不过了。第二首"解"字，将鸟特别拟人化，善于观察而解人意；"拥"字将山人格化了，还以静写动，令人倾倒。

又如现代陶星驰《越中会市竹枝词》二十四首选二：

> 许多海马屁之流，如痴如醉叫破喉。
>
> 算是此公消息透，戏文点出半陈州。

> 远地宵小尽闻风，匿迹前村秘窟中。
>
> 只怨夜深人倦后，逾墙钻壁有贝戎。

第一首"海马屁"，是绍兴方言，指喜吹牛、好炫耀。用在此抵消了虚词"之"的误区，令人绝倒。第二首"贝戎"，不仅押韵，而且含蓄幽默；联想到是"贼"字拆分，更为拍案叫绝。

第 44 法：外语译音

中外文明朴素冲击、影响和交融，使近现代竹枝词创作开拓了新的局面：一是优秀的中国传统语言、博大精深的文化对外国人保持了强大的吸引力。例如作者老羞校印的《京都新竹枝词》其二十二："大雅于今已式微，海王村店古书稀。如何碧眼黄须客，卷尽元明版本归。"二是中国的有志之士对外国的先进科学技术和高效管理经验产生了浓厚的兴趣。例如清代邱菽园（1873 年—1941 年）《神圣抗战》："不甘奴者起身来，沉睡千年快醒哉！寄语中华好儿女，大家迈步向前开。"

其中使用外国语言的译音创作竹枝词，词语新鲜，犹如一股清新空气，吹到读者面前，令人心旷神怡。

例如当代徐中秋《山村女教师》：

> 涉流扶过小溪东，遍地山花映面红。
>
> 拜拜一声人去后，凝眸犹自送顽童。

诗中第三句"拜拜"是外来语"byebye"的译音，巧用在此竹枝词中，像一阵清风吹过，倍感鲜活，意趣陡增，山村女教师的形象十分生动，新颖感人。

再如现代杨勋《别琴竹枝词》：

　　生意原来别有琴，洋场通事尽知音。

　　不须另学英人字，的里温多值万金。

周振鹤笺注：别有琴，即别琴，pidgin（也作 pigeon）译音，意思是混杂语；洋泾浜语。的里：three。温：one。多：two。

　　清晨相见谷猫迎，好度由途叙阔情。

　　若不从中肆鬼肆，如何密四叫先生。

周振鹤笺注：谷猫迎：good morning，早上好。好度由途：how do you do，你好。肆鬼肆：squeeze，敲诈。密四：mister，先生。

　　法司为一有为先，好袜处伊问几年。

　　讨泼碎为楼顶上，混徒碎乃是窗前。

周振鹤笺：法司：first。讨泼碎：top side。side 是洋泾浜英语的常用词，相当于 place，但用得不合规则。混徒碎：window side。

　　代办派丝不敢催，梅而失破寄书回。

　　牛丝卑乃新闻纸，知是公司船上来。

周振鹤笺：派丝：pass，做名词时意思是许可证、通行证，可译为关单。梅而失破：mail-ship，邮船，应与 mail steamer（今译为邮轮）同义。其时译 mail steamer company 为外国信船公司。牛丝卑：newspaper，报纸。

　　哀克司巴及印巴，关单出进口无差。

　　本行专做报关事，好比当官纳帖牙。

周振鹤笺：哀克司巴：export，意思是输出、导出、出口。印巴：import，意思是进口、输入、导入。

　　晨起先提牛乳汤，密而克里和茶糖。

　　苏揩灰脱拿为克，糖白茶浓始肯尝。

周振鹤笺：密而克：milk。苏揩灰脱拿为克：sugar white, no weak。淡茶称 weak tea，茶浓即不淡，故洋泾浜英语称之为"拿为克"。

> 康脱腊叨是作头，工人司务使如牛。
>
> 自从押克里门脱，盟纳完工方敢收。

周振鹤笺：康脱腊叨：contractor，承包人。盟纳：money，钱，银子。

从以上几首竹枝词中可以看出，杨勋《别琴竹枝词》100首，从用词和语法等方面对洋泾浜英语的错误和不当进行了分析和纠正，以使人们能够学习到正规地道的英语。这些诗几乎每句都嵌入英文单词，且将洋泾浜英语的单词和汉语词组合成一句贯通的话，使英语词的汉语谐音与汉语意义相符，足见作者向人们传授经验的良苦用心。同时显得幽默风趣，给人留下深刻印象。

又如清代张祖翼（1849年—1917年）《伦敦竹枝词》：

> 相约今宵踏月行，抬头克落克分明。
>
> 一杯浊酒黄昏后，哈甫怕司到乃恩。

英人谓"钟"曰"克落克"，谓"半"曰"哈甫"，谓"已过"曰"怕司"，谓"九"曰"乃恩"。"哈甫怕司乃恩"者，"九点半钟已过"也。满街皆大自鸣钟，高矗云际，半里之外可望见之。以议政院门口之钟与天文台之钟，时刻最准。

又如清代陈道华《日京竹枝词》：

> 新年儿戏不抛球，羽子声闻小路头。
>
> 一管横箫几槌鼓，前町人又赛貔貅。

"新年儿戏"，即板击毽儿，曰"羽子"。时更一箫一鼓，戏舞貔貅，沿门庆贺，博取金钱。

第45法：反复增效

反复手法是为了强调某种意思、突出某种情感，特意重复使用某些词语、句子或者段落等。词语反复是为凸显某种感情或某种行为，连续两次以上使用同一词语，达到强调的目的。词组或句子反复，有时为了表达内容或者结构安排的需要，要连续两次以上使用同一个词组或句子。竹枝词创作运用反复技法分以下四种情况：

（1）单句反复

例如清代王贻叔《越娘十看词》其二《宁真观看戏》：

傀儡登场假当真，长安桥畔逐香尘。

青衫红袖平分席，看戏人看看戏人。

诗中第四句"看戏人看看戏人"，这个反复表明到宁真观看戏，人山人海，热闹非凡。借诙谐语气表现出来，更为生动感人。

（2）一首反复

例如现代胡维铨《通俗酒诗》：

头上花枝照酒卮，酒卮中有好花枝。

劝君且学刘伶饮，醉后方吟李白诗。

光阴掷过急如梭，百岁人生能几何？

遇饮酒时须饮酒，得高歌处且高歌。

第一首竹枝词中"酒卮"反复，又是顶针，头上有花，酒中有花，终日饮酒，醉生梦死；第二首"饮酒""高歌"均反复，今朝有酒今朝醉，醉后高歌是狂欢，狂欢过后落空空，一生沉醉在酒中。对于耕读传家、有所追求的人不可学也。

再如明代伍瑞隆《广州竹枝词》：

蝴蝶花开蝴蝶飞，鹧鸪草长鹧鸪啼。

庭前种得相思树，落尽相思人未归。

诗中"蝴蝶""鹧鸪"分别在第一、二句内反复，第三句"相思"在第四句反复，表达缠绵悱恻，令人心绪难平。

又如当代武正国《醉翁亭》：

琅琊山上木葱茏，如织游人访醉翁。

酒未醉君君自醉，与民同乐乐无穷。

这首竹枝词第三句"君"、第四句"乐"反复，且第二句用了比喻，读来声调整齐，表达了新时代人民生活幸福，作者与民同乐的情怀。

（3）两首反复

例如宋代黄庭坚（1045年—1105年）《竹枝词》二首：

撑崖拄谷蝮蛇愁，入箐攀天猿掉头。

鬼门关外莫言远，五十三驿是皇州。

浮云一百八盘萦，落日四十八渡明。

鬼门关外莫言远，四海一家皆弟兄。

第一首"鬼门关外莫言远"，并未承接上文紧接着说上峡入黔如何艰苦，如入鬼门关，令人担惊受怕。而是放开一笔，化悲观为乐观，说进入鬼门关不要以为离京都太远。言外之意是：我虽艰苦入黔，踏入了鬼门关，还要走更远，但我仍心系朝廷，忧国忧民之心不减。第二首完全重复第一首的句子，这种反复手法，是为了突出强调作者忠君爱国思想；从音乐角度上说，曲调回环往复，能突出主旋律，增强感染力，收到最佳效果。

（4）多首反复

例如清代无名氏《织绸竹枝词》：

一织红日衔山顶，白额猛虎出莽林。

鹿奔兔逃鸟不叫，风吹树动遍地青。

二织纤云绕山腰，碧溪春柳垂长条。

殷殷桃花红似火，粉郎勒马过小桥。

三织树头莺哥叫，天鹅阵阵上云霄。

青翠啄鱼浅滩上，燕儿拍水浪上飘。

四织池园万花开，勤劳蜂儿去复来。

蝴蝶穿花深深见，蜻蜓点水款款飞。

五织水鸭翻筋斗，龙门闪闪鲤鱼跳。

长须大虾八脚蟹，乌贼公公顺水摇。

六织荷花映水红，风过香浮漏塘中。

小孩喜摘莲蓬子，笑煞岸上老公公。

七织北斗照晚空，牛郎远望天河东。

喜鹊搭桥渡织女，一年一会喜冲冲。

八织八仙去海东，果老叫驴闹哄哄。

国舅轻敲檀牙板，仙姑唱得满面红。

九织滚滚海洋中，龙王坐在水晶宫。

张羽熬盐煮海水，长鱼圆鳖耳都聋。

十织苍松山岳高，灵猴攀摘献蟠桃。

岭深无人野熊笑，小小松鼠偷葡萄。

组诗《织绸竹枝词》十首，采用宋代无名氏《九张机》式的联章体创作技法："一织红日衔山顶""二织纤云绕山腰""三织树头莺哥叫""四织池园万花开""五织水鸭翻筋斗""六织荷花映水红""七织北斗照晚空""八织八仙去海东""九织滚滚海洋中""十织苍松山岳高"，每一织独立成章，为每一章织绸图案的背景或画面内容，其安排和布局，匠心独运，巧夺天工。通过反复手法，强烈增加了竹枝词的表达效果，使竹枝词和丝织绸相得益彰，皆为珍品。

第 46 法：顶针递接

顶真，又叫顶针、联珠、链式结构等。顶真法是将前一句或前一节奏的尾字，作为后一句或后一节奏的首字，使两个音节或句子首尾相连，前后承接，产生上递下接的效果，好像串珠子似的一种创作方法。用顶真法创作竹枝词，语句递接紧凑、生动明快。顶真与叠字形式相仿但本质却不同，顶真可以是一个单字，也可以是一个复词或词组，既可以一次使用，也可以重复使用。其作用是揭示事物间严密透彻的本质，便于抒发气势贯通的感情。运用顶真修辞手法，不但能使句子结构整齐，语气贯通，而且能酣畅淋漓地突出事物之间相互依存的有机联系，使说理环环相扣。

例如宋代苏轼《竹枝歌》九首有二：

水滨击鼓何喧阗，相将扣水求屈原。

屈原已死今千载，满船哀唱似当年。

吁嗟忠直死无人，可怜怀王西入秦。

秦关已闭无归日，章华不复见车轮。

第一首"屈原"二字顶针，第二首"秦"字顶针，两首竹枝词均达到了语句递接紧凑、结构严谨的良好效果。

再如 2016 年 12 月 12 日，武汉市社会服务项目——陈荣华主编《武汉竹枝词史话》成果发布会，湖北省诗会黄金辉会长贺以顶针诗，沙月、姚泉名、陈佐松、秦凤、王惠玲等众诗友同题连咏相和。

黄金辉《赞武汉竹枝词》：

江城兴唱竹枝词，词短情长任出题。

题写白云黄鹤意，意连今古创新奇。

沙月和作：

山青水绿出诗词，词朴情真百姓题。

题本初心开创意，意随时代著传奇。

姚泉名和作：

奇花新唱竹枝词，词旨高低莫看题。

题里俗言藏雅意，意钟万物笔传奇。

奇书史话竹枝词，词唱江城非旧题。

题外题中多少意，意深留与后人奇。

奇事一桩武汉词，词随时变入新题。

题题尽写江城意，意欲红尘户户奇。

陈佐松和作：

方言俚语俏皮词，词浅情深直入题，

题外更藏无限意，意虽常理笔偏奇。

秦凤和作：

奇山异水欲成词，词拙味俚随笔题。

题罢轻吟谁解意？意思清秀骨清奇。

奇思妙想巧填词，词媚诗庄随我题。

题里机关题外意，意深话浅众称奇。

奇缘无巧不成词，词写风流芳草题。

题尽萋萋鹦鹉意，意成万象竹枝奇。

王惠玲和作：

竹枝摇曳唱清词，词共筠香犹自题。

题笔龙飞云水意，意行千里探幽奇。

王东慧和作：

欣吟冶邑竹枝词，词浅情浓也扣题。

题出金银铜铁意，意传山水古今奇。

邓国琴和作：

新人学写竹枝词，词拙情真欣笔题。

题尽人间多少意，意连百姓唱传奇。

胡翠荣和作：

奇珍楚韵糅新词，词语风格扣主题。

题里多姿难料意，意长回味唱传奇。

王学美和作：

漫赏屏间清丽词，琅玕惹我从心题。

题中字字留芳意，意厚何忧句不奇。

张连玉和作：

嫣红姹紫竹枝词，词选方言俚语题。

题里玄机无尽意，意中藏趣最称奇。

这组唱和竹枝词，运用连续顶针手法，难度很大，内容包含了当代竹枝词创作的题材、内容和方法，对武汉地区竹枝词的研究成果进行了充分肯定，对文学领域内的竹枝词创作起到了积极的推动作用，为当代文坛、诗坛佳话。

又如清代梁启超（1873 年—1929 年）《台湾竹枝词》：

相思树底说相思，思郎恨郎郎不知。

树头结得相思子，可是郎行思妾时？

这首竹枝词次句与首句"思"字顶针，"相思"叉开三次重叠，"郎"字三次重复，语气连贯自然，绵意回环。第二句既思且恨，这本是热恋女子常有之心理；而"郎不知"，又最使她们为之心寒的。末句反问，心头矛盾，怎能放下？梁启超到了台湾，看到全岛遍植相思树，更加深了他对台湾遗民思归祖国大陆及其亲友的同情，激发了他的思之意、恨之心。这首竹枝词十分含蓄委婉地表露了梁启超当时内心的苦楚。

第 47 法：互文简洁

竹枝词的互文技法，即互文见义，是指在有意思相对或相关的诗句里，前后两句词语互相呼应，互相交错，意义上互相渗透、互相补充，使诗句更加整齐和谐、更加精练的一种修辞手法。其显著特点是：上文里含有下文将要出现的词，下文里含有上文已经出现的词。唐代贾公彦："凡言互文者，是两物各举一边而省文，故云互文。"

笔者将竹枝词互文技法分为以下三种情况：

（1）单句互文

例如唐代刘禹锡《竹枝词》二首其一：

> 杨柳青青江水平，闻郎江上踏歌声。
>
> 东边日出西边雨，道是无晴却有晴。

诗中第三句互文自补，写出了天气的半晴半阴状态，很好地表现了姑娘的心理活动：姑娘听见男子的歌声后，心情微妙复杂，她朦胧地感到男子对她有情，又疑惑对她无情，似天气一样阴晴不定，难以把握，自己心情也起伏不定，描绘出了初恋少女含蓄的复杂心理。

再如当代林锡彬《访台竹枝词》五首其三《阿里山森林浴》：

> 电灯未到阿里山，汉树唐花宋路弯。
>
> 阴湿清凉真似水，森林一浴不思还。

诗中第二句"汉树唐花宋路弯"互文自补，描写阿里山的"树""花""路"还如汉、唐、宋朝时期一样原始，森林中的阴湿潮气清凉似水，夏天以此沐浴，天然享受"不思还"，表达了环境优美原始，森林之浴神奇，令人乐而忘归。

（2）双句互文

例如明代袁宏道《竹枝词》：

> 侬家生长在河干，夫婿如鱼不去滩。
>
> 冬夜趁霜春趁水，芦花被底一生寒。

141

诗中第三、四句可以理解为互文见义。实际上，渔家少妇也不一定就在睡觉。冬夜春朝，她也必须趁霜趁水做事。"芦花被底"可理解为这组诗其二所说的"芦花枝上水痕新，南市东村打白鳞"。夫婿穿行于芦花枝下打鱼，苦寒一生；"侬家"也是趁霜趁水织网，同样是苦寒一生。

（3）多句互文

例如元代杨维桢《西湖竹枝歌》九首其四：

> 劝郎莫上南高峰，劝郎莫上北高峰。

> 南高峰云北高雨，云雨相催愁杀侬。

《皇舆考》记载："南高峰，即杭州南屏山。北高峰，即杭州凤凰山。"这首竹枝词中，第一句和第二句互文互补，第三句互文自补，言简意丰，简洁有力。

第48法：模音绘声

模音绘声，是用象声词或能够表现某种声音的词模拟声音的修辞方式。模声能使人如闻其声，如临其境，得到确切、逼真、活泼的感受，使语言更富有表现力。

竹枝词应用模音绘声法，笔者将其分为以下四种情况：

（1）模拟人声

例如当代张志斌《啜田螺》：

> 炒螺风味久知名，夜半犹闻喫喫声。

> 一吻偷心即弃去，伊人可是太无情？

再如当代李云谷《街头电话亭》：

> 街头亭子最新鲜，电力能将对话传。

> 细语喁喁好斟酌，莫争先后勿拖延。

又如当代李秋华《采莲船》：

> 锣鼓喧天喜气洋，桨划船荡跳春光。

咿哟声唱我康乐，再放高歌科技强。

第一首"噏噏"，食疾之貌也。形容人聚缩着嘴唇而很快吸出和吃掉食物并发出声音。第二首"喁喁"，形容人小声说话的声音和样子。第三首"咿哟"，形容人唱歌声。皆形态神似，生动传神。

（2）模动物声

清代李声振《百戏竹枝词》之《秦腔》：

耳热歌呼土语真，那须叩缶说先秦。

鸣鸣若听函关曙，认是鸡鸣抱柝人。

诗前有小序曰："秦腔，俗名梆子腔，以其击木若柝形者节歌也。声鸣鸣然，犹其土音乎？"诗中"鸣鸣"模写秦腔如鸡鸣，生动形象。

秦腔在当时的北京演出时，"犹其土音"，"耳热歌呼土语真"，说明当时秦腔的表演是使用"土语"（秦地方言），唱的曲调也是让人感到新鲜的"土音"（秦腔曲调）。至于"声鸣鸣然"，孟繁树先生认为这包括两层意思，一是说它的音色柔和，二是形容它行腔低回，李振声所听到的大概是有别于一般高亢激越的、哀婉动人的秦腔曲调，说明这时秦腔的唱腔就已经表现力丰富、风格多样了。"以其击木若柝形者节歌也"，"柝"的本意是"巡夜打更用的梆子"，而民间"鸡鸣抱柝人"打更用的梆子是长方形空心的木梆子，可见乾隆时期秦腔击节用的梆子与现在使用的硬木实心梆子可能有所不同。

（3）模景物声

唐代刘禹锡《竹枝词》其七：

瞿塘嘈嘈二十滩，此中道路古来难。

长恨人心不如水，等闲平地起波澜。

诗中"嘈嘈"，湍急的流水形成的嘈杂声。"十二滩"是夸张，不是确数，只用它说明峡中滩多。"嘈嘈十二滩"为"此中道路古来难"和"起波澜"做铺垫。

当代刘斯翰《铜壶滴漏》：

> 铜壶龙吻水溅溅，凭仗名工铸合天。
>
> 人往人来北京路，叮咚一响近千年。

诗中"溅溅"，意思是流水声、水疾流貌，泛指液体疾溅貌。"叮咚"，水滴漏的声音。两种拟声将铜壶滴漏的运行写活了。

（4）模事物声

当代龚伯洪《街档》：

> 排档灯辉十里长，啫啫声里起奇香。
>
> 鸡肥菜绿鱼鲜美，请坐街边慢慢尝。

当代苏些雩《竹升面》：

> 大汗舂完细汗流，竹升咿哑韵幽悠。
>
> 深知爽滑留滋味，种有艰辛在里头。

当代熊东遨《诗词医案·农院竹枝词》其一：

> 冰盖寒溪雪盖山，哥操唢呐趁农闲。
>
> 几声呖喇春风起，吹得红潮上妹颜。

第一首"啫啫"，"嗞嗞"粤语发音为"啫啫"，嗞嗞有味。第二首中，竹升面是广州一种特色小吃，因避讳粤语因"竿"字发音不吉利而改称"升"。它是用传统的方法搓面、和面，用竹升（大茅竹竿）压打出来的面条、云吞皮等一类面食。"咿哑"，用竹升压面条的声音。第三首"呖喇"是吹唢呐的声音。第三句"几声呖喇春风起"，既为下句的"吹"字布下了双重伏线"唢呐之吹与春风之吹"，又增添了全诗的浪漫气氛，可谓一举两得。结句因"春风"已提前发出，故顺势补入"红潮"二字，为女主人公添上几分羞涩情态，更显得绰约可人。

第 49 法：酿造末句

竹枝词创作，结句十分重要。既要做到结句晓畅通达、铿锵有力、委婉含蓄、奇峰突起、耐人寻味、突出诗旨，又要完美收官。酿造末句的技法很多很多，有几十种，下面略举一些事例。

（1）末句惊疑

竹枝词在末句以复杂的心理活动"惊疑"作结，能吸引读者的注意力，对增强表达效果起到良好的引力作用。

例如清代屈大均（1630年—1696年）《广州竹枝词》七首其一：

> 边人带得冷南来，今岁梅花春始开。
>
> 白头老人不识雪，惊看白满越王台。

再如当代王惠玲《东湖》：

> 风微波漾一舟行，何处吹箫隐隐听？
>
> 欲织斑斓千个梦，却疑惊动满湖星。

又如当代余少帆《天河体育场》：

> 旌旗招展进天河，乐韵悠扬祝捷歌。
>
> 才看女排新纪录，更惊铁汉演飞戈。

第一首末句广州老人不识雪，看到雪落越王台自是一惊，甚为好奇；正像我们南方人读到"六月飞雪"不可理解，以为是有冤情的象征，这在我国西北部昆仑山、天山就是平常现象。第二首是一幅东湖月夜图画，末句表明作者不忍心破坏这幅美图。第三首末句写明了铁汉演飞戈的高超技艺。均对读者产生了巨大的吸引力，留下了深刻的印象。

（2）末句解疑

为了竹枝词写得曲折而有回味，在第三句设疑或存疑，第四句做出响亮的回答，即解疑，一首竹枝词完美收官。

例如当代沙月《湖北省气象科普馆》：

> 银塔凭山探绛宫，蓬莱伎俩愧途穷。
>
> 行吟屈子如相叩，天问祛疑在此中。

再如当代王惠玲《洪山菜薹》：

> 紫菜抽薹开嫩花，霜飞雪压味尤佳。

缘何移植无相适，天赋洪山独此沙。

第一首末句"天问"，屈原如果指天相叩问，我国科学家对气象科学技术上的难题已经得到解决，心中将会释然。第二首第三句设问，第四句"天赋洪山独此沙"就是答案。解疑干脆利落，读后心中明快。

（3）末句体察

作者对人类社会生活、自然景物现象的细致观察和反复体验，在竹枝词中充分表达出来。

例如当代黄小遐《武汉东湖中学新疆班》：

东湖接力育新花，疆鄂情深似一家。

共琢良材成器后，同心建设大中华。

再如当代方祥华《洪山老年大学》：

琴棋书画舞歌诗，家国同心好梦痴。

康乐园中身手现，夕阳红透老丰姿。

第一首，武汉市东湖中学是在法国共产党总书记多列士的建议下，经中共中央原中财局同意、由王任重亲自批准，于1964年始建于东湖之滨的一所中学。2010年，湖北省教育部门批准，具有省级示范称号的东湖中学作为新疆扩招学校，接收新疆学生就读，并组织民族团结宣讲活动。末句表明中南武汉和西北新疆代表各族人民团结一心，共同建设好中华大家庭，实现中华民族伟大复兴。第二首作者经过观察看出洪山老年大学的老人们年龄虽大了，但家国同心，末句"夕阳红透老丰姿"，老当益壮，仍志在千里。

（4）末句反问

竹枝词在结句存疑，故意做出反问，不须回答，其目的是引起读者去进一步思考和反复体会，以便更加突出主题，留出余味，耐读耐品。

例如当代王荫琴《文农艺术博物馆》：

接天藤蔓绿亭隔，竹掩青桥小径迂。

瀑溅鸟啼喧愈静，瞬间步入辋川图？

文农艺术博物馆位于洪山区青菱乡长征村新农村 122 号。该馆是以齐白石的入室弟子、馆主王传义的父亲王文农命名的。馆内有齐白石和王文农合影及数幅齐白石真迹。博物馆分戏偶、书画、灯彩等几个馆区。三楼有假山石、人造瀑布等空中花园。东边的侧楼有圆柱形的茶艺室。《辋川图》是唐代王维所作的单幅壁画，原作已无存，现只有历代临摹本存世。其主画面亭台楼榭掩映于群山绿水之中，古朴端庄。别墅外，山下云水流肆，偶有舟楫过往。其中人物，弈棋饮酒，投壶流觞，一个个都是儒冠羽衣，意态肃然。《辋川图》开启了后人诗画并重的先河。末句这一反问，说明文农艺术博物馆展品艺术高超，活灵活现。

再如当代任紫薇《住宅小区》二首其二：

> 去年双燕垒窝泥，窗外阳台比翼齐。
>
> 一鸟今朝来相探，不知踩点是寻妻？

这首竹枝词末句反问，写出了此住宅小区的人民生活安康、富裕，燕子重来，环境和谐。

又如当代姚泉名《巡司河》：

> 源出清清梁子湖，下游浊浪入江无。
>
> 巡司河上车如水，魔法巧施谁见污？

诗中第四句反问，写出了现在国家投资，重点改造、建设居民生活环境，采用先进技术和设备，大力治理河道，整治排污，美化人民生活环境，提高居民生活质量。

（5）末句破题

破题与扣题类似，即在竹枝词的末句，对题意进行提炼、总结，通过艺术技法突出主题，点明诗旨。

例如当代郑慎德《洪山菜薹》：

> 家家户户豆菜薹，海味山珍换不来。
>
> 人道佳肴真极品，洪山塔影佛光开。

再如当代蒋其书《广绣情》：

> 欲绣千花百草香，转思彩线刺鸳鸯。
>
> 银针飞动忽停问：针线比情谁更长？

又如当代张坚伯《地下商场》：

> 南方大厦瞰长堤，地下商场百货齐。
>
> 我上高楼君入洞，同时买得好东西。

第一首洪山菜薹是极品，那是洪山塔影开了佛光的，善意、风趣和幽默地突出了主题。第二首以反问方式突出主题：针线很长很长，情谊更长。第三首末句"买得好东西"，通俗易懂地揭示了地下商场这个主题。

（6）末句肯定

例如当代艾诗人《东湖》三首选二：

> 水抱青山水亦奇，晴光潋滟雨宜姿。
>
> 东湖不比西湖瘦，只缺东坡四句诗。

> 前苑梅花后苑樱，磨山脚下两驰名。
>
> 花期最怕休假日，鸟自停飞声挤声。

再如当代任紫薇《东湖》二首其二：

> 环湖美景四时春，岛外舟摇落雁临。
>
> 若把西湖比西子，东湖恰似汉昭君。

又如当代张坚伯《旋转餐厅》：

> 高楼林立上干云，中有仙家不老春。
>
> 时代尖端新设备，天旋地转莫言贫。

第一首为什么"东湖不比西湖瘦"，既幽默又现实的答案肯定是"只缺东坡四句诗"，缺少光照千秋的大文豪的美言！第二首在东湖驰名的梅花和樱花为什么怕假期，答案是赏花人多了，声音嘈杂得很，鸟不敢来了。第三首"若把西湖比西子"，可以肯定地说"东湖恰似汉昭君"，从此东湖也不缺名诗了。如果是苏东坡写的，名气就大了。第五首末句"天旋地转"不是因贫困饥饿的，而是高科技有意设计建设的游乐设施。均通过末句肯定突出主题。

（7）末句拟人

例如清代叶廷勋《广州西关竹枝词》六首其一：

> 大观桥下水潺潺，大观桥上路弯弯。
>
> 侬家自爱桥西住，夜夜桥东带月还。

再如当代张少林《武汉地铁》：

> 休闲不用到长街，五月江城有雾霾。
>
> 暂别浮尘幽境走，铁龙地下听安排。

又如当代刘梦初《湘澧盐矿运输带送盐下河咏》二首：

> 山道弯弯扁担磨，白须黄口扛盐箩。
>
> 带输九曲今非昔，歌舞玉龙自下河。

> 谁持素练舞山冈，飞落银河澧水旁。
>
> 带送玉山乘巨舰，雪牌今日去留洋。

第一首将月亮拟人化，把明月带回家。第二首将"铁龙"拟人化，在地下听从安排。第三首通过运输带上盐比拟为跳舞的玉龙，运到河岸的船上。第四首将雪一样的盐通过巨舰运到国外，比拟成"留洋"。均形象生动感人，给读者留下深刻印象。

（8）末句拟物

在末句将人当物写，完成某一项任务，感觉很新奇，别有一番韵味。

例如当代丁翠华《东湖》六首其六：

> 常忆少年共钓鱼，东湖几度柳条舒。
>
> 故人好似春庭燕，衔取轻风入画图。

再如当代白纲《签名》：

> 运笔如飞签大名，追星小友泪纵横。
>
> 归来欣喜相传看，春蚓秋蛇认不清。

又如当代张坚百《摩托车》：

> 摩托飞驰大道中，呜呜声响铁盔红。
>
> 是谁指是骑洋马，马自如龙八面风。

第一首将"故人"拟作"春庭燕"，第二首将明星签名的笔画比拟为"春蚓秋蛇"，第三首将"摩托车"比拟为"马"，再比拟为"龙"，均恰如其分，形象生动，风格活泼。

（9）末句设喻

例如当代傅占魁《东湖》：

> 一漾轻舟万顷行，无云无浪静中听。
>
> 粼粼秋水长相泊，湖是明眸我是星。

再如当代毛声芝《南湖》：

> 亭亭玉立映清波，手足情深莲与荷。
>
> 雨打风吹撑绿伞，心花怒放伴阿哥。

第一首将秋天月夜下的东湖比作"明眸"，将"我"及载我的轻舟（船上有灯光）比喻为"星"。第二首南湖是仅次于东湖的武汉第二大湖，在武汉南端。诗中将"莲与荷"比作阿妹和阿哥。均精心设喻，收效成功。

（10）末句借语

在末句借用古人或者别人的语句、诗句、词句，以增加雄浑气势，充分突出主题。

例如当代江晶晶《桂子山》：

> 桂子山坡无桂子，娘娘奔月已多时。
>
> 只栽桃李不栽柳，道是无丝却有丝。

再如当代赖春泉《石马少桃》：

> 一年一度赏桃红，墨客骚人雅兴浓。
>
> 估客频临圈地去，桃花难再笑春风。

第一首显然是借用唐代刘禹锡《竹枝词》"道是无晴却有晴"意，"丝"与"思"谐音；第二首借用唐代崔护《题都城南庄》"桃花依旧笑春风"，但作者反其意而用之。借名人成句，气势雄浑，更好地表达了主题。

（11）末句概括

在前三句竹枝词的基础上，进行概括和总结，在末句表达出结果来，这是一种收获。

例如当代陈方绥《夜总会》：

> 云母屏风蜀锦帏，女郎龄妙斗腰肢。
>
> 迪斯科伴天魔乐，狂杀花城年少儿。

再如当代徐续《夜咏》：

> 荔苑茗香倚碧波，雕龙绣虎意如何。
>
> 无边月色来天地，莫笑诗人占不多。

又如当代李而已《防盗网》：

> 千百新楼接碧空，未曾入伙快加工。
>
> 重重钢铁围栏网，户户都成老虎笼。

第一首根据前三句从反面总结出"狂杀花城年少儿"，夜总会害少年不浅。第二首概括出诗人在明亮的月夜里，品茗、观景、绘画等，生活充实。第三首把人住在装了防盗网的家中比拟成"老虎笼"，通过拟物进行概括，还带有讽刺意义，很是新鲜。

（12）末句讽刺

在描写某种不良现象时，在竹枝词末句以讽刺、美刺收尾，给人以善意的规劝、警醒，具有社会教育意义。

例如当代李而已《学生下海》：

> 十零岁仔学生哥，下海跟潮路数多。
>
> 潇洒一回凭我走，管他功课会如何。

再如当代赖春泉《跳槽》：

> 婉转画眉歌唱娇，此山看到那山高。
>
> 良禽择木由来久，难怪阿哥去跳槽。

又如当代胡泽群《高消费》：

> 超前消费价殊高，五彩柜台引富豪。
>
> 一掷万金无所谓，只须阔气最时髦。

第一首针对十多岁的学生下海，只注意挣钱，不注意培养，不管他的功课好坏，家长是否应该反思？第二首阿哥对于工作单位，"此山看到那山高"，不注意在工作中提高自己，美其名曰"良禽择木"，到头来恐怕没有好的结果。第三首讽刺阔气富豪铺张浪费，针砭时弊，很有教育意义。

（13）末句抒情

竹枝词作者在前三句的基础上，于末句将感情做进一步的抒发，进行总结性升华。

例如当代李仁山《送郎归》：

> 车到黄沙更过江，送郎送到石围塘。
>
> 郎心清似塘前水，侬意长如江水长。

再如当代白纲《礼仪使者》：

> 翩翩青鸟落门前，贺礼鲜花带笑传。
>
> 莫道亲人千里外，深情厚谊汇心田。

第一首末句抒发了侬对郎的感情像长江一样悠长。第二首作者自注：京城商厦有礼仪使者专门为远离北京的客人送礼服务，古之青鸟使殆如此乎？末句抒发了千里之外的亲人，深情厚谊牢记在心田。

（14）末句推测

根据竹枝词前三句语义发展，作者进行大胆的推测，引导读者思考，增添诗的回味。

例如当代何普丰《公章批准》：

底事公章近一千，满天神佛倩谁怜？

荒唐可入奇闻录，试问何时始改弦。

再如当代黄镇林《塞车龙》：

无尾长龙步步爬，广州无处不塞车。

人行要比车行快，何日畅通大小巴。

又如清代罗天尺《广州竹枝词》：

琶洲塔口月初低，雁翅城头又夕晖。

日月西沉有时出，暹罗郎去几时归？

暹罗：中国对现东南亚国家泰国的古称。1939 年 6 月 24 日改国号为"泰国"，1945 年复名"暹罗"，1949 年再度改名"泰国"，沿用至今。

以上三首竹枝词，均是试着进行推测，期待有一个好的结果，引起读者的强烈关注。

（15）末句赞誉

竹枝词根据前三句对人物、事物的特色描写，在末句进行想象、夸张，使其精神风貌进一步升华，虚实结合，最显赞誉效果。

例如当代张锐《哪朝胜如今》：

源源物品济灾民，饱在腹中暖在心。

捧起滢滢纯净水，哪朝哪代胜如今。

再如当代郑玉伟《社区世相》四首其三《环保天使》：

鸭舌帽配黄坎肩，满面春风态自然。

一帚一箕也神圣，汗珠洗净小区天。

又如当代熊作华《城市劳动者》四首其二《修伞》：

制伞常逢质量差，结松骨折怨多瑕。

遮阳避雨焉能少，小技人夸便万家。

第一首"哪朝哪代胜如今"，是最高赞誉。第二首"汗珠洗净小区天"，应用了象征、比喻等手法赞誉了环卫工人的辛苦工作。第三首"小技人夸便万家"，赞扬了掌握小技的修伞工，方便了万家百姓。

（16）末句景象

竹枝词创作中，作者的丰富情感和主观意识、主题的充分开掘均通过形象生动的语言表达出来，令人刮目相看。

例如当代柳科正《宇航员之歌》六首其三：

火箭喷花一路风，白云黄鹤杳无踪。

回头却望乡关远，觌面星河亘碧穹。

再如当代王放《神六竹枝词》十二首其五：

月中丹桂妙姿娑，难觅天香伴素娥。

身到银河才感悟，长安道上桂花多。

又如当代凌朝祥《在王震铜像前留影》：

高楼大厦接青云，碧草繁花万木欣。

林带虽移新树种，绿杨还认老将军。

又如当代段天顺《樱桃采摘节竹枝词》八首其二：

入园惊见绿云深，翠帐藏娇红照人。

恰似绛珠宫仙子，含颦半掩候嘉宾。

第一、二首通过拟景，第三、四首通过拟象，以鲜活的景象和高超的艺术完美地表现主题，一语值千金，言近意远，令人难忘。

（17）末句夸张

竹枝词在末句根据主题所要表达的意蕴，以丰富的想象进行夸张，在合情合理的范围内，使美好的更好、优秀的更优秀、落后的更落后、丑恶的更丑恶……给读者留下难以磨灭的印象。

例如当代刘征《城市风景》：

> 新楼如春笋，时才露芽尖。
>
> 几日不曾见，涌出万重山。

再如当代杨金亭《陶然亭晨曲》：

> 谁放天桥旧唱盘，凄清风调滴溜圆。
>
> 哭霎声咽冰弦绝，百鸟歔声湖底眠。

又如当代郝清慧《京城竹枝词》五首其一《建设新貌》：

> 廿年开放国荣昌，千载皇都护古装。
>
> 陋巷残垣归历史，凌云大厦唤牛郎。

以上三首竹枝词均采用了夸张的艺术技法，开掘了思路，更为丰富地表达了各自的主题。读后令人心情久久不能平静。

（18）末句憧憬

根据前三句竹枝词的描写，作者通过联想、推理，提出对未来的美好期待，并吸引读者为此而奋斗。

例如当代毛乃舜《老兵抒怀》三首其二：

> 跃马天山四十秋，屯边已白少年头。
>
> 时来悟得读书趣，一夜春风到绿洲。

再如当代塘萍《竹枝新唱组诗·爱我中华》其一《天安门广场》：

> 天安丽日五星红，广场年年唱大风。
>
> 纪念碑前如画美，江山不老永多情。

第一首"一夜春风到绿洲"是一位边疆老兵的期待。第二首"江山不老永多情"是对伟大祖国的希冀。末句均是对未来的生活充满美好的期待，激励年轻人奋斗不息，继承老一辈的优良传统和作用，建设美好的祖国和生活环境。

（19）末句悬念

就是在末句故意设置悬念，可能存在多解，可能无解，给高明的读者留下想象、思考的空间，更加耐人寻味。

例如当代郑直《北京新竹枝词》三首其二：

> 沧桑十载革新潮，古老都城旧貌消。
>
> 借问前门京味叟，您知哪儿是天桥？

再如当代洪学仁《北京新景》三首其三《拆老房》：

> 机械施工震耳声，瞬间小院了无痕。
>
> 街邻执手频相问，不晓何时可再逢？

第一首"您知哪儿是天桥？"可能无解，只能留下旧时的回忆。给我们的启示是建设新北京，必要的文物性建筑还是要保存的。第二首"不晓何时可再逢"，拆了老房，住进高楼新居，对面难逢，失了亲近，但要看到时代的进步和科技的发展，建设和享受新的家园。

（20）末句奇崛

作者在创作竹枝词时，通过前三句的积累，在末句突来灵感，写出异想天开的警句，使人读后眼前一亮，心头为之震撼。

例如当代高丽涛《咏广州竹枝词》三首其二《登白云山》：

> 山里桃花山外溪，红歌粤曲绕云低。
>
> 相呼更上摩星岭，人与青天此处齐。

其三《逛花市》：

> 岭南冬日雨如纱，一片喧声满市花。
>
> 捧得几枝还旧路，春光散入万人家。

再如当代钟一晖《广州市花红棉》：

> 挺拔红棉十丈雄，熊熊火火舞东风。
>
> 黄花岗上男儿血，化作羊城千树红。

竹枝词写作也要讲究创新，深入思考，善出奇思妙想，抛弃平庸，忌讳淡汤寡水。第一首"人与青天此处齐"，第二首"春光散入万人家"，第三首"化作羊城千树红"，均是经过深思熟虑的警句，给人惊奇。

第 50 法：打造首句

文似看山不喜平，竹枝词写作也一样。因此打造好首句，开端不一样，文采斐然，犹如石破天惊，先入为主，让人眼前一亮，为读者留下良好的第一印象。

例如清代倪鸿《广州竹枝词》：

花香如雾酒如潮，近水楼台月可招。

买醉击鲜来往熟，一篙撑过漱珠桥。

再如当代许士杰《红棉赞》：

穿林昂首薄云天，俯抚群黎向暖寒。

烽火高燃迎春色，却留飞絮伴清眠。

又如当代陈颀《珠水歌声》：

珠江水曲褶重重，初上华灯薄雾浓。

云外青山藏不住，歌声回荡夕阳中。

第一首的首句"花香如雾酒如潮"，比喻恰切，一下就将读者带入一个花和酒的世界。第二首的首句"穿林昂首薄云天"，将红棉的形态和神态描绘得十分准确，气势雄浑。第三首的首句"珠江水曲褶重重"，将珠江水比喻成重重衣褶，非常贴切。均先入为主，引起读者强烈共鸣。

第 51 法：更上层楼

诗词家成朝柱提出，绝句写到末句，诗意要更上一层楼。我认为竹枝词创作也是如此：在前三句描写、叙述的基础之上，深入思考，将诗意向深处、高处、广处、大处演绎、动作、推进一步，使诗的主题或作者的思想更进一步凝练和突出。

例如当代朱惠民《小庭秋色》：

枸杞千提红玛瑙，葡萄一架紫珍珠。

小庭还觉少生意，天外招来双鹁鸪。

这首诗通过前两句对"枸杞""葡萄"的比喻性描绘，小庭院虽入秋天，依然生意浓浓，充满诗情画意了。然而诗人如张弓射箭，先拉弦向后，反说还觉得缺少一点儿生意，于是继续借"双鹣鹕"，从"天外招来"，末句一出，诗意更浓，诗味更厚，可谓更上一层楼。

再如当代龚霖《参观玉石展览》：

　　满场玉石若排兵，散发千年日月精。

　　我到军前一巡阅，秋风意气顿生成。

玉石非常精彩，作者把展览馆内的玉石想象成排兵布阵的士兵，意境更是精彩。末句以秋风衬托，气象更为灵动。

又如现代海春《海陵新年竹枝词》十首选三：

　　堂前柏子晓烟消，占得年姑庆岁饶。

　　另有一番新气象，天灯高挂接云霄。

　　新春品物最丰盈，早韭香芹佐客飧。

　　别有新鲜饶市味，银鲕冬笋并鲜蛏。

　　猴戏喧嚣打狗汪，喧天锣鼓北山旁。

　　更看木偶编成戏，儿辈游观乐未央。

以上三首竹枝诗中，前两句已经写到了新年喜气、丰盈食物和美好娱乐节目，均在第三句更上一层，落在第四句最能代表海陵新年特点的生活娱乐上。

第 52 法：反常合道

"无理而妙"最早是清代贺裳提出。他在《皱水轩词筌》中对唐代诗人李益和宋代词人张先的诗词作品评论时说："诗又有以无理而妙者，如唐李益诗曰：'嫁得瞿塘贾，朝朝误妾期。早知潮有信，嫁与弄潮儿。'此可以理求乎？然自是妙语。子野《一丛花》末句云：'沉恨细思，不如桃杏，犹解嫁东风。'此皆无理而妙。"诗词这种现象，宋代释惠洪《冷斋夜话》引苏轼评柳宗元《渔翁》说："诗以奇趣为宗，反常合道为趣。熟味此诗有奇趣。"张国鹄先生在《"反常合道"酿"奇趣"》中说："所谓'反常合道',简言之,就是以违背常识的意象,表述合情合理的内涵。从哲学眼光看,'反常'就是矛盾、对立;'合道'就是和谐、统一。'反常合道'正是艺术辩证法的体现。用美学眼光看,'反常'就是'出人意料之外','合道'则'又在情理之中'。"

笔者将竹枝词创作应用此法分为以下四种情况:

（1）情感反常

合乎人的情感变化和发展规律的爱情、闺怨、乡思、别恨、离愁等内容的竹枝词,以"反常"表达抓住读者以引起共鸣,如痴如醉如癫而达到妙境。

例如元代郏韶《西湖竹枝词六首》其一:

十五女儿罗结垂,照水学画双蛾眉。

长桥桥下弯弯月,偏向侬家照别离。

明月本无私,光照也非情,日月巡昼夜,哪管人聚离。但通过"偏向侬家照别离"这一反常,更加体现出别离的痛苦和思念。

再如清代黄云卿《羊城竹枝词》八首其三:

依依人隔潄珠桥,桥短情长恨哪消。

消恨拟栽红豆树,相思红豆种千条。

诗中"消恨"与"红豆树"本无关系,但通过"消恨拟栽红豆树"这一反常,并且还要种"千条",这哪里能消恨哪?分明恨越多也。恨之愈深,实际是爱之愈烈也。

又如明代周在《闺怨》:

江南二月试罗衣,春尽燕山雪尚飞。

应是子规啼不到,故乡虽好不思归。

故乡春景凭记忆凭感情肯定是非常好的,但出门在外的男人没有回来。倒是这位有情闺妇心胸开阔,不怨人而责鸟:"应是子规啼不到",明明一肚子怨恨,却以责鸟之言泄之,也是痴语。这是作者另辟蹊径,表现强烈的闺怨。

其他名篇还有：

清代席佩兰《寄衣曲》："欲制寒衣下剪难，几回冰泪洒霜纨。去时宽窄难凭准，梦里寻君作样看。"在家的夫人想给离别在外的夫君做一件御寒的衣衫，不知道丈夫是胖了还是瘦了，竟然要从梦里量一下夫君身材的尺寸，这情痴反常情形，表面惹人发笑，但笑声过后，便不免称誉这诗的妙趣。

当代张智深《邻妇为亡儿办十岁生日，感作》："泪浣铅脂一载遥，无人再割奶油糕。娇魂若向台前坐，十指为儿作烛烧。"这诗在诗坛上曾引起一番争议，褒贬不一。贬之者认为"十指为儿作烛烧"想象过于离奇，结句"极为反常"。其实，这也是情痴之语，深刻表达了一种天地为之动容的痛失娇儿的母爱，倘无痛彻心肺之情感，哪忍心"十指作烛烧"！

（2）自然反常

竹枝词作者利用自然现象的"反常"和"无理"，曲折、智慧地揭示主题，深化主题，言尽而旨远。

例如当代于天《题扇上菊花》：

挥毫写出碧云丛，大叶粗枝点缀工。

不是阿侬偏爱菊，要他六月有秋风。

在我国南方六月怎会出现秋风呢？肯定是不合常理，但作者题扇画菊花，确是喜爱菊，同时用画菊之扇摇风，因心情好自然凉，这正是反常得妙也。

再如当代邓先成《登南岳》：

岭横云表压天底，纵有飞仙度亦稀。

欲上九天攀月桂，此山除去别无梯。

这首诗也是运用了极度反常的联想、夸张手法。岭横云表怎能把天压低呢？欲上九天攀月桂，除了现代特殊的火箭飞船，怎么可能呢？南岳衡山最高峰祝融峰海拔才1300.2米，即便世界最高峰珠穆朗玛峰8848.86米，也成不了登天的梯子。通过运用这种反常的创作技法描写，才更加突出了南岳的耸立天外，直插云霄，巍然高大。这种无理而妙的联想、不合常道的夸张是美丽的大自然给作者的智慧启示和独特垂青，这种将联想、夸张和比喻结合起来，"此山除去别无梯"，即将"山"喻为"梯"，贴切非常，奇妙无比。

（3）事物反常

竹枝词作者利用日常生活中的事物的"反常"和"无理"，委婉含蓄地表达主题，突出诗旨，增加表达力度。

例如当代李尚元《农家夜宴》：

> 天寒地冻雪弥空，宵夜农家宴友朋。
>
> 碟摆盘装皆美味，灶堂温酒煮豪情。

这首诗前三句是普通的描写，为末句铺垫。果然第四句不失所望，吟来佳句。诗中"豪情"，是抽象概念，看不见，摸不着，无形无体，何以言煮？十分反常。然而正是通感修辞手法的巧妙运用，使人联想到豪情似酒一样将"火"裹在其中，通过"煮"，激情迸发，使诗增添了前所未有的活力，达到了读者期待的表现力度。

再如当代刘庆霖《松花江畔行》其四：

> 春江夜宿待潮生，梦里心堤蒿草青。
>
> 早起匆匆揉睡眼，推窗抓把鸟鸣声。

诗中"鸟声"怎么能去"抓"呢？只能用"听"。但作者在这里偏偏用了一个"抓"字，以通感反常，却使"推窗"和顺手"抓鸟鸣声"愈加有韵味，画面更加清新活泼，诗作更加鲜活有意趣。

这种情况在刘庆霖诗集里俯拾便有，例如《别三角龙湾》："塞外山奇水亦奇，龙湾相对两依依。诗刀且共军刀快，裁得湖光作锦衣。"《北疆哨兵》："三载哨兵明月陪，壮心已共白云飞。他年若许天涯老，血洒边关铸界碑。"《打靶》："靶场一卧夕阳斜，瞄准扣机听嘎巴。子弹金蝉脱壳了，钢枪陪我数梅花。"《除夕零点亚沟站哨》："钟声敲响侍山岗，子夜风中弥雪香。接住春天在左手，依然右手握钢枪。"《泰山观日出》："玉皇顶上雾初开，大小峰峦膝下排。稳坐松前倚石案，招呼红日见吾来。"《中秋赏月述怀》："莫谓人间路万重，一壶浊酒笑临风。手提明月行天下，怀抱诗灯挂夜空。"，《夏日捡蘑菇》："卸下书包倍觉轻，连天细雨恰新晴。提篮慢步林间觅，拾起蘑菇破土声。"

当代李汝伦《秋场即兴》：

> 挨过凉初雨，秋乡少睡乡。
>
> 月儿肥挂树，影子瘦粘墙。
>
> 日日镰争稻，村村碌作场。
>
> 塘浮谁氏艇，泼剌网灯光。

这诗说月儿"肥挂树"，影子"瘦粘墙"，肥也好，瘦也罢，都是"反常"句。还有后面的"泼剌网灯光"，同样属于描述方面的"反常"。描写"月"，通常见用圆、缺、盈、亏；描绘"影"，一般会用浓、淡、疏、密。而诗人在这里却一反常规，用"肥"言"月"，用"瘦"言"影"，尽显"无理"。但从视觉误差来看，月光照在树枝上，树枝因受光照会显得比实体大一点儿，人影映在白墙上，影子会因其黑因其拉长而显得瘦小。这样的描述既有拟人的手法也有夸张的色彩，符合"义理"。同时，月光的圆满与人影的消瘦形成强烈的对比，而"影粘墙"的奇想慨言墙上的影像随光线的移动像胶着在墙面上，不即不离的这一形象，又抒发了诗人挥之不去形影相吊的孤凄情感。

第53法：借代著新

借代是一种说话或写文章时不直接说出所要表达的人或事物，而是借用与它密切相关的人或事物来替代的修辞方法。被替代的叫"本体"，替代的叫"借体"，"本体"不出现，用"借体"来代替。恰当地运用借代可以引人联想，使语句拥有形象突出、特点鲜明、文笔精练、具体生动的效果。其方式有：以简代繁，以实代虚，以奇代凡，以事代情等。

竹枝词创作中借代技法有以下四种常用情况：

（1）部分代整体

即用事物具有代表特点中的一部分代替本体事物。

例如明代姚少娥《竹枝词二首》其二：

> 燕晴花暖春色饶，游情欲醉魂欲销。

红衣突展绿荫畔，接袖纷纷度小桥。

诗中用"红衣"借指红衣女郎，用"接袖"借指携手，均为部分代整体，只写衣着不直接写人，表达含蓄，形象生动，给读者留有想象、思索的空间。

再如唐代刘禹锡《竹枝词九首》其九：

山上层层桃李花，云间烟火是人家。

银钏金钗来负水，长刀短笠去烧畲。

诗中后两句写山村居民热气腾腾的劳动生活。挎着长刀、戴着短笠的男人们根据传统的办法前去放火烧荒，准备播种；戴着饰物的青年妇女们下山担水，准备做饭。以"银钏金钗"借代青年妇女，以"长刀短笠"借代壮年男子，均为部分代整体，正好捕捉了山民男女形象的特征，具有浓厚的地方色彩。

（2）特征代本体

即用借体（人、事物或现象）的显著特征、特性标志去代替本体事物的名称。

例如清代叶调元《汉口竹枝词》二百九二首其四十《街巷》：

衣服街兼袜子街，密遮两板似阴霾。

客商要买衣和袜，须向离朱借眼来。

离朱，古代神话人物，有一双神眼，百步之外能看清细微毫末。诗中以"眼"借指良好的视力。由于街巷狭窄，各商铺搭雨棚太多，晴天也如阴雨天，什么也看不清。要想买到质量好的衣服和袜子，必须以良好的视力仔细挑选。

再如当代洪学仁《北京世象竹枝词·药价虚高》：

费用年年向上调，打通渠道靠红包。

批零折扣频加码，空唤奈何价又高。

诗中"红包"借指金钱、礼金。以有特色的常用语借代本体，通俗易懂，生动形象。

（3）具体代抽象

即以具体的人物、事物代替笼统、抽象的事物。

例如清代志锐（1853年—1912年）《廓轩竹枝词》（或名《张家口至乌里雅苏台竹枝词一百首》）选二：

《大境门》：

雄关夹峙真天险，乱石河流马不前。

一自羁胡来入贡，丸泥不用靖烽烟。

《驾竿车》：

车前横木索绚穿，驾起浑如器在悬。

须识此中风浪少，稳于春水上天船。

第一首竹枝诗作者自注："明永乐，称张家口为天险，设重兵守北边。国朝蒙古悉入版图，关不设戍，而谧安如堵。""烽烟"原是古代边境用以报警的烟火，这里代指战争，把战争这个抽象的概念具体化、形象化了。第二首竹枝诗作者亦自注："车前横木，长丈余，以绳贯于辕，辕外二马。末端置鞍上。土人跨马急驰，二时可行六十里，车轮亦用七尺长轴，安于车尾，绝无倾覆、颠簸之苦。"诗中"天船"既是以特征代本体的借代，又是比喻，形象生动地描绘这种"竿车"。

（4）专名代泛称

用具有典型性的人或事物的专用名称代替本体事物的名称。

例如当代洪学仁《北京世象竹枝词·自助火锅》：

经营有术利无边，一客才收四十元。

餐罢坦然来算账，方知锅底另加钱。

作者自注："自助火锅标价40元一位，扎啤免费。实则所上食物大有讲究，贵者限量，便宜者多上随意，啤酒只限一扎。一交钱大出意外，问之，锅底费、燃料费、服务费等均要另行收费，远非40元，连呼上当。"诗中以专有名词"锅底"借代与其有关的"锅底费、燃料费、碗筷费、餐纸费、服务费，还有第二扎及以上啤酒费、第二盘及以上牛肉羊肉费、白酒费……"表达"上当"之严重，教训之深刻，也给喜欢贪图便宜之人一个记忆！

再如清代叶调元《汉口竹枝词》二百九二首其四十一《米市》：

> 米市都居米厂台，砌成白石净无埃。
>
> 坛场数亩排茶桌，顽雀人来坐一回。

雀：鸟纲的一目，体形较小，喙圆锥状。有的善鸣叫。此诗中"顽雀人"代指拎着鸟笼玩鸟的人，是专名代泛称。

除此四种常用技法，还有以结果代原因、以形象代本体等多种技法。

第 54 法：借尸还魂

竹枝词创作灵活借用前人诗的意境，或者受其启发有所创新，有所发展，甚至别开生面，写出耳目一新的佳作。

例如当代段天顺《燕水竹枝词选》其一《山村小水电》：

> 背倚青山傍水涯，早迎旭日晚披霞。
>
> 分得一缕青溪水，直把浪花变电花。

一读这首竹枝词，会让人想起宋代林升《题临安邸》："山外青山楼外楼，西湖歌舞几时休。暖风熏得游人醉，直把杭州作汴州！"诗中"暖风"一语双关，既指自然界的春风，又指社会上淫靡之风。正是这股"暖风"把人们的头脑吹得如醉如迷，像喝醉了酒似的。"游人"不能理解为一般游客，它是特指那些忘了国难、苟且偷安、寻欢作乐的南宋统治阶级。段天顺《山村小水电》借林升之"尸"反其意而用之，从正面以明快的笔触"分得一缕青溪水"，小水电站"直把浪花变电花"，为北京人民谋福祉。这不是一种新的灵魂吗？

再如当代蔡厚示《竹枝词二首》其二《山歌》：

> 池戏鸳鸯柳漾丝，帕头情意我心知。
>
> 如何偷得仙家种？种出百年连理枝。

读者可能会自然想到唐代李商隐《嫦娥》："云母屏风烛影深，长河渐落晓星沉。嫦娥应悔偷灵药，碧海青天夜夜心。"后两句意思是：嫦娥想必悔恨当初偷偷吃下灵药，如今独处碧海青天而夜夜寒心。表达了李商隐在一宵痛苦的思忆之后产生的一种孤寂感。作者蔡厚示就高明多了，不再偷"长生不老药"，而是策划着"如何偷得仙家种"，要种出"百年连理枝"。这是作翻案文章也，创造出了一种崭新的境界。

又如当代刘季子《五指山》：

伸开五指与天齐，鬼斧神工景色迷。

攀至凌云疑到顶，忽传云外一声鸡。

这首诗一过目，读者自然会想起明代李晔《湖堤晓行》："宿云如墨绕湖堤，黄柳青蒲咫尺迷。行到画桥天忽醒，谁家茅屋一声鸡"。是否可以猜测刘季子对此诗意境有所借鉴？就连韵脚都一样。但他写《五指山》的意境与李晔诗的意境又完全不同，刘季子写登高，李晔写晓行。刘季子借"尸"所创新的完全是又一种新的意境、新的灵魂。

运用此法的其他名篇还有：当代魏新河《西湖竹枝词》："几回梦翼掠三潭，水也清香风也甜。才说余杭缘分浅，便随秋色到江南。""荇碡菱妨两桨迟，分流支港乱如丝。回舟不见青溪路，人在芦花顶上移。"伍锡学《黄洋界》："白玉丰碑耸碧云，泥壕哨口换精神。恍闻鏖战声犹壮，百里松涛动地吟。"张福有《陪北京客人上长白山》其二《宝鉴照影》："雾散云飞天倒开，白山好个试妆台。秋风未忍携春去，一镜带晖照影来。"读者诸君可以想一想，这些作者借了谁家的"尸"，创造了怎样新的境界？

第55法：妙喻夺人

"喻"即比喻，著名文学理论家乔纳森·卡勒定义为：比喻是认知的一种基本方式，通过把一种事物看成另一种事物而认识了它。就是找到甲事物和乙事物的共同点，发现甲事物暗含在乙事物身上不为人所熟知的特征，而对甲事物有一个不同于往常的重新认识。

构成比喻，要具备三个要素：一是思想的对象，即本意；二是另外的事物，喻意；三是两事物的类似点，共同处和相似处。文辞上分为三个成分：

本体（被比喻的事物或情境）、喻词（表示比喻关系的词语）、喻体（打比方的事物或情境）。其作用：一是对事物的特征进行描绘和渲染。可使事物生动形象具体可感，引发读者联想和想象，给人以鲜明深刻的印象，语言文采斐然，富有很强的感染力。二是用浅显易见的事物对深奥的道理加以描述，化抽象为具体，化繁杂为简易，帮助读者深入理解。使语言生动形象，富有文采。

依据描写或说明的方式，比喻可分为明喻、暗喻、借喻、博喻、倒喻、反喻、缩喻、扩喻、较喻、回喻、曲喻十一种。实际竹枝词创作常用的是前几种。运用巧妙的比喻创作竹枝词，使读者心明眼亮，能将读者的灵魂钩住，显示出无穷的魅力。

（1）明喻夺人

明喻是本体、喻词和喻体同时出现。常用喻词有：像、就像、好像、好比、好似、恰似、如、有如、犹如、仿佛……

例如当代段天顺《白龙潭水库》：

> 小潭如镜绿萝披，石坝玲珑巧作堤。
>
> 昨日溪头初涨水，一帘碎玉泻丝丝。

再如当代魏新河《西湖竹枝词》：

> 诗情不与众芳枯，负手湖楼意自殊。
>
> 我看残荷人看我，天然两幅赏秋图。

第一首的首句"小潭如镜"是明喻，次句"石坝作堤"是暗喻，末句将水库放水比喻为"一帘碎玉泻丝丝"，是明喻。这首竹枝词作者连用三个比喻，将白龙潭水库写得生动形象，光彩夺目。第二首中，虽然没用喻词，但比喻明显，"我看残荷人看我"就好像"两幅赏秋图"，是明喻，想象新奇。

（2）暗喻夺人

暗喻，又叫隐喻，即本体、喻体同时出现，但用"是""疑是""成""为""即""作"等系词代替"像"一类的喻词。

例如当代张福有《陪北京客人上长白山》其三《瑶池醉咏》：

偌大天池酒半杯，京华到此等闲回。

林声劝把根留住，涧里微吟一剪梅。

再如当代倪化珺《纪游竹枝词》其二《访小浪底》：

邙卧苍龙浪起歌，中州自是好山河。

谁知万古黄沙水，也作清幽荡漾波。

又当代李丙中《土城遗址竹枝词》其四《梨园酒肆》：

姹紫嫣红绿荫浓，飘摇酒幌小园中。

梨花几树凝春雪，柳叶千条郁晚风。

第一首竹枝词的首句，将长白山"偌大天池"当作"酒半杯"，气势雄浑，饮后"等闲回"。第二首"万古黄沙水"，因小浪底水库的修建，"也作清幽荡漾波"了。第三首第三句将"梨花"直接说成"春雪"了。均为暗喻或隐喻。通过这种写作技法，竹枝词就生动活泼，光彩照人了。

（3）扩喻夺人

本体和喻体常常组成平行的句式，有的本体在前，有的本体在后，不用喻词，但其比喻的含义却很明朗，这种比喻的扩大形式叫作扩喻，又叫类比。

例如当代武正国《游白城科尔沁草原》：

四望天圆地亦圆，草原深处蔚奇观。

全身罩在金笼里，脚下平铺绿玉盘。

再如当代林峰《江南竹枝词》其二《环碧湖舍》：

浮光如梦柳如烟，水榭人来月未圆。

婆娑竹影当窗入，四面湖山抱我眠。

第一首竹枝词首句"天圆地亦圆"，虽无喻词，但比喻韵味明显，为明喻；第三、四句均为比喻，没有喻词，并且为平行句式，是扩喻。第二首竹枝词的第三、四句均用比喻，中间没有喻词，还用了拟人，也是两句并列，亦属扩喻。

（4）借喻夺人

借喻是比喻中的高级形式，运用它时要求本体与喻体的关系十分密切，所以在特定的语境中，由喻体就可以直接领会到本体。

例如当代蒋昌典《早春》：

> 燕未归来莺未闻，桃花初孕柳初新。
>
> 深深小巷花花伞，撑出江南二月春。

再如当代李葆国《秋到太后峪》：

> 烘云喜气报年丰，渲染秋山万点红。
>
> 错落柿林庄户院，大灯笼照小灯笼。

第一首的第三句"花花伞"，借喻小学生，小花伞撑出江南春景之大。第二首的末句，大小灯笼相互映照，呼应第三句"错落柿林"和"庄户院"。这两首诗均由喻体直接想到本体，小大相映成趣，给人以美的享受。

（5）博喻夺人

博喻，是用几个喻体从不同角度反复设喻去说明一个本体，能给人留下深刻的印象。运用博喻能加强语意，增添气势。博喻能将事物的特征或事物的内涵从不同侧面、不同角度表现出来，这是其他类型的比喻所无法达到的。

例如宋代苏轼《百步洪》：

> 长洪斗落生跳波，轻舟南下如投梭。
>
> 水师绝叫凫雁起，乱石一线争磋磨。
>
> 有如兔走鹰隼落，骏马下注千丈坡。
>
> 断弦离柱箭脱手，飞电过隙珠翻荷。

诗中描写洪水湍急奔腾，气势之惊心动魄，笔墨之酣畅淋漓，让人叹为观止。在"轻舟南下如投梭"这个比喻之后，"有如兔走"四句中，作者竟滔滔不绝地连用七个比喻——野兔逃窜、鹰隼疾落、骏马从千丈高坡奔下、琴弦迸断、羽箭脱手、电光从缝隙闪过、水珠从荷叶滚落，来形容同一个对象，而且无一比喻不生动、贴切，是妙用博喻的典范。

再如当代郑邦利《白鹭湖观鹭》：

> 林海随风起绿澜，晴空飘落雪千团。
>
> 散花天女今安在，应逊翩翩几朵烟。

诗中首句"绿澜"比喻"林涛"，第二句"雪千团"比喻"千只白鹭"，第三句"花"也比喻"白鹭"，第四句"烟"比喻远处的"白鹭"。运用这种博喻，"白鹭"形象密集，生动活泼，印象深刻。

（6）弱喻夺人

弱喻是两个事物构成比喻关系时，本体不及喻体的比喻。常用的比喻词有"不如""不及""难及""未若"等。弱喻是通过在相似点上本体与喻体的反差来强调和突出语意的。弱喻多数带有贬义色彩。

例如当代杨逸明《新竹枝词十七首》其八：

> 科员做梦想当官，科长升官梦未阑。
>
> 科室人人都做梦，无须借枕到邯郸。

末句"无须"，即没有必要到好远的邯郸去借枕头。

（7）强喻夺人

强喻是强调本体胜过喻体或不及喻体的比喻。强喻和弱喻则合称为较喻。

例如当代董澍《春歌》十首其一：

> 中巴出了三环路，满目梨花似雪霜。
>
> 记得当年明月夜，情思更比柳丝长。

再如当代刘友竹《抗洪抢险竹枝词》六首其六《班师》：

> 午夜班师梦不惊，谁知别泪满城倾。
>
> 松花江水深千尺，不及军民鱼水情。

第一首喻词"更比"，本体胜过喻体。第二首喻词是"不及"，从形式上看似为弱喻，但从意志上分析，作者是借句，用"松花江水"与军民之"情"进行比较，本体"情"在相似点"深"上超过了"松花江水"，因此也是强喻。

第 56 法：特殊意象

对竹枝词意象的营造，要根据主题的需要，操心费力寻找一种能支撑全诗灵魂的特殊意象，恰如其分地突出主题，抒发灵动胸襟。

例如当代刘庆霖《桂林冠岩暗河行》：

> 手电照阶山腹行，时闻脚下暗河声。
>
> 携取一枚石出洞，让它知道有光明。

诗家杨逸明点评：这首诗讲述作者游览溶洞的过程，几个动作：照、行、闻、携、出……似皆平常。前三句只做铺垫，不露声色。到了第四句"抖出包袱"，带石头出洞是为了让它知道世上有光明。看来作者像一个顽皮的儿童，仔细一想，诗中自有很多言外之意。古人云："诗人者，不失其赤子之心者也。"对待石头尚且有拳拳痴情，对人自不必说。"诗情愈痴愈妙"，信然！这个平常的动作写出了特殊的意象。

再如当代刘鲁宁《多年前，与小女雨后夜归》：

> 小街新霁褪浮华，夜色柔成一路纱。
>
> 怀里女儿天上指，雨将月亮打湿啦！

诗家杨逸明点评：此诗前两句写景，为后两句做铺垫。第三句描写女儿的一个动作，第四句蹦出女儿的一句天真话，让人忍俊不禁，觉得妙趣横生。年轻父母怜爱女儿的深情也跃然纸上。写诗只描述一个动作，只记录一句言语，倒是给人留下了深刻印象。有时面面俱到，读者反而什么也记不住。"打起黄莺儿，莫教枝上啼。啼时惊妾梦，不得到辽西。"也是一个动作和一句自言自语的话，却让读者记住了一千多年。这就是特殊意象的魅力。

这种特殊意象的名篇还有：当代徐现《新凉》："水满田畴稻叶齐，日光穿树晓烟低。黄莺也爱新凉好，飞过青山影里啼。"张舜民《村居》："水绕陂田竹绕篱，榆钱落尽槿花稀。夕阳牛背无人卧，带得寒鸦两两归。"张馨《九四年带小孩坪品站看蒸汽火车》："火车停下趴观细，模仿匍匐究由衷。气喘吁吁爬很快，直身站起跑如风？"等等。

第 57 法：移景赞誉

诗人写山川形胜、旅游景点竹枝词时，将熟悉的著名景点移到写作景点上，以此来歌颂、赞美，能起到事半功倍的效果。

例如当代熊召政《新三峡竹枝词五首》其一、其六：

> 山自嶙峋水自高，归舟应改峡江谣。
>
> 平湖万顷浮秋月，不听猿声听洞箫。
>
>
> 人定胜天天不语，鱼龙已自读兵书。
>
> 端的三峡惊心浪，化作西湖烟水图。

这两首堪称当代文人竹枝词代表作，把三峡大坝建设前后自然景观的变化写得意蕴生动，文采斐然。拟用西湖来赞美三峡大坝，这可是一个巨型西湖。作者以特有的历史眼光和饱满的诗人情怀，抚今追昔，运用巧妙比喻和神奇想象，描绘了新三峡的面貌，歌颂了新时代中国人民改造自然、创造幸福生活的奋斗精神。

再如当代管用和《平台江望》：

> 长滩漫步喜临风，每每登台望无穷。
>
> 两岸层林数十里，沿江广厦万千重。

描写了长江两岸高楼林立的新气象和新变化，用杜甫《茅屋为秋风所破歌》的意境，以高度的责任感和忧患意识，关注民生，深入生活，写出了厚重的优秀竹枝词作品。

类似名篇还有：当代常振恒《衡水湖》："燕赵明珠景色奇，入诗入画总相宜。游人陶醉迷花眼，疑是西湖向北移。"吕尚《观太阳岛荷花湖》："自古关东未敢栽，不期此日小池开。是谁学就瞒天术，偷得西湖一角来。"郑雪峰《营口东方庭院》："临波杨柳拂亭台，灼灼荷花照水开。万里苏州园一角，凭谁移到眼前来？"等等。

第 58 法：特征耀眼

竹枝诗人为某一事物赋诗，不能照顾这一事物的各个方面，而应该侧重抓住这一事物的最突出的特点，进行深入构思，将其本质特征写深写透，诗方能给读者留下刻骨铭心的印象。

例如当代姚泉名《元宵灯》：

> 一夜玲珑过上元，花灯挂满正街门。
>
> 春风也晓商家意，吹转灯中聚宝盆。

汉正街每年正月十五，商家喜好挂灯，皆以标新立异为佳，以花灯为吉祥祈愿物，期望来年生意亨通。所以"春风也晓商家意"，主动"吹转灯中聚宝盆"，送来吉祥与欢乐。多么吸引眼球！

再如当代张明新《高铁上》：

> 春风相送一程程，窗外杨花更伴行。
>
> 车是针头人是线，穿来穿去补离情。

此诗作者针对高铁车头的特点，将其比喻为针头，将高铁上的乘客比喻为线，高铁在隧道、桥梁、平原路基间穿行，是为缝补离别之情，十分生动形象，令人眼前一亮，难以忘怀。

这种技法的名篇还有：当代祝春芳《棉花赞》："妖娆不斗华，两度放银花。清白留人世，柔情暖万家。"周俊《月季花》："占尽天时红月月，飞香斗艳露华浓。闰年开到十三次，不计春秋与夏冬。"等等。

第 59 法：纵笔伸张

竹枝词内容充满沉雄、浑厚、豪迈、畅达，诗意天上地下，诗境大气磅礴，尤其是后两句要放飞心智，异想天开，采用夸张、联想手法，发挥浪漫主义特长，写出壮丽诗篇。

例如方祥华主编《洪山竹枝词·放鹰台》选有当代吴世干：

> 平湖秋色楚天高，李白放鹰山水遥。
>
> 振翅翱翔三万里，带飞诗绪上云霄。

当代郑慎德：

> 东湖春日贯长风，鹰搏鹰台万里空。
>
> 太白放鹰回首望，汉街楚韵舞长虹。

当代傅占魁：

> 何处飞来九孔箫，车驰人涌两湖涛。
>
> 诗仙正放鹰扬去，天远云长翼是桥。

武汉洪山放鹰台，位于东湖西岸、省老干部局门前。传说因李白于唐乾元三年（760年）曾在此处放鹰、捕鱼、吟诗而得名。放鹰台立有李白铜像，高约6.67米，宽袍峨冠，身体前倾，一只手在背后，一只手高擎头上正欲放飞的一只鹰。铜像把诗仙李白傲视权贵、浪漫不羁的形态雕琢得栩栩如生，与苍松古柏、浩渺湖水相映成趣。放鹰台远处即是楚河汉街。

这三首竹枝词均以极度夸张、放纵的想象，写出了经典浪漫主义诗篇，与李白崇尚自由、浪漫精神非常匹配。

第60法：时空跨越

竹枝词作者写意境宏阔题材，如果不受时间（历史）、空间（宇宙）、场面（地理）、宏观（微观）等限制，尽可以施展联想，纵笔诗情。

例如当代吴春和《放鹰台》：

> 湖水苍茫露满襟，绵绵石岸绿杨荫。
>
> 欣然得遇诗仙指，一曲渔歌唱到今。

再如当代许桂萍《许家墩遗址》：

> 花山大小许家墩，地穴坯房远古痕。
>
> 石器磨开新水土，五千年度数重恩。

又如当代刘宝森《刘惠芳》：

> 耘耕勤勉起三更，力拨阴霾碧水清。
>
> 欲使盲童千里目，世间一片尽光明。

第一首不受时间限制，跨越1200多年，得诗仙所指，"一曲渔歌唱到今"。第二首许家墩遗址在武汉市洪山区花山镇联合村内，紧靠严西湖边，有大、小许家墩。小许家墩发现于 20 世纪 70 年代，大许家墩则于 1984 年武汉市文物普查时发现。遗址处于农田包围之中，高出周围地面 2—4 米，面积 7000 平方米，文化层厚 1.5—2.5 米。"石器磨开新水土"，时间跨度五千年。第三首竹枝词中，刘惠芳（1910 年—1972 年），女，湖北孝感人。早年就读于武昌华中大学。以后任教于武昌盲瞽女校（即武昌盲童学校），是该校首任中国籍校长。该校是 1919 年 12 月 8 日由美籍瑞典传教士艾瑞英创办的，设在武昌大朝街。"欲使盲童千里目"，不受空间、场面限制，渴望"世间一片尽光明"。

第 61 法：侦查破案

竹枝词作者创作中，为了引起读者的高度兴趣，作者故意"犯案"，让读者去侦查、破案，这样作者读者互动，显得灵活，富有情趣。

如当代沈利斌《车上遐思》：

> 虽幸公交一座同，可怜无计姓名通。
>
> 卿将何去何时下？我住钱塘东复东。

诗家杨逸明点评：古人坐船，"停船暂相问，或恐是同乡。"今人坐车，"卿将何去何时下，我住钱塘东复东。"古今一辙。笔者认为，作者欲纵故擒，让读者体味、破解其中欲问欲止，欲止又舍不得，内心特别向往的复杂矛盾的心理案件。谁能放得下？

再如当代赵京战《农村竹枝词》五首其四：

> 大棚新建一排排，塑厦银宫向日开。
>
> 何事门前迎远客？专家请进小村来。

此诗通过一问一答，就侦破了案件，得出了结论。反映了新农村建设需要科学技术支持，科学技术是第一生产力。

又如当代蒋昌典《农家即景》：

> 归来旧燕有新愁，不见茅檐见彩楼。

三匝绕梁终辨识，锄筐仍挂粉墙头。

这首诗写燕子新年归来觅不到茅檐下的旧巢，所看到的是彩楼，但最终还是找到了粉墙头挂的锄筐，这才确定彩楼就是原来的家。通过描写叙述破案，非常巧妙地表现出了村民的物质生活环境发生了新变化。

第62法：易处谋工

竹枝词语言朴素自然，如同随口而出，无论写景、抒情均充满了浓郁生活气息，具有民歌风味，清新明快，不加雕琢，信口而成，余味深长，又感情真挚。诗人善于把许多人心头所想、口里要说的话，用艺术手法加以提炼和概括，使之具有典型的意义。清代刘熙载在《艺概·诗概》中说："诗能于易处见工，便觉亲切有味。"谭元春曰："人人有此事，从来不曾写出，后人蹈袭不得。所以可久。"沈德潜曰："人人胸臆中语，却成绝唱。"在平易之中而又显出丰富的韵味，自能深入人心，读来记忆犹深。

例如当代管用和《打工歌·离家》：

妻在家乡耕地球，我来城中建高楼。

赚钱买得相思苦，一份欢欣多少愁。

《打工歌·思乡》：

哪条汉子不思乡，又想妻儿又想娘。

每到中秋回首望，一轮明月泪汪汪。

《打工歌·村路上》：

外出打工离老窝，年头年尾脚如梭。

自从颁布免农税，去得少来回得多。

第一、二首诗作者通过农民自身的视角和口吻，不做作，无伪饰，以敏锐的洞察力、极大的同情心，用朴实的口语、简单的笔墨刻画了当代农民工的艰苦生活，和他们的所思所想，产生了强烈的艺术感染力。第三首，诗人笔锋一转，涂抹出令人惊喜的翠绿色，展示出了新的曙光，结果充分体现在末句。

第 63 法：因果逻辑

因果逻辑是符合因果关系的逻辑，指用因果逻辑来解释一个事物，探究某一事物的来源、事物的发展和事物的最终走向。竹枝词作者创作时在形象中应用此法，逻辑性强，理由充分，说服力强。

例如当代郑桂杰《洪山竹枝词·鲫鱼汤催奶》：

鲫鱼催奶满堂鲜，望子成龙百事甜。

家有神童几代梦，洪山地脉自多贤。

洪山地区因临江濒湖，水产丰富。喝鲫鱼汤自古以来是产妇的催乳补品，可以让产妇乳汁充盈。此诗前三句是原因，末句"洪山地脉自多贤"是结果，很有说服力。

再如当代王建勤《洪山竹枝词·大沙湖》：

狗嘴救孤存弃婴，任桐贤品付真情。

石泉残碣琴园爱，砂砾成金集大成。

大沙湖是武汉洪山区辖内湖泊，清末修建的粤汉铁路穿湖而过，路西为小沙湖（内沙湖），路东为大沙湖（外沙湖）。任桐先生的二女儿是从狗嘴里获得的弃婴。任桐感念此事，便于沙湖西沟口地方购地百亩土建园，取名"琴园"，并修《沙湖志》。此诗前两句是因，后两句是果。要想"砂砾成金"成就事业，多干好事善事。

应用因果逻辑创作的名篇还有：易恒清《天兴洲》："王母娘娘祝寿回，江中一朵碧莲开。绣花鞋在江心落，从此江风带彩来。"等等。

第 64 法：正反肯定

竹枝词创作中，作者想要肯定、赞美的事物或事实，先从反面加以否定，应用反推法，再从正面做出肯定。即运用哲学上否定之否定就等于肯定原理。否定之路堵死了，只有肯定才是唯一的，依据充分，无可辩驳。

例如当代郑直《北京新竹枝词》三首其一：

东西南北路横斜，车水桥龙楼万家。

不是天安门作证，谁人能识旧京华？

第三、四句，作者以反问手法完成否定之否定，赞扬了北京的新形象。

第 65 法：逆向思维

逆向思维，也称求异思维，它是对司空见惯的似乎已成定论的事物或观点反过来思考的一种思维方式。竹枝词创作敢于"反其道而思之"，让思维向对立面的方向发展，从问题的相反面深入地进行探索，树立新思想，创立新形象。

例如当代张寿华《抗"非典"集锦》四首其一《婚纱》：

待着婚纱天使身，疫情如火急撩人。

新郎叮嘱多珍重，胜利归来再结婚。

再如当代费义达《抗"非典"琐记》五首其三：

闭门多日绝送迎，燕子梁头盼出行。

喜得怀中铃爆响，亲朋慰问倾心声。

第一首"婚纱"本应写美好的期待和幸福生活，但作者反其道而行之，面对"非典"疫情，推迟结婚去抗疫，写的是大爱和高尚的情怀，效果很好。第二首闭门在家多日，连梁头燕子都想出行了，但为了大众坚持在家隔离，有大局观念，亲朋通过手机慰问，转闷为喜。

第 66 法：抚今思昔

即接触当前的事物而回想过去，感慨系之。也叫抚今追昔。竹枝词作者在展望今日或未来，追忆往昔的类似事物，经过深思，抒发心中感慨。

例如当代王春桃《施洋烈士墓》：

伸张公理岂能闲，铁路工人做靠山。

视死如归军阀惧，一腔正气撼人间。

施洋烈士墓位于武汉洪山南麓。施洋是五四运动成长起来的著名进步律师，中共党员，1923 年京汉铁路工人大罢工时被捕，随即惨遭杀害。作者追思过去，高度赞扬了主人翁视死如归的革命英雄主义精神，到今天，仍是"一腔正气撼人间"。

再如当代艾诗人《广埠屯》：

> 广埠屯粮好个天，帝王亲授打牛鞭。
>
> 与民争食昏庸主，故事听来麻辣鲜。

广埠屯位于武汉洪山区西部、武昌城区中东部，自古以来为进入武昌东门的交通要道。明太祖要求诸王护卫军屯田护卫；明成祖更是要求屯粮。楚王积极响应，他命令驻扎在东门外交通孔道口的护卫军置屯耕戍。此诗第一、二句追昔，第三、四句抚今，抒发感慨。

第 67 法：史鉴辩证

以史鉴今，才不辜负先辈们付出的辛苦。辩证地努力行在当下，才不会走偏方向，不会错过未来的甘甜。

例如当代蔡天相《汉正街竹枝词·新安书院》：

> 翰墨曾经冠两湖，斗牛犹照夜窗虚。
>
> 休言贾客唯图利，自古徽商重读书。

新安书院即徽州会馆，1668 年由徽州商人建成。位于新安街，其规模宏大，建立了御书楼、文昌阁、玉皇殿、准提庵、新安巷，还设置了救火水龙。新安书院至今仍留存有院墙长约 40 米，墙高约 9 米，由新安书院得名的新安街也保持着古街面貌，是汉正街现存的重要历史遗迹之一。商贾图利，自古皆然，但辩证地看问题，从古徽商就重视读书，因此安徽人才济济。在今天亦值得学习效法。

第 68 法：觉察创新

竹枝词作者通过觉察、发觉、察知、察查、感觉等手段进行创作，写出新意。笔者将其分为以下三种情况：

（1）幻觉创新

竹枝诗在前两句或三句写实的基础上，应用比喻、象征、幻觉等手法进入虚写，写出风味独具的个性化虚景，这样使诗变得新颖、生动，更能增加感染力。

例如当代李池《渔女情》六首其六：

> 疏星闪闪映椰梢，屈指阿郎去几潮。
>
> 欲织网来驱怅念，船儿总在梦中飘。

再如当代袁夫之《竹枝词》四首其四：

> 遥望天边景物幽，月圆花好近中秋。
>
> 相思一点何时了，有梦相随到广州。

第一首"船儿总在梦中飘"，第二首"有梦相随到广州"，均属于幻觉虚写，白天所想，夜梦所思，读来深受感染。

（2）错觉创新

竹枝词写作，作者故意利用自己的错觉来写出胸中情意，打造出别有韵味的情趣，使诗风格独特。

例如当代李池《渔女情》六首其二：

> 一闻海鸟叫盘旋，便晓云帆破浪还。
>
> 手即停梭抛下网，船儿早靠妹心间。

再如当代赵剑华《燕南采风》七首其五：

> 小河春雨响沙沙，情侣行经曲径斜。
>
> 伞下甜甜香个吻，羞红一树山桃花。

第一首末句，船儿怎么能靠情妹心间？当然是自己靠入妹心间，这种错觉谁都愿意犯，多么具有情调。第二首怎么能"羞红一树山桃花"？仔细一想，就是会心一笑，情趣益然。

（3）察觉创新

竹枝诗人在对自然景观、人情往来和社会历史在充分研究和观察的基础上，突然发现有新的认识和感想，并将这种察觉结果在诗中表达出来，就成为"他人笔下无"好作品。

例如当代周询《竹枝词》：

> 手挽长藤扎木排，巧逢情妹洗衣来。
>
> 笑容掉进江河里，一朵芙蓉水底开。

再如当代周成《山乡少女情事》：

> 年关喜气剪窗花，对面他家比我家。
>
> 我剪飞飞双燕子，他裁细细柳丝斜。

> 麦地两家头尾连，青青一色到山前。
>
> 见他锄草逞蛮力，抢步锄来我这边。

> 最忆同游去北山，摘花着刺泪潸潸。
>
> 疗伤特有怜香意，包裹由他任把玩。

第一首将"笑容掉进江河里"，观察后想象成"一朵芙蓉水底开"，使诗意更加升华。第二首写希望燕子飞到柳树上落脚。第三首"抢步锄来我这边"，就是想在一起。第四首是情人间的无微不至的关怀。从细节中察觉出了深深的爱意，各具特色，耐品！

第 69 法：以小见大

此法要求竹枝词作者使用最少量的信息，让读者产生最大量的想象。作品中没有具体描写到的、议论到的，读者便通过自己的想象来加以补充，要留给读者足够的想象余地，使读者借想象取得"窥一斑略知全豹，以一目尽传精神""一滴露珠，能映出太阳""谁知一点红，解寄无边春"的良好效果。

例如当代田喜《吟校园雨中秋桂》：

> 连绵秋雨妒孤芳，犹借风刀剪叶狂。
>
> 绿树撑天擎日月，历经磨难自然香。

再如清代梁芳田《羊城竹枝词》十三首选一：

> 飞鬼一鼓去如风，夫婿家家亦自雄。
>
> 我愿郎君起舞剑，斩鲸直出虎门东。

第一首"秋桂"遭受秋雨嫉妒，风刀剪叶，在历经磨难后才有桂花"自然香"，以小见大，揭示人生奋斗的哲理。第二首以比喻开篇，暗示了军情火急与战斗前夕的紧张气氛。次句以妻子口吻概述她丈夫所在农村家家备战迎战，决心把外国侵略者赶出国门。后两句鼓励丈夫杀敌报国，表明羊城妇女深明大义，很有家国情怀。纵观作者《羊城竹枝词》四百多首，大都歌唱爱情、吟咏风土，唯有这首诗以鸦片战争为题材，进一步开拓了竹枝词创作题材领域，功不可没。它的切入角度很小：鼓励丈夫前往虎门杀敌卫国。但小中见大，咫尺有万里之势，不同凡响。全诗充满爱国主义战斗激情，气势磅礴，很有艺术感染力。它是一支响彻云霄的反对帝国主义侵略的战歌，教育、鼓舞后人为捍卫中华民族利益而英勇奋斗。

第70法：情景相融

竹枝词写作中，对环境的描写、气氛的渲染跟思想感情的抒发结合得很紧密，情与景融合浑然一体。情景交融，是我国古典文学包括竹枝词中的重要文艺理论，以情景交融构成的意境是我国古代文学作品成为上乘佳作的重要因素。它是意境创造的表现特征。

（1）景中含情

竹枝词作者某一方面丰富的情感，包含在对景物的描写、叙述之中。此法是以写景为主，同时把作者的情感糅入其中。

例如当代赵慧文《九寨沟图》：

> 蜿蜒寻梦洞天前，五彩镜中雪岭观。
>
> 绮树银流幽寨妙，神仙幻境落人间。

再如当代杨金亭《竹枝八首》其二《牧牛漓江》：

> 笛声吹破一天霞，烟雨江波两岸花。

野草滩头牛戏水，绿荫深处隐农家。

其六《雨后炊烟》：

层峦叠翠雨余新，万顷稻苗细剪匀。

石径弯弯林树暗，炊烟招手唤归人。

以上三首竹枝词四句均写景，第一首深刻表达了作者对九寨沟冬天雪景的喜爱之情。第二首表达了作者对漓江两岸牧牛居民悠闲自得生活的赞美和羡慕。第三首描写了"层峦叠翠"的农村，耕种"万顷稻田"，傍晚炊烟升起，召唤在田间劳作的人归来晚餐。均饱含了作者对风景优美、躬耕自给的农村生活的向往之情。

情景交融名篇还有：当代王诗徐《漓江泛舟》："扁舟溶入画中行，细雨漓江一叶轻。我醉漓江江醉我，江天物我共空明。"吴定中《漓江泛舟》："一叶悠然对远空，层峦摇曳水溶溶。我来小酌漓江上，醉拥春山十万重。"等等。

（2）因情造景

景象有实有虚，为了抒发某一感情需要，可以在现实中选择看得见摸得着的实景描写，也可以通过描写意念、想象并由情感生发出来的虚景或梦境。此法是以写情为主，造出景来也是为了情。

例如当代王恒鼎《宠物热》：

不惜千金买懒猫，引狼入室也时髦。

殷勤伺候无尤怨，要比爷娘待遇高。

以上竹枝词写的是现实生活中存在的。前三句写实，第四句讽刺有些人对待宠物比"爷娘待遇高"。形象生动，令人难忘。

第71法：虚实相生

虚实相生是诗词意境的结构特征。虚境指由实境诱发和开拓的审美想象的空间，虚境通过实境来实现，实境要在虚境的统摄下来加工，虚实相生成为意境独特的结构方式。竹枝词佳作如通过艺术虚构，做到有虚有实，虚实相生，实者有尽，虚者无穷。

例如清代彭孙遹《岭南竹枝词》：

> 木棉花上鹧鸪啼，木棉花下牵郎衣。
>
> 欲行未行不忍别，落红没尽郎马蹄。

此诗通过渲染、烘托、夸张等手法描写了一对青年恋人难舍难分、依依惜别之情。前两句写景，渲染了春暖花开、春日送别的典型环境和气氛。"鹧鸪啼"声是"行不得也，哥哥"，正与姑娘"牵郎衣"，舍不得情郎离她而去的心情十分合拍。这又是在抒情。"木棉花"故意反复，韵律回环复沓，诗意更加缠绵悱恻，增强了艺术感染力。后两句写情郎面对此景此情，欲行未行，待了很久很久，直至木棉花掉落没尽郎马蹄，他也未上马告别姑娘。末句应用夸张，深刻描绘了恋人惜别时缠绵、悲痛之情。本诗形象生动鲜明，情景虚实相生，诗意婉转，情真意切，韵味悠长。清代王士禛评价其"深得古意"，并把诗人与古代高手并列："《竹枝》古称刘梦得、杨廉夫，近彭羡门尤工此体。"

再如清代罗㶉《壬寅夏纪事竹枝词》十六首选一：

> 苍生百万仰林公，四海人心一样同。
>
> 若使九重知屈贾，不难恢复斩夷雄！

此诗前两句直接赞扬民族英雄林则徐深受江南百姓的敬仰，为实写。后两句作者以历史上极有才干的屈原、贾谊遭贬比拟林公被贬，以历史典故为其鸣冤叫屈，用笔婉转，反话正说，并从中大胆假设，当朝道光皇帝若能知人善任，重新起用有才干的爱国将领林则徐，罢免卖国贼，那么就一定能重整旗鼓，救民于水火之中，把英国侵略者赶出国门外。"不难"再次表达了对林公的信任和对反侵略战争必胜的信心。三、四句是虚写，写出了时代的呼声，人民的心声。

第72法：主题突显

竹枝词突出主题，就是目标明确，少写或不写与主题无关或关系不大的事。一般可在恰当位置直接点明主题，如在标题、开头或结尾处。

例如元代张雨（1283年—1350年）《湖州竹枝词》：

　　临湖门外是侬家，郎若闲时来吃茶。

　　黄土筑墙茅盖屋，门前一树紫荆花。

此诗通过青年男女的友好往来，刻画了少女朴实大方而又热情爽朗的性格，突出了滨湖农村的如画风光的主题。全诗都用姑娘口吻"自报家门"，首句介绍姑娘家住太湖之滨，湖州城外。次句写姑娘热情、大方地邀请小伙子有空时到她家喝茶闲聊，语气自然，亲切感人。后两句姑娘担心她的心上人来访时会走错路认错门，特地嘱咐：我家建筑简陋，用黄土筑的墙、用茅草盖的房，屋门前有一棵紫荆花，现正花开满树，容易辨认。该诗堪称"诗中有画"：远处湖光闪烁，白帆点点，近处竹篱茅屋两三家；姑娘家则有点儿与众不同，新盖的茅屋，房顶白色，泥墙黄色，门前紫荆花开，构成一幅绚丽图景，令人赏心悦目，耐人寻味。

再如宋代范成大（1126年—1193年）《夔州竹枝歌》九首选一：

　　百衲畲山青间红，粟茎成穗豆成丛。

　　东屯平田粳米软，不到贫人饭甑中。

此诗通过对山区农作物的描写，深刻反映了南宋贫富悬殊及分配不公的主题。前两句写作者在山区所见，畲山，指刀耕火种的山地，首句描绘川东一带山坡上经过烧荒种植的旱地作物接近成熟，远远望去，青一块红一块，就像百衲衣。次句写近景，那青葱葱、一丛丛的是豆类作物，那茎秆细长、结成狗尾形的红色穗子原来是粟子穗（北方叫谷子）。描摹畲山风物，有色有态，形象鲜明。第三句转入叙写平原地区的农作物，第四句笔锋一转，使诗意升华，"不到贫人饭甑中"。感慨深沉，充满愤慨，是为点睛之笔。贫苦农民终年辛苦劳作，生产的优质米却根本无缘享受，只能靠吃粟米、豆类充饥、度荒；而官僚地主老爷们却不劳而获，坐享其成，世道多么不公！本诗描写山村风物，层次分明，由远而近，由山野转入平原，富于地方色彩。前三句笔调轻松，美好景物有力反衬了末句劳动果实分配严重不公的主题，社会现实内容充实，艺术手法高明，是现实主义竹枝词名作。

第三节　创作误区

为使当代竹枝词继续保持通俗易懂的民歌风味和清新自然的诗风意境，竹枝词作者在创作过程中，应当认真学习民歌，深入采风，深思熟虑，注意规避以下禁忌：

第1误区：忌欠思考随便涂鸦吟成顺口溜

作者不要以为竹枝词通俗易懂，就容易写出，拿起题目就开始写，这样就要丢大人了。例如某诗协会员《路基施工工地见闻》其一《推土机》："推土机鸣挥巨铲，施工现场现奇观。削高填堑加油干，一举两得路拓宽。"其二《爆破碎石》："遭遇巨石何高见？巧施爆破巨石坍。碎石随后充沟壑，黏土碎石交错填。"这哪里算得上是竹枝词？既无风味，又无形象，也无意境，只能算是顺口溜。这种现象和这样的作者实在太多，当引起诗词界的注意。沙月认为："顺口溜无格律，竹枝词必讲格律；顺口溜用汉语拼音杂韵，竹枝词多用106平水韵；顺口溜多是句子，而竹枝词是诗歌。"笔者深表赞同。

第2误区：忌贪多贪全未消化写成说明书

作者不要以为写某个题目的竹枝词内容越多越全，未经思考消化没有选择，统统按七言句式搬进去就大功告成，那样是要贻笑大方的。

例如某记者《鲜桃果肉利心肺》："桃子好吃叶好看，微辣酸甜三味兼。长吃鲜桃利于肺，勤吃桃脯利养颜。若食生桃忌过量，易于发热胃胀满。吃桃切忌同食鳖，易患心疾引脾患。桃枭一名叫桃奴，味苦小毒性温浅。果肉能够强心肺，花末饮罢可除痰。"这是典型的说明书，还不如用简易文字写的说明书，文绉绉的不好懂。

第3误区：忌油腔滑调凑成名副其实打油诗

2014年以来，武汉掀起一股竹枝词热潮，创作与出书者大有人在，甚至有爱好者三天写出100首竹枝词。南方有一位作者，短时间写出《和〈鸳鸯湖棹歌〉三百首》。竹枝词被称为"押韵的地方志"，作者要将这一独具地方特色的文化资源利用好、发挥好，就要对竹枝词有种诗的崇敬感，积极动手创作是件好事，但必须要多读前人的经典作品，学习当代人的创作方法，要用新语言写出新思想、新境界，切莫小看、轻看竹枝词，不能把打油诗认作竹枝词。笔者认为，打油诗很轻佻，以取笑逗乐为目的，为游戏诗，可做饭后谈资。而竹枝词较严肃，俗中含雅，雅俗共享，可兴观群怨，在文学史中占有一席之地。当然，有的作者谦虚，在标题中就写出是打油而实际是竹枝词，不在此列。

第4误区：忌文人笔法太深写成了标准绝句

这样的竹枝词虽有良好意境，也生动形象，平仄音韵合律，但就是缺少一点儿竹枝风味，也不能算一首好竹枝词。

例如笔者《拖把·扫把》："擦拖地板把腰弯，死角肮脏不放还。忍玷污泥沾臭水，清香满屋共人间。""千回揩拭净楼房，磨断身肢岂叹伤？但使主人心畅快，不辞寂寞倚门墙。"我认为可算绝句。笔者还要加强学习民歌，增加竹枝风味，不断提高，才能写出真正的竹枝词。

第5误区：忌草根性削弱描绘停留在浅表层

竹枝词最基本特性是草根性、底层性，是劳动人民发自肺腑的原汁原味的吟唱。现在文人写竹枝词，这种酣畅淋漓的元气有所枯萎，这种诗体的影响力有所削弱。原因在于多数文人不能如劳动者那样真实地去体验其艰辛与快乐，只能对其劳动心理感受，情感追求抒发进行"想当然"。例如作家田昌令《小城见闻·建筑工》："骄阳似火暑难当，近午农民仍砌墙。灰桶瓦刀高架舞，漫流汗水拌泥浆。"这只是一张房建中的农民工影像，是最浅层表象的描写，没有进入农民建筑工心底真实的情绪。作者以为不错，建筑工却不以为然，读后反应冷漠。这种现象当引起作家的深思和改进。

第6误区：忌词语熟语方言俚语轻易倒装

竹枝词写作，用词语熟语不可以违反生活和语言习惯，为了平仄而轻易使用倒装。如将"天地"倒装成"地天"、将"先后"倒装成"后先"、将"慷慨解囊"倒装成"解囊慷慨"等。有的词语倒装就成了笑话了。例如"水悠悠"倒装成"悠悠水"、"连理枝"倒装成"枝连理"、"走一遭"倒装成"一遭走"，等等。

但行家偶尔有用，并成名篇。例如当代孙高虹《人字瀑口占》："紫鋆朱峰挂碧泉，飞流直下瀑声绵。遥观撒捺神功在，教我如斯立地天。"

第7误区：忌随意使用文言虚词和人称代词

文言词汇中的"之、乎、者、也、矣、焉、哉、欤（与）、然、且、乃、为、其、因"等一类虚词。第一人称代词：主要有"吾、余、我、予"，此外"臣、愚、不肖、小人"等代替第一人称是谦称；"孤、寡人、朕"是古代帝王诸侯自称。第二人称代词：主要有"汝、尔、若"，此外"子、足下、君、公、先生、大王、陛下（对君王）"做第二人称时，是尊称，相当于"您"。第三人称代词：主要有"彼、之、其"等。

当然，竹枝词写作行家，在常规运用虚词能恰到好处，更能丰富创作技法。例如当代沙月《东湖沧浪亭》："沧浪清兮沧浪迎，吾听浪涌楚雄声。烟舟渔父遥相问，可见诗人万里行？"再如当代方祥华《武汉西藏中学》："汉藏同胞手足情，东湖之畔读书声。师资校舍呀啦索，五彩经幡扬美名。"岂不是名篇佳作吗？读者当多多领会。

第8误区：忌讳滥用神话典故尤忌远古僻典

除民间习以为常的典故，如投笔：指弃文从武。长城：指守边的将领。楼兰：指边境之敌，用"破（斩）楼兰"指建功立业。折腰：指屈身事人，而诗人常反其义用之。化碧：形容刚直中正的人为正义事业而蒙冤受屈。鸿雁、红雁、雁书、雁足、鱼雁：指书信、音讯。尺素、双鲤：用作书信。青鸾、青鸟：指传递书信的人。五柳：指归隐者。东篱：指辞官归隐后的田园生活或娴雅的情致。三径：指隐士居住的地方。劳歌、围城、阳关（古关名）：指送别歌。长亭、南浦、柳岸：送别地。风骚：指优秀的文学作品或指文采。等等，可以偶尔运用。至于难懂、偏僻的典故忌用，尤其是一般词典中查不到的更不要用。竹枝词创作名家里手也是一样。

例如，明代杨慎《竹枝词九首》其五："清江白石女郎神，门外往来祈赛频。风飐青旗香雨歇，山姜花开瑶草春。"杨慎是明代大文学家，诗词曲文皆工，所作竹枝词最有乐府遗韵，焦竑誉之为"似雅似俗，最得竹枝之体，刘禹锡后独此公也"。但在这首竹枝诗中明用、暗用"女郎神""祈赛""山姜花""瑶草"等多个典故、稀有植物，没有注释，读者难以理解。

第9误区：忌用被时代淘汰的僻字僻词僻语

凡现当代生活中已不常用的字、词，一律不用。应用冷僻的字、词和晦涩的文句，如犇（Bēn）、掱（pá）、皛（mò）、畾（lěi）、猋（biāo）、羴（shān）、骉（biāo）、麤（cū）鱻（xiān）、蹀躞（dié xiè，小步行走或小步快走；徘徊）、贲临（bì lín，形容来者贲然盛饰，后人因称贵宾来到叫贲临。请人光临的敬辞）、昳丽（yì lì，神采焕发、容貌美丽），等等，均有违竹枝词通俗易懂原则，进入掉书袋的泥坑，哪里还有读者？

第四章 竹枝词组诗创作章法

第一节 竹枝词组诗起源发展

竹枝词组诗，是指由表现同一重要主题或者采用相互关联题材的两首以上，甚至一百首、几百首竹枝词所组成的一组系统长篇诗章。其中的每一首竹枝词相对具有其完整性和独立性，但每首与其他首之间又有内在的某种联系。这种联系方式可以是重要的主题相同，也可以是丰富的内容相关，还可以在空间或时间上的相近。无论是哪一种联系，作为竹枝词组诗都是为了从不同角度、不同层面、不同空间和时间、不同价值取向上能够全面综合、深刻透彻地反映事物的本质内涵和作者的丰富情感。因此，竹枝词组诗具有单首竹枝词所不能具备的巨大优势。

研究表明，竹枝词发源于荆湘楚地，孕育于祭祀悲摧的楚文化，后逐渐传向巴渝。沅湘地区先民集体创作的歌谣，即民间竹枝词，内容多是描写山情野恋，表达男女挑逗情致，以及生产劳动的辛苦、婚丧嫁娶的喜乐悲哀等，在大部分场合中有男女互答对唱，亦歌亦舞。因内容繁多，情感绵长，故多以"组歌"形式存在。把首句开头的两字相同、格式相近、内容相关的歌词编成一组称之为"排"，如"姐儿排""汉子排""太阳排""月亮排""高山排""溪水排""一字排""人字排""隔河排""淌礁排"等，这种形式和内容独特，更加深刻地张扬了民歌中"组歌"的个性特点。但大多数歌词粗犷、鄙俚。原始民间竹枝歌长期在古代楚乡湘水之间自由传唱，经过漫长时间和数代人的口头流传，其中一部分精华被保存了下来。组歌经过文人的加工、提炼和升华，就成了组诗。

"组诗"这个诗歌专用词虽然到近代方提出，但这种诗歌形式的出现却历史悠久。春秋时期孔丘主编《诗经》中，"连章体"形式的组诗初步形成。战国时期楚国屈原创作《楚辞·九歌》可谓组诗标准格式的发端，到唐代组诗趋于定型，杜甫开创了组诗的典型范式，如《夔州歌》十首。还有白居易《竹枝词四首》、李涉《竹枝词四首》等，均为组诗。

中唐诗豪刘禹锡是从民间竹枝词向文人竹枝词行进的集大成者。他在朗州根据乡民传唱的民歌，进行系统整理、吸取精华和适当雅化后，创作了《竹枝词九首》，从不同的角度描写了诗人所到之处的景色或特有的风土人情，各首诗彼此联系但又相对独立，共同构成了一幅完整的、具有丰富内容的长江中上游的三峡地区风情图画。刘禹锡竹枝词的问世就占据了组诗的优势，就达到了第一个高峰，可谓开百代新风，高山仰止。这不仅是竹枝词组诗迅速发展、经久不衰的一个重要原因，而且为诗歌创作和发展开辟了广阔新天地，在文学史上尤其在竹枝词发展史上产生了深远的影响。

竹枝词组诗在宋代创作也较多，例如，苏辙和苏轼各作《竹枝歌九首》、黄庭坚作《梦李白诵竹枝词三叠》、范成大作《夔州竹枝歌九首》、杨万里作《过白沙竹枝歌六首》《竹枝词七首》、汪元量（宋末元初）《竹枝歌十首》等。竹枝词有的反映民生疾苦，有的直抒男女离思，有的直接抒发个人情怀，在情感方面偏离了唐代轻松活泼的民歌基调。

竹枝词组诗发展的第二个高峰是在西湖，主要归功于元代诗坛领袖杨维桢的创作和他的众多诗友张雨、李孝友、顾英等19人，"铁门十家"弟子等的连续唱和。竹枝词的"足迹"从长江中游直至下游，并与长江三角区的吴歌软语的民歌形式开始融合。

杨维祯（1296年—1370年），字廉夫，山阴人。泰定四年（1327年）进士，授天台县尹，改绍兴钱清场盐官。生性刚直，不与浊污，沉抑下僚。后转建德推官，升江西儒学提举，战乱未赴。特喜西湖山水，迁居吴山铁冶岭，自号"铁崖道人"。其诗作称"铁崖体"。杨维桢创作了极负盛名的《西湖竹枝词九首》：

苏小门前花满株，苏公堤上女当垆。

南官北使须到此，江南西湖天下无。

鹿头湖船唱赧郎，船头不宿野鸳鸯。

为郎歌舞为郎死，不惜真珠成斗量。

家住城西新妇矶，劝君不唱缕金衣。

琵琶原是韩朋木，弹得鸳鸯一处飞。

劝郎莫上南高峰，劝侬莫上北高峰。

南高峰云北高雨，云雨相催愁杀侬。

湖口楼船湖日阴，湖中断桥湖水深。

楼船无舵是郎意，断桥有柱是侬心。

病春日日可如何？起向西窗理琵琶。

见说枯槽能卜命，柳州弄口问来婆。

小小渡船如缺瓜，船中少妇竹枝歌。

歌声唱入箜篌调，不遣狂夫横渡河。

石新妇下水连空，飞来峰前山万重。

妾死甘为石新妇，望郎忽似飞来峰。

望郎一朝又一朝，信郎信似浙江潮。

床脚耆龟有时烂，臂上守宫无日销。

这组竹枝诗题下有序，从中我们得知杨维祯创作的缘起是有感于以西湖为题材的"湖中曲"在"今乐府"（即元曲）中已经很多，却没有人用《竹枝》的曲调来写"湖中曲"，所以他创作歌辞来"补《竹枝》之缺"。这组竹枝词一经出现，立即传遍大江南北，四方名人韵士，争相属和。胡应麟称之为"俊逸浓爽，如有神助"，其文采奇丽，才思风流，神气自然，脍炙人口。不仅开西湖诗坛一代新风，冲破了儒雅桎梏，尊重追求幸福和享乐，七情六欲为正常情感，大胆洒脱追求男女爱情，更为我国诗词进入新天地打开了一扇全新的大门。

元代竹枝词另外一个特点，就是开始了"全国化"趋势。区域从长江中下游南方水域逐渐向四面发展，北上京辽、南下两广、西及云贵等，走出了风行全国的第一步。

进入明朝，竹枝词组诗"全国化"趋势更进一步发展壮大，如徐之瑞《西湖竹枝词》、卓人月《东吴竹枝词》、宋濂《镜湖竹枝词》、沈周《太湖竹枝歌》、袁凯《浦口竹枝词》、本武孟《湘江竹枝词》、黄枢《婺州竹枝词》、唐之淳《扬州竹枝词》、林志《西蜀竹枝词》、沐璘《滇池竹枝词》、李东阳《长沙竹枝歌》和《茶陵竹枝歌》、王延相《巴人竹枝词》、陆深《江东竹枝词》、倪宗正《姚江竹枝词》、田汝成《广州竹枝词》、陈尧《姑苏竹枝词》、沈明臣《明洲竹枝词》、胡应麟《兰江竹枝词》、钟惺《秦淮竹枝词》、柳应芳《金陵竹枝词》等。明代竹枝词组诗数量、形式发生了很大变化，出现了诗下加注，如文震亨《秣陵竹枝词》，还出现了在每首诗前列出小标题，如闵及申《竹枝词》。其题材、内容也进一步俗化，其地域范围的变化随着明代地方志的兴盛而扩展。

竹枝词组诗第三个高峰是在嘉兴鸳鸯湖，主要功归于清代嘉兴籍著名诗人朱彝尊及其同籍众多诗人唱和者。

朱彝尊（1629年—1709年），字锡鬯，号竹垞，晚号金风亭长。二十岁即以诗、古文、辞见知于江左耆儒遗老。因家庭破落窘困，又逢清朝取代明朝，备尝亡国之痛，曾揭竿而起，参加反清复明武装斗争，遭失败而避走异地，便开始游幕生活，他先后转徙山西、山东、北京、江苏、福建各地。1674年在客居潞河龚佳育幕府中，朱彝尊创作了这组大型思乡爱国诗歌《鸳鸯湖棹歌一百首》：

其一：

蟹舍渔村两岸平，菱花十里棹歌声。

侬家放鹤洲前水，夜半真如塔火明。

注：宋代朱敦儒（1081年—1159年）避地嘉禾，放鹤洲其园亭遗址也。朱彝尊的堂伯朱茂时官贵阳知府，治别业于其上，真如塔峙在其西。蟹舍：供渔人捕捞蟹虾时休息的小茅棚。放鹤洲：在嘉兴鸳鸯湖畔（现称西南湖），遗址在嘉兴城区南湖乡西南湖村无名圩。唐代著名宰相裴休曾在此建造别墅，但久已荒废。真如：塔名，塔址在嘉兴城区城南路真如新村东，放鹤洲西边，现为嘉兴轴承厂所在。塔刹现置于嘉兴市博物馆。诗从长辈所居放鹤洲写起，勾勒出了江南水乡的迷人画卷。

其二：

沙头宿鹭傍船栖，柳外惊乌隔岸啼。

为爱秋来好明月，湖东不住住湖西。

注：惊乌：受到惊吓的乌鸦。这首诗描写了住在鸳鸯湖（西南湖）边秋夜赏月的惬意。

其三：

春城处处起吴歌，夹岸疏帘影翠娥。

一叶舟穿妆阁底，倾脂河畔落花多。

注：倾脂河在楞严寺东，人家多跨水为阁。诗展现了嘉兴城中的绮丽春光。

其四：

宝带河连锦带斜，精严寺古黯金沙。

墙阴一径游人少，开遍年年梓树花。

注：宝带、锦带均为水名。精严寺多梓树。宝带河：以唐朝宝带寺得名，在嘉兴城西二百步，清初已废。精严寺：北到勤路，南抵精严寺街，东近少年路，有房舍数百间，为嘉兴近代规模最大的寺庙。诗描写了历史深厚、古朴凝重的嘉兴城。

其五：

西埏里接韭溪流，一簣瓶山古木秋。

惯是争枝乌未宿，夜深啼上月波楼。

注：西埏里：埏，陵墓前的道路。里，人居住的地方。据嘉兴人干宝《搜神记》载，古代嘉兴县有西埏里、西埏桥，韭溪之水经其下。簣：kuì，本义是盛土的竹筐，此处做量词用，比喻山小。瓶山：嘉兴市内小山，高16米。月波楼：月波，秀州酒名，载张能臣《天下名酒记》；月波楼系令狐挺所建，宋人集题咏诗词甚多，在今嘉兴卫生学校处，早废。诗描写了韭溪、瓶山、月波楼一带的清幽景象。

其六：

檇李亭荒蔓草存，金陀坊冷寺钟昏。

湖天夜上高楼望，月出东南白苧村。

注：檇（zuì）李亭：故址在金铭寺北。北宋岳珂为劝农使，居金陀坊，著《金陀粹编》。寺南有楼名湖天海月。金陀坊：为宋元时嘉兴七十坊之一。寺：指金铭寺，又名金明寺，在今嘉兴市第一中学内。白苧村：扼南湖通海盐塘之咽喉，白苧村即指南堰一带。诗写檇李亭蔓草荒凉，金陀坊冷清萧瑟，白苧村笼罩在苍茫淡月之下，呈现出世事沧桑。

其七：

百尺红楼四面窗，石梁一道锁晴江。

自从湖有鸳鸯目，水鸟飞来定自双。

注：梁：指桥。湖：指鸳鸯湖，在唐宋时就负有盛名，是嘉兴城南的游览胜地。诗写湖心岛上登楼远眺所见的浪漫景象。

其八：

倅廨偏宜置酒过，亭前花月至今多。

不知三影吟成后，可载兜娘此地歌？

注：陆游入蜀日记：倅廨（cuì xiè）花月亭有小碑，乃张先"云破月来花弄影"乐章，云：得句于此亭也。张子野云：往岁吴兴守滕子京席上见小伎兜娘，后十年，再见于京口。三影：指北宋词人张先（990年—1078年）有三句著名词句均带影字，即"云破月来花弄影""娇柔懒起，帘幕卷花影"和"柳径无人，堕风絮无影"。其中第一句，传说是他在嘉兴任判官时写的。诗表达了对曾在嘉兴任职的北宋著名词人张先的敬慕和赞赏。

其九：

女墙官柳遍啼鸦，小阁临风卷幔斜。

笑指孩儿桥下水，雨晴漂出满城花。

注：女墙：也叫女儿墙，包涵窥视之义，是仿女子"睥睨"形态，在城墙上筑起的墙垛，后来便演变成一种建筑专用术语。孩儿桥：在天宁寺东，石栏尽刻作孩儿，载南宋鲁应龙《闲窗括异志》。桥在现建国路天宁寺街口，因近年市河被填，桥已为路，但地名尚存。诗回忆了在嘉兴城北恬淡欢乐的旧时生活光景。

其十：

樯燕樯乌绕樯师，树头树底挽船丝。

村边处处围桑叶，水上家家养鸭儿。

注：《乐府·阿子歌》注：嘉兴人养鸭儿作此歌。樯：qiáng，帆船上挂风帆的桅杆，引申为帆船或帆。樯师：船工。诗写嘉兴水乡生活，这一带水运发达，河道密布，居民日常生活是种桑养鸭。

其十一：

桃花新水涌吴艚，十五渔娃橹自操。

网得钱塘一双鲤，不知鱼腹有瓜刀。

注：东晋陶潜（365年—427年）《搜神后记》载，钱塘杜子恭就人借瓜刀，其主求之曰："当即相还耳。"既而，刀主行至嘉兴，有鱼跃入船中，破鱼腹得瓜刀。诗描写了春天桃花盛开时节，溪水上涨，少年捕鱼的场景。借《搜神后记》传奇故事，表现对家乡的热爱之情。

其十二：

穆湖莲叶小于钱，卧柳虽多不碍船。

两岸新苗才过雨，夕阳沟水响溪田。

注：穆湖，现名穆河溪，惯称马河溪，在今嘉兴城区嘉北乡陶家桥村，这里盛产鱼菱。诗咏穆湖夏日莲叶田田生机勃勃的景象。

其十三：

金衣楚雀白章鸡，不住裴公岛上啼。

白马未嘶云屋外，红船先渡板桥西。

注：裴岛即放鹤洲，相传为裴休别业。诗写放鹤洲上鸟雀环绕婉转鸣叫的幽静自然境界。

其十四：

堤外湖光堤内池，露荷珠缀夜凉时。

阿谁月底修箫谱，更按东堂旧日词。

注：毛滂在秀州赋《月波楼中秋词》云："露荷珠缀，照见鸳鸯睡。"东堂：即《东堂集》，宋代文学家毛滂（1056年—约1124年）的文集名字。月波修箫谱：双关修辞手法，既指月下研习吹箫，又指乐府调名《月波修箫谱》。诗回忆了在迷人的月波楼上纳凉听曲的惬意情景。

其十五：

鸭馄饨小漉微盐，雪后垆头酒价廉。

听说河鲀新入市，蒌蒿荻笋急须拈。

注：元代诗人方回（1227年—1305年）题竹枝诗："跳上岸头须记取，秀州门外鸭馄饨。"鸭馄饨：实际为未孵化成功的鸭蛋，通俗称作"喜蛋"，

农村亦称"哺退蛋"。朱彝尊也很喜欢此美食。漉：液体慢慢地渗下，滤过。河鲀：即河豚。荻笋：即荻的幼芽。蒌蒿和荻芽是烹河豚必备的辅料，有祛毒、增味的功能。诗咏嘉兴特色吃鸭馄饨和春天的江南美食河豚。

其十六：

城北城南尽水乡，红薇径外是回塘。

千家晓阁纱窗拓，二月东风蕙草香。

注：红薇径，原在南湖东岸，是宋代尚书潘师旦园林"会景亭"中的一景。拓：这里指以手推开纱窗。诗写湖水萦绕的嘉兴城中，闻着初春薰草传来的阵阵芳香时的恬淡心情。

其十七：

西水驿前津鼓声，原田角角野鸡鸣。

薹心菜甲桃花里，未到天明棹入城。

注：西水驿：为嘉兴境内古驿站之一，其故址在今丽桥附近。津鼓：古代在客船上置鼓，舟人以鼓声为号令，指挥动止进退，称为津鼓。角角：鸟鸣声。桃花里：地名，旧时人多以种菜为业。诗写城外一个小村的鼓号与鸟鸣，在弥漫草香的春天里，人们开始了忙碌的生活。

其十八：

姑恶飞鸣触晓烟，红蚕四月已三眠。

白花满把蒸成露，紫葚盈筐不取钱。

注：姑恶，即白胸秧鸡，叫声似"姑恶"，也叫苦恶鸟，农历三、四月最多。野蔷薇开白花，田家篱落间处处有之，蒸成香露，可以润泽头发。紫葚：即桑葚，成熟后呈紫色。诗写鸟鸣、桑葚、蔷薇、桑蚕等乡间寻常景物，展现了自然淳朴的景象。

其十九：

村中桑斧响初停，溪上丛麻色渐青。

郡阁南风才几日，荷花开满镜香亭。

注：府城西北有麻溪。镜香亭在慈恩寺南，今废。桑斧：砍采桑条的工具。溪：此处指麻溪，在今嘉兴郊区虹阳乡与江苏接壤处，水通太湖。诗写夏日里村民农忙干活，同时欣赏池塘里盛开的荷花，呈现了劳动中怡然自得的情景。

其二十：

徐园青李核何纤，未比僧庐味更甜。

听说西施曾一掐，至今颗颗爪痕添。

注：徐园、僧庐均是李子出产地。僧庐：即净相寺，产槜李，每颗有西施爪痕。槜李，嘉兴著名特产，其果扁圆形，皮色殷红，果肉呈琥珀色，多浆，味甜醇，微有酒味，为果中珍品。相传西施以槜李解渴，纤指一划，从此槜李果上有爪痕若隐若现。诗写历史悠久、蜚声四方而带有传奇色彩的嘉兴特产、珍奇名果槜李。

其二十一：

藕絜桥上水松牌，白石登登雁齿阶。

曾记小时明月夜，踏歌连臂竹邻街。

注：竹邻里，元代诗人陈秀民所居。雁齿：形容桥的石台阶。藕絜桥：今已湮没，其旧址在嘉兴城区勤俭路和少年路口，人民电影院西侧。诗回忆作者少年时的街景、月夜，温馨甜美。

其二十二：

谷水由来出小湖，渚城辟塞总春芜。

战场吴楚看犹在，折戟沙中定有无。

注：《水经注》引《吴记》："谷水出吴小湖，经由拳县。"渚城在今城北十五里。又云："浙江又东径柴辟南，旧吴楚战地，备堠于此，故谓之辟塞。"渚城：春秋时的古城，吴城争战时筑。其遗址在今嘉兴市郊区双桥乡双桥村，其地现名主人浜，为渚城浜之讹。堠：hòu，古代瞭望敌方情况的土堡。辟塞：指曾经在此备战。折戟沙：折戟沉沙的略写。定：究竟。诗写曾经激烈交锋的战场如今一片荒芜，只存遗迹，历史成败向谁诉说？

其二十三：

金鱼院外即通津，转粟千艘压水滨。

年少女墙随意望，缝衣恰对柁楼人。

注：南宋王象之（1163年—1230年）《舆地纪胜》：金鱼院在嘉兴县西北，即今嘉兴卫生学校一带。转粟：运送谷物。柁楼：船上操柁之室。柁楼人：借指乘船人。诗写乘船运粮出城时虽随意平常但十分有趣的生活画面。

其二十四：

怀家亭馆相家湖，雪艇风阑近已芜。

犹有白蘋香十里，生来黄蚬蛤蜊粗。

注：明代怀悦是嘉兴八位知名诗人之一，他居相湖南时，在湘家湖畔建造了亭馆园林和柳庄，为文人墨客诗酒活动的地方。湖中产蚬甚肥。蚬：xiǎn，即扁螺，壳硬坚，外形圆或近三角形。相家湖：即湘家荡，又名湘湖，为嘉兴第三大湖。雪艇：怀家柳庄内一个水亭的名字。蛤蜊：又叫蛤，有花蛤、文蛤、西施舌等，称为"天下第一鲜""百味之冠"。诗写乡贤庭园虽已荒芜，但文人墨客曾经聚会的美景、美食宛然在目，隐含作者对家乡的无比热爱。

其二十五：

学绣女儿行水浮，遥看三塔小如针。

并头菡萏双飞翼，记取挑丝色浅深。

注：城西学绣里，俗传西子入吴，刺绣于此。三塔，龙渊寺前塔也，原嘉兴著名古迹。运河出嘉兴往西南有三塔湾，湾北曾建有龙渊寺，寺前三塔并列，风景极美。翼：此代指鸟。挑：挑拣。诗写嘉兴女子针绣生活的一幅动人画卷。

其二十六：

梅花小阁两重阶，屈戍屏风六扇排。

不及张铜炉在地，三冬长暖牡丹鞋。

注：村有张鸣岐制铜为熏炉，闻于时，呼为张炉。屈戍：qū xū，铜或铁

制成的带两个脚的小环，钉在门窗边上或箱、柜正面，用来挂上钌铞或锁，或者成对地钉在抽屉正面或箱子侧面，用来固定 U 形的环。诗写对家乡著名传统手工艺人张鸣岐的高超技术的赞美。

其二十七：

鹤湖东去水茫茫，一面风泾接魏塘。

看取松江布帆至，鲈鱼切玉劝郎尝。

注：鹤湖在嘉善县魏塘，即分湖。清风泾即白牛泾，在今上海枫泾镇，宋代诗人梅圣俞曾在此牧白牛。松江：上海境内的苏州河（吴淞江）。诗记叙了嘉兴与上海间水路往来，松江船帆刚到，即劝尝鲈鱼，朋友间友好、互助溢于言表。

其二十八：

莲花细步散香尘，金粟山门礼佛频。

一种少年齐目断，不知谁是比肩人。

注：金粟山门：即金粟寺，位于海盐县澉浦茶院村的金粟山旁。比肩人：元代林坤《诚斋杂记》："海盐陆东美妻有容止，夫妇相重，寸步不离，时号比肩人。孙权封其里。"说明夫妻互敬互重，形影不离。诗咏海盐金粟寺进香礼佛景象，美女徐徐而来，少年远望，盼望其中有如陆东美"比肩人"一样的佳缘出现。

其二十九：

织成锦衾碧间红，缭以吴绵四五通。

锦上鸳鸯三十六，双栖夜夜水纹中。

注：锦衾：锦缎的被子。缭：缠绕、围绕。水纹：水纹锦，锦上有似水纹的花纹。诗写嘉兴名产锦缎，画面栩栩如生。

其三十：

天宁佛阁早春开，鸟语风铃次第催。

怪道回船湿罗袜，严将军墓踏青来。

注：天宁寺在秀水县治东北，后有严助墓。天宁佛阁：即天宁寺，在今嘉兴市区天宁寺街。怪道：怪不得。严将军墓：西汉著名辞赋家严助葬地，在今少年路北嘉兴辅城小学校内。诗写鸟鸣声与寺院铃声次第响起，城郊踏青露水湿罗袜，绘出了春日早晨的清新天气与景象。

其三十一：

长水风荷叶叶香，斜塘惯宿野鸳鸯。

郎舟爱向斜塘去，妾意终怜长水长。

注：长水：即长水塘，秦代时所凿，为环绕嘉兴市区的八水之一。斜塘：在嘉善西塘镇，流向太湖。诗以夫妻相思写嘉兴、嘉善两地景象，情意深厚绵长，独具特点。

其三十二：

蜿地垂杨絮未飘，兰舟上巳祓除遥。

射襄城北南风起，直到吴江第四桥。

注：城北王江泾有射襄桥，俗讹为寿香桥，即射襄城故址。蜿：同"宛"，屈曲。上巳：即上巳节，俗称农历三月三。祓除：fú chú，除灾去邪之祭。吴江第四桥：指江苏吴江城外的甘泉桥，因泉品居天下第四而得名。诗写嘉兴最北的王江泾春日景色，清幽快畅。

其三十三：

宣公桥南画鼓挝，酒船风慢挂鸦叉。

碧山银碗劝郎醉，棹入南湖秋月斜。

注：陆宣公桥在城东。宋代闻人滋《南湖草堂记》："槜李，泽国也，东南皆陂湖，而南湖尤大。"宣公桥在嘉兴市区中山桥与七一桥之间。挝：zhuā，敲打。鸦叉：即丫叉，叉物用的叉子。朱碧山，元时嘉禾银工。碧山银碗：元代嘉兴铸银工匠家朱碧山所制造的银碗。诗写鸳鸯湖游船饮酒的欢乐场景，赞美了碧山银碗的精湛制造工艺。

其三十四：

木樨花落捣成泥，霜后新橙配作齑。

犹恐夜深妨酒渴，教添玉乳御儿梨。

注：木樨花：即桂花。酒渴：酒后口渴。玉乳御儿梨：又名玉乳梨、语儿梨、御儿梨。诗赞家乡丰富特产，语含自豪感，表现了作者对家乡的热爱。

其三十五：

画眉墨是沈珪丸，水滴蟾蜍砚未干。

休恨图经山色少，与郎终日远峰看。

注：南唐代沈珪，嘉兴人，善制墨丸。谚云：沈珪对胶，十年如石。载何薳《春渚纪闻》。郡城四望无山，宋代郑毅夫月波楼诗"野色更无山隔断"是也。水滴蟾蜍砚：制成蟾蜍形状的水滴砚。图经：古代泛指绘有地图的地理类典籍。诗写爱情相思，兼及嘉兴制墨名家和湖多山少的自然地理特色，饱含了诗人对家乡的赞美。

其三十六：

三姑庙南豆叶黄，马王塘北稻花香。

秋衣薄处宜思妾，春酒熟时须饷郎。

注：三姑庙：在今嘉兴市郊区王店乡宝华村，庙已废，地名尚存。马王塘：旧时水道名，在三姑庙北，又名蚂蟥塘。饷：馈赠。诗写王店附近作者故居曝书亭的秋日景色。

其三十七：

小妇春风楼下眠，与论家计最堪怜。

劝移百福坊南住，多买千金圩上田。

注：桐乡石门有春风楼。钱塘应才为嘉兴学正，婢曰陆小莲，百福坊人。著名文学家贝琼，元末避地千金圩。百福坊：古坊名，现称百福弄，在嘉兴市政府东边。诗咏桐乡石门是很好的隐居地，可多买肥田过上幸福日子。

其三十八：

小舫中流播燕梢，一螺青水练塘坳。

随郎尽日盐官去，莫漫将侬半逻抛。

注：燕梢：小船名，船长六七米，船头尖翘，船艄有翘似燕子的尾巴。一螺青、练塘：均为海盐县旧时的河塘。现嘉兴市蚂桥乡三星桥村有一螺青自然村。刘长卿诗："半逻莺满树"。半逻：古代地名，今讹为半路。诗写地名由来和地理位置。

其三十九：

戗金砚匣衍波笺，日坐春风小阁前。

镂管簪花书小字，把郎诗学鲁訔编。

注：戗，qiàng，去声。元末明初陶宗仪《南村辍耕录》载，斜塘杨汇髹工戗金戗银法，以黑漆为地，针刻山水、树石、花竹、翎毛、亭台、屋宇、人物，调雌黄韶粉以金银箔傅之。衍波笺：一种纸纹如水纹的笺纸。杜诗编年自嘉兴人鲁訔始。鲁訔（yín），北宋文学家，他是历史上第一个编年注解杜甫诗歌的学者。镂管：雕花的笔管，代指笔。诗人在言情中兼写嘉兴物产和诗学文化。

其四十：

雨近黄梅动浃旬，舟回顾渚斗茶新。

问郎紫笋谁家焙，莫是前溪读曲人。

注：动，即常常。浃（jiā）旬：一旬，十天。顾渚：湖州长兴县顾渚山，唐代陆羽（约733年—约804年）曾在此研究茶道。紫笋：茶叶名，因其鲜茶芽叶微紫，嫩叶背卷似笋壳，故名。莫是：莫不是，肯定语气的疑问词。诗中介绍紫笋茶，亦是诗人家乡著名物产。

其四十一：

秋灯无焰剪刀停，冷露浓浓桂树青。

伯解罗衣种罂粟，月明如水浸中庭。

注：嘉兴中部地区产罂粟，相传在农历八月十五日夜，俾女郎解衣播种，则花倍繁。剪刀：代指女工。诗写嘉兴女子脱去衣服播种的罂粟，开花才繁盛。类似的有香菜要用污言秽语骂才长势良好，芝麻要夫妻同种才长得好能够丰收。

其四十二：

绣线图存陆晃遥，唐家花鸟棘针描。

只愁玉面无人画，须是传神盛子昭。

注：五代南唐陆晃，嘉兴人，画家，作品有《春江渔乐图》《绣线图》等。唐家花鸟：五代南唐唐希雅，画家，善画花鸟，墨作棘针。盛子昭：盛懋，字子昭，元代嘉兴魏塘人，民间画家，曾画崔莺莺像。诗借绣女之口介绍历史上三位嘉兴画家，为家乡自豪。

其四十三：

去郭西南桂树林，五亩之园一半阴。

笑插枝头最深蕊，两鬟如粟辟寒金。

注：去郭西南：古代嘉兴城西的屠氏园有桂树两棵，每棵树荫面积逾亩，年年交替开花。辟寒金：三国魏明帝时，昆明国进贡嗽金鸟，鸟吐金屑如粟，宫女以鸟吐之金装饰钗珮，谓之"辟寒金"。诗咏嘉兴城西屠氏园中两棵神奇桂树，枝头金黄桂花犹似宫女头上金饰。

其四十四：

榆钱阵阵麦纤纤，野菜花黄蝶易黏。

记送郎船溪水曲，平芜一点甑山尖。

注：榆钱：榆树的果实，形似铜钱，故称。平芜：草木丛生的平旷原野。甑山：在桐乡，山形如甑，今为明代画家钱贡墓。诗写美景人文两相宜的桐乡秋日郊外景色。

其四十五：

比翼鸳鸯举棹回，双飞蝴蝶遇风开。

生憎湖上鸬鹚鸟，百遍鱼梁晒翅来。

注：湖：指在海盐县西南的鸬鹚湖。鱼梁：筑堰拦水捕鱼的一种设施，用木桩、柴枝或编网等制成篱笆或栅栏，置于河流、潮水河中或出海口处。诗描绘海盐县鸬鹚湖上的自然景象和捕鱼技巧的生活画面。

其四十六：

龙香小柄琵琶弯，切玉玲珑约指环。

试按花深深一曲，海棠开后望郎还。

注：龙香小柄：龙香木做成的琵琶颈。龙香木泛指发出香味的木料。切玉、玲珑：形容手的洁白美丽，代指手。约：yāo，缠束，环束。南宋太学服膴斋上舍郑文，秀州人，妻孙氏寄《秦楼月》："花深深。一钩罗袜行花阴。行花阴。闲将柳带，细结同心。　　日边消息空沉沉。画眉楼上愁登临。愁登临。海棠开后，望到如今。"一时传播，酒楼伎馆皆歌之。这首词表达了作者独处的怅然和期待的痛苦。诗咏嘉兴逸闻旧事，回忆清新婉丽。

其四十七：

酒市茶寮总看场，金风亭子入春凉。

俊游改作乌篷小，蔡十郎桥低不妨。

注：北宋晏殊（991年—1055年）《类要》：嘉兴县有金风亭，朱彝尊自号金风亭长。茶寮：茶馆，寮，指长排房子。蔡十郎桥：载《至元嘉禾志》，在澄海门西北一里三十步。诗忆在家乡游船喝茶的游玩雅兴。

其四十八：

落花三月葬西施，寂寞城隅范蠡祠。

水底尽传螺五色，湖边空挂网千丝。

注：嘉兴城西南金铭寺有范蠡祠，从前并列塑有西子像。湖中产螺皆五色。范蠡祠：在范蠡湖畔，今嘉兴一中校园内。诗咏范蠡与西施传奇的爱情故事，点出缺少西子陪伴，范蠡寂寞独守祠堂，五色螺皆沉水底，绵长思念无尽。

其四十九：

苏小墓前秋草平，苏小墓上秋瓜生。

同心绾结不知处，日暮野塘空水声。

注：唐代徐凝《嘉兴逢寒食》诗："惟有县前苏小墓。"北宋文学家王禹

俙（954年—1001年）诗："县前苏小有荒坟。"今县南有贤倡巷。苏小墓：即南齐时歌伎苏小小墓，在市区贤倡弄（现更名自由弄）。诗人通过对苏小小的凭吊，追念家乡绵远的人文踪迹。

其五十：

风樯水槛尽飞花，一曲春波潋滟斜。

北斗阑干郎记取，七星桥下是儿家。

注：风樯：帆船。水槛：临水的栏杆。春波：此处双关，既指春天的水波，又指嘉兴市内的春波桥。七星桥：古代嘉兴桥名。儿：女子自称。诗咏青年男女传情达意，展现了嘉兴水乡风情的灵动与秀丽。

其五十一：

天星湖口好花枝，便过三春采未迟。

蝴蝶双飞如可遂，教郎乞梦冷仙祠。

注：天星湖在嘉兴县治东，湖的北面有元末明初道士冷谦的祠堂，祷梦者有奇验。诗咏嘉兴城东天星湖和冷仙祠的历史传说。

其五十二：

江楼人日酒初浓，一一红妆水面逢。

不待上元灯火夜，徐王庙下鼓冬冬。

注：徐王庙在府城东北，每岁人日、谷日划舟击鼓，士女往观。诗咏正月初七"人日"、初八"谷日"、十五"上元（即元宵）"，嘉兴城北热闹欢乐的节日场景。

其五十三：

河头时有浣衣人，处处春流漾白蘋。

桥下轻舟来往疾，南经娱老北蹲宾。

注：娱老桥：俗称鱼浪桥，在嘉兴城南。蹲宾桥：俗称蒸饼桥，在旧时嘉兴府治西（现紫阳街上），跨锦带河。现河被填，桥已经废弃。诗咏诗人城中泛舟穿过桥洞之惬意。

其五十四：

芳草城隅绿映衫，凤池坊北好抽帆。

徐恬旧宅芹泥暖，雨过斜阳燕子街。

注：凤池坊：南宋大臣娄机（1133年—1212年）的故居。徐恬旧宅：晋代兵部尚书徐恬的故居。芹泥：燕子筑巢所用的草泥。诗缅怀嘉兴前人故居，展现家乡深厚的历史人文景观。

其五十五：

秋泾极望水平堤，历历杉青古闸西。

夜半呕哑柔橹拨，亭前灯火落帆齐。

注：秋泾：位于浙江省嘉兴市南湖区解放街道闸前街东端，为一座单孔拱形石桥，横跨秋泾河，桥长60米。杉青：闸名，在嘉兴城北隅，是古代大运河上的著名水闸，亦称"杉青第一闸"。落帆：亭名，在杉青闸西侧。呕哑：拟声词，这里指划船的声音。诗咏"嘉禾八景"之一的"杉闸风帆"景象。

其五十六：

屋上鸠鸣谷雨开，横塘游女荡舟回。

桃花落后蚕齐浴，竹笋抽时燕便来。

注：横塘：水道名，在嘉兴城东。蚕齐浴：即浴蚕，为蚕育种。燕便来：旧时嘉兴俗称笋之早者，曰"燕来"。诗咏谷雨时节后浴蚕抽笋的嘉兴生活画面。

其五十七：

漏泽寺西估客多，楼前官道后官河。

正值喧阗日中市，杨花小伎抱筝过。

注：杨花小伎：旧时吴船女郎入市唱曲，号"唱杨花"。诗咏嘉兴城中日常生活的热闹景象。

其五十八：

五月新丝满市廛，缫车鸣彻斗门边。

沿流直下羔羊堰，双橹迎来贩客船。

注：市廛（chán）：市中店铺。缫（sāo）车：抽茧出丝的工具。斗门：又叫陡门，在桐乡石门县北。羔羊堰：在桐乡石门县。诗写桐乡地区纺织和贩卖丝织品的日常生活场景。

其五十九：

鱼梁沙浅鹭争淘，处处村田响桔槔。

一夜城西苕水下，酒船直并小楼高。

注：淘：指鹭淘沙觅食。桔槔：jié gāo，也叫吊杆。中国传统提水工具。一根横杆中间吊起，一端系水桶，另一端系石头，利用杠杆原理，使提水省力。苕水：又名苕溪。诗咏苕溪岸边居民的生活情景。

其六十：

九里桥西落照衔，樱桃初熟鸟争鹐。

须知美酒乌程到，遥见新塍一片帆。

注：宋曾鲁公监秀州新塍酒税，今作新城误。九里桥：在今郊区新农乡九里汇附近。鹐：qiān，鸡、鸟等用尖嘴啄食。乌程：旧县名，相传因善于酿造美酒的乌巾、程林两家而得名。新塍：在嘉兴市秀洲区西部。诗咏赞乌巾、程林两家的美酒佳酿。

其六十一：

马场渔淑几沙汀，宿雨初消树更青。

最好南园丛桂发，画桡长泊煮茶亭。

注：马场：即滮湖，又名马场湖。旧时嘉兴城外有两个湖，在城南的叫滮湖，在城西南的叫鸳鸯湖，两个湖泊现在总称为南湖。渔淑：北宋书画家潘师旦在滮湖建会景园林，渔淑为园中十景之一。南园：故址在放鹤洲上，曾是朱彝尊叔父朱茂暻的别业，有桂树四棵，高俱五丈（16.67米）。煮茶亭：故址在放鹤洲北岸，苏子瞻曾在此亭煮茶。诗写滮湖景观。

其六十二：

青粉墙低望里遥，红泥亭子柳千条。

郎船但逐东流水，西丽桥来北丽桥。

注：西丽桥：位于嘉兴市区三塔路，横跨运河，是市区通向西郊的主要进出口，宋代已有桥名。北丽桥：位于市区建国路北端，横跨运河，始建于宋初，是沟通市区南北的重要桥梁。诗写嘉兴护城河中乘船游览的景致。

其六十三：

伍胥山头花满林，石佛寺下水深深。

妾似胥山长在眼，郎如石佛本无心。

注：伍胥山：又名胥山，在嘉兴旧城东十八里（9 千米），现在的大桥乡。石佛：嘉兴有石佛寺，故址在凤桥镇，为唐代古刹。诗以夫妻喻写胥山和石佛寺两相展望，很有特色。

其六十四：

花船新造水中央，晓发当湖溯汉塘。

听尽钟声十八里，平林小市入新坊。

注：花船：指有彩饰的游舫。当湖：又名柘湖。汉塘：水道名，嘉兴市用（lù）里街东面，旧时有汉塘、魏塘。钟声十八里：旧时平湖有德藏寺，据宋代张师正《括异志》载，寺内新铸钟初成，工匠告诫僧人勿击，俟工匠行百里可击之。工匠方行至新坊十八里（9 千米），僧人遽击之，由是钟声传播不能超过十八里。平林、新坊：新丰镇古代称平林，又名新坊。诗写乘画船从嘉兴经平湖通往平林道中的所见和传闻。

其六十五：

蒲山草与茅山齐，澉浦潮来乍浦西。

白沃庙南看白马，巫言风雨夜长嘶。

注：蒲山、茅山：平湖乍浦外近海中的两座小岛。澉浦：是源于海宁流经海盐的谷水入海的地方，在海盐县南端。乍浦：位于平湖市东南部。白沃庙：祭祀汉代白沃使君的庙。诗写平湖乍浦海港与出海传说。

其六十六：

绿烟初洗兔华秋，片片鱼云静不流。

山月池边看未足，移船买酒弄珠楼。

注：山月池：在平湖德藏寺，嘉兴城东有弄珠楼。兔华：指月光。鱼云：即鱼鳞云，谚语云："云现鱼鳞天，不雨也风癫。"山月池：平湖德藏寺的景致之一。诗写平湖山月池和弄珠楼景色。

其六十七：

鹦鹉湖流碧几湾，白龙湫水落陈山。

游人秦小娘祠过，社鼓声边醉酒还。

注：鹦鹉湖：即柘湖。陈山上有白龙湫，见《括异志》。秦小娘：晋代人，秦小娘祠在平湖东南二十里（10千米）。诗写游人畅游平湖的舒畅热闹场面。

其六十八：

阿侬家住秦溪头，日长爱棹横湖舟。

沾云寺东花已放，义妇堰南春可游。

注：阿侬：我。横湖：旧时在桐乡崇德县东南三里（1500米），水流入运河。沾云寺：故址在海盐县沈荡镇南，俗称南寺。义妇堰：汉代人许升的妻子吕荣的冢墓。糜府君闻其高行，出钱葬之，遣主簿祭之。今讹为吕蒙冢。诗写海盐横湖附近的景致。

其六十九：

巫子峰晴返景开，传闻秦女葬山隈。

闲听野老沙中语，曾有毛民海上来。

注：《乐资九州志》：盐官县有秦驻山，始皇经此，美人死，葬于山下。山之东海口有巫子山。《水经注》：晋光熙元年有毛民三人集于县，盖泛于风也。毛民：身体长有长毛的人。沙中语：闲谈。诗写海盐县与海上有关的奇闻异说。

其七十：

横浦东连白塔云，下方钟鼓落潮闻。

结成海气楼相似，煮就吴盐雪不分。

注：白塔山在海中，盐官亦有海市蜃楼。横浦：在海盐县，横塘入海处。白塔：白塔山，海盐县近海中岛屿，属于白塔山群岛。诗写海盐县的海市蜃楼景象和生产海盐的情景。

其七十一：

劝郎莫饮黄支犀，劝郎莫听花冠鸡。

闻琴桥东海月上，乌夜村边乌未啼。

注：闻琴桥在海盐城东。乌夜村，何准宅旧址。黄支：又作黄枝，古国名，一般认为在今印度马德拉斯西南的甘吉布勒姆。犀：此指犀牛角，能作酒杯盛酒，这里代指酒。闻琴桥：故址在海盐县城东。乌夜村：海盐县城武原镇南门外，城南村张家大圆地方，古称乌夜村。诗写海盐城静谧安宁，隐含作者想脱离政治的心境情绪。

其七十二：

鹰窠绝顶海风晴，乌兔秋残夜并生。

铁锁石塘三百里，惊涛啮尽寄奴城。

注：鹰窠绝顶：鹰窠顶，位于海盐县南北湖畔。乌兔：代指日月。传说太阳有三足乌，月亮中有玉兔。乌兔秋残夜并生：指日月并升。每年农历十月初一，日月并出海中。晋安帝隆安五年，孙恩犯海盐，刘裕拒之，筑城于海盐故治。刘裕（363年—422年）：字德舆，小字寄奴，寄奴城即指此。他是东晋至南北朝时期杰出的政治家、改革家、军事家，南朝刘宋开国君主。诗写海盐县南北湖畔石塘附近日月并升的壮观景象。

其七十三：

招宝塘倾水浅深，会骸山古冢销沉。

都缘世上钱神贵，地下刘伶改姓金。

注：招宝塘：在海盐县西南的河道。《九州要记》：古有金牛入山，皋伯通兄弟凿山取牛，山崩，二人同死穴中，因曰"会骸山"。嘉兴城西北有刘伶墓，当地人避吴越国王钱镠（852年—932年）之讳，改呼金伶墓。这是一语

双关，讽刺世人爱财，殃及古人。鏐：liú，故需避讳。诗借古代几人墓葬，写出历史沧桑的感慨。

其七十四：

曲律昆山最后时，海盐高调教坊知。

至今十棒元宵鼓，绝倒梨园弟子师。

注：曲律昆山：即昆山腔调。海盐高调：即海盐腔调。教坊：从唐代到明代，管理宫庭中演出音乐舞蹈及戏剧的组织。诗写诗人对海盐戏曲艺术充满了自豪和赞美。

其七十五：

春绢秋罗软胜绵，折枝花小样争传。

舟移濮九娘桥宿，夜半鸣梭搅客眠。

注：濮九娘桥：故址在桐乡濮院，桥为明初濮九娘所建筑。诗赞桐乡濮院物美、质优的丝织品，以及织机妇人的辛勤劳动。

其七十六：

郎牵百丈上官塘，客倚篷窗晚饭香。

黄口近前休卖眼，船头已入语儿乡。

注：郎牵百丈：指在运河上拉纤，溯流而上。官塘：大运河自镇江到余杭一段，称江南运河，俗称"官塘""官河""官塘河"。黄口：本指雏鸟的嘴，此指少年。卖眼：掷心卖眼，指以眼波媚人。语儿乡：在今桐乡县，春秋时吴越接壤之地，又称御儿乡、语儿乡。诗写诗人嘉兴至桐乡的水道乘船所见景象。

其七十七：

轻船三板过南亭，蚕女提笼两岸经。

曲罢残阳人不见，阴阴桑柘石门青。

注：南亭：故址在今桐乡崇福镇，又名女儿亭。桑柘（zhè）：桑树和柘树，均可喂蚕。石门：为浙北古镇。诗写桐乡的桑蚕生产情形。

其七十八：

走马冈长夕照中，塘连沙渚路西东。

不知吴会谁分地，生遍茱萸一色红。

注：走马冈：故址在桐乡市石门镇，地有官窑，相传为吴越分疆处。塘连沙渚：沙渚塘，桐乡古代的一条河道。吴会谁分地：吴越两国的界线到底如何划定。诗写桐乡境内传说中的吴越分界处，历史上的分界到底如何，早已不能分辨，在夕阳映照下，广阔大地上茱萸生长茂盛，连成一片，没有区别。

其七十九：

移船只合罾川居，酿就新浆雪不如。

留客最怜乡味好，屠坟秋鸟马嘈鱼。

注：罾川：古代嘉兴的一处地名。浆：酒。屠坟秋鸟：平湖海边的一种鸟。马嘈城：即《水经注》所云马睾城也。马嘈鱼味清美，可做腊鱼。诗写海盐城别具风味的马嘈鱼。

其八十：

郎家湖北妾湖南，两桨缘流路旧谙。

却似钓鳌矶畔鹭，往来凉月影毵毵。

注：湖，此指南湖。钓鳌矶：明万历十年（1582年），嘉兴知府龚勉在烟雨楼周围增筑亭榭，共十二景观，名曰"瀛州胜景"。其中在楼南面临水拓台为垂钓之处，并题书"钓鳌矶"三字刻在石上。毵毵：sān sān，毛发、枝条等细长的样子。诗写南湖钓鳌矶附近的名胜风景。

其八十一：

野王台废只空墩，翁子坟荒有墓门。

舍宅尚传裴相国，移家曾住赵王孙。

注：野王台：白莲寺隔水有顾野王（519年—581年）读书台址。翁子坟：朱买臣墓。朱年少时贫贱，以打柴为生，其妻子弃他而去。后朱富贵后，妻受馈赠，羞而自杀，葬于杉青闸，称"羞墓"。赵王孙：即赵孟坚（1199

年—1264年），工诗善文精画。诗钩沉几处故居遗迹，呈现了嘉兴历史文化的延续兴旺。

其八十二：

秋晚东林落木疏，白莲僧寺水中居。

昏钟不隔渔庄火，古殿犹存日本书。

注：白莲：白莲寺即东林施水院，寺壁有日本国人题名二处。渔庄：故址在白莲寺北。诗写嘉兴白莲寺景致。

其八十三：

蕲王战舰已无踪，娄相高坟启旧封。

曾见朋游南渡日，北山堂外九株松。

注：蕲王：宋代抗金名将韩世忠（1089年—1151年）。娄相高坟：娄机墓。北山堂：北山草堂，沈师昌宅，其石垒自南宋。诗写对南宋历史的沧桑感慨。

其八十四：

仲圭旧里足淹徊，曲径横桥一水隈。

小榼春风谁酹酒，佛香长和墓门梅。

注：仲圭旧里：吴镇的故居。吴镇（1280年—1354年），元代著名书画家，为元四家之一。他生长在魏塘，晚年移居嘉兴春波门外春波客舍。榼：kē，古代盛酒或贮水的器具。诗写诗人对故乡画家吴镇的敬仰。

其八十五：

怀苏亭子草成蹊，六鹤空堂旧迹迷。

唯有清香楼上月，夜深长照子城西。

注：怀苏亭子：怀苏亭故址在府治，即今子城内，宋代时所建，与苏小小墓相望，故名。子城：在嘉兴市中心府前街。诗写嘉兴子城的景致。

其八十六：

稗花枫叶宋坡湖，路转潮鸣山翠无。

百里盐田相望白，至今人说小长芦。

注：稗：bài，一年生草本植物。幼苗像稻，但叶鞘无毛，没有叶舌和叶耳，是稻田主要杂草。宋坡湖：即贾湖。盐田：围住海水，借助于蒸发制盐的盐池。小长芦：嘉兴古代地名，朱彝尊自号"小长芦钓鱼师"。诗写海盐贾湖的自然风光。

其八十七：

桑边禾黍水重围，时有秋虫上客衣。

三过堂东开夕照，满村黄叶一僧归。

注：三过堂：古代嘉兴陡门镇报本禅院内的建筑，为纪念苏子瞻而建。报本禅院始建于唐宣宗大中年间，北宋熙宁至元祐年间，苏轼三次到浙江做官，其间他三次到陡门访其同乡至友文长老。黄叶：以双关修辞手法代指黄叶庵。黄叶庵，释智舷所筑。诗写著名禅院景色，表现了嘉兴悠久深厚的人文底蕴。

其八十八：

百花庄口水沄沄，中是吾家太傅坟。

当暑黄鹂鸣灌木，经冬红叶映斜曛。

注：百花庄：在嘉兴城北十五里（7500 米），即今塘汇街道。沄沄：yún yún，水流的样子，喻长远流传。太傅坟：作者朱彝尊的曾祖父朱国祚的坟墓，今已不存。朱国祚（1559 年—1624 年），明代三朝重臣，朝廷赐祭葬，以百花庄为其墓园。诗写百花庄景色，追思先辈建功立业的政绩，颇感自豪。

其八十九：

鸭嘴小船浅水通，荻花门巷萧萧风。

荆南豫北斗新酿，不比吾乡清若空。

注：荆南豫北：即南方的荆州和北方的豫州，在今湖北、河南一带。清若空：嘉兴名酒。诗赞颂了故乡嘉兴的名酒"清若空"。

其九十：

秋水寻常没钓矶，秋林随意敞柴扉。

八月田中黄雀啅，九月盘中黄雀肥。

注：黄雀味甚腴，产陶庄、马瞳。啅：zhào，啄，此指黄雀在农历八月于田中啄食，至九月而肥腴。诗写嘉兴秋天的美食——黄雀的肥美。

其九十一：

江市鱼同海市鲜，南湖菱胜北湖偏。

四更枕上歌声起，泊遍冬瓜堰外船。

注：唐代诗人张祜曾在嘉兴任税官。偏：稍许。冬瓜堰：嘉兴古代地名。诗介绍了嘉兴最闻名的物产——南湖菱。其依南湖而得名，又叫元宝菱、和尚菱等。相传乾隆下江南途经嘉兴，当地民众拿出南湖的菱盛情招待皇帝，一不小心，菱的尖角就刺到皇帝嘴巴了，第二年南湖的菱便不长尖角了。

其九十二：

妾家城南望虎墩，郎家城北白牛村。

白牛不见郎骑至，望虎何由过郭门。

注：望虎墩：在旧时嘉兴府城东南二十五里（12500 米）。白牛村：北宋诗人陈舜俞（1026 年—1076 年）居秀州，尝骑白牛往来，自号白牛居士。诗咏青年男女爱情，追思乡贤陈舜俞的事迹。

其九十三：

百步桥南解缆初，香醪五木隔年储。

不须合路寻鱼鲊，但向分湖问蟹胥。

注：百步桥：在嘉兴城东北三里（1500 米）。香醪：美酒。醪：浊酒，一般的酒。鱼鲊（zhǎ）：腌鱼，糟鱼。分湖：又叫汾湖，产蟹肥美。五木：地名，产美酒，故又作酒名。蟹胥：螃蟹酱，胥，蟹酱。诗写嘉兴著名物产——鱼蟹美食。

其九十四：

石尤风急驻苏湾，逢着邻船贩橘还。

只道夜过平望驿，不知朝发洞庭山。

注：石尤风：逆风、顶头风的俗称。苏湾：近吴江境上，今湖州市南郊，陈舜俞墓在此。平望驿：在江苏吴江市平望镇，是江南运河十大驿站之一。洞庭山：指太湖中的洞庭山，代指太湖。诗写湖州至吴江一带优美的水上景致。

其九十五：

父老禾兴旧馆前，香粳熟后话丰年。

楼头沽酒楼外泊，半是江淮贩米船。

注：禾兴馆：在古代望云门北，宋代改驿站，清代废弃。诗写诗人对故乡稻米丰收的喜悦自豪。

其九十六：

茅屋东溪兴可乘，竹篱随意挂鱼罾。

三冬雪压千年树，四月花繁百尺藤。

注：东溪：嘉兴旧地名，作者朱彝尊从叔朱子蓉的别墅。罾：zēng，一种用木棍或竹竿做支架的方形渔网。诗写作者叔父所居的东溪的惬意景象。

其九十七：

舍南舍北绕春流，花外初莺啭未休。

毕竟林塘输角里，爱携宾客醉山楼。

注：山楼：作者朱彝尊的从叔朱茂昉所居，四方宾客至者必集于此。诗写作者另一位叔父的住所和亲戚朋友聚会的场景。

其九十八：

溪上梅花舍后开，市南新酒酸新醅。

寻山近有夌基宅，看雪遥登顾况台。

注：溪上梅花：作者朱彝尊清代初年，移家长水之梅溪，夌山在其西，横山在其南，皆可望见。酸：pō，酿酒。醅：未经过滤的酒。夌基宅：传说中仙人夌基的宅院，故址在夌山。顾况台：唐代诗人顾况的读书台，在横山顶。诗写作者自己居所的自然环境和人文遗迹。

其九十九：

归人万里望丘为，白酒黄壶瓠作卮。

来往棹歌无不可，西溪东泖任吾之。

注：丘为，唐代嘉兴人，唐代王维送之诗云："五湖三亩宅，万里一归人。"白酒：指嘉兴名酒三白酒，即以白米、白面、白水成之，故名。黄壶：明代著名工艺家黄元吉（亦作王元吉，嘉兴人）冶锡为壶，称为"黄壶"，极精致。瓠：hù，瓠瓜，也叫瓠子，一年生攀缘草本植物，葫芦的变种，短颈大腹，可作盛器。西溪在府城西三里（1500米），鲍恂所居。东泖（mǎo）：水道名。泖，本指水面平静的小湖。东泖在平湖。诗借唐代王维送丘为诗句，表达了诗人在家乡与友人往来诗酒唱和的惬意畅快。

其一百：

槛边花外尽重湖，到处怀觞兴不孤。

安得家家寻画手，溪堂遍写读书图。

注：重湖：指大大小小湖泊星罗棋布。读书图：元代著名书画家黄公望（1269年—1354年），与王蒙、倪瓒、吴镇并称"元四家"。曾绘有《由拳读书图》，他的《富春山居图》是中国十大传世名画之一，一半在台湾，一半在杭州。诗对前面所咏进行总结，认为嘉兴处处美景，令人心旷神怡，是读书生活的美好地方，表明了诗人对家乡的深切思念。

当时朱彝尊满腹才华却无处施展，只能似萍踪飘忽，客居别人幕府，他带着深深的寂寞和改朝易代的痛苦，写下这组思乡诗章，聊以排遣万千愁绪，把怀才不遇的感慨、寄人篱下的抑郁都寄托在对家乡美景、历史变迁、风土人情的赞美之中。他在自序中写道："甲寅岁暮，旅食潞河，言归未遂，爰忆土风，成绝句百首。语无诠次，以其多言舟楫之事，题曰'鸳鸯湖棹歌'，聊比竹枝、浪淘沙之调。冀同里诸君子见而和之云尔。"言简意赅地道出了作诗之由为"言归未遂，爰忆土风"，是客居寂寞，怀念家乡而作，其诗歌体例"聊比竹枝、浪淘沙之调"，具有浓郁的民歌风味，具有开风气之意。杨际昌《国朝诗话》："朱竹垞最工绝句竹枝体，国朝无出其右。"这组诗不仅是朱彝尊创作生涯中的巅峰之作，也是中国文学史上的重要篇章。

《鸳鸯湖棹歌》大型组诗一百首的问世引起了大批同籍诗人的唱和、续诗。根据各种文史资料，清代明确题为和、续《鸳鸯湖棹歌》的嘉兴籍诗人约有 30 家，如谭吉璁《和鸳鸯湖棹歌》八十首以及续和三十首、陆以諴《和鸳鸯湖棹歌一百首》、张燕昌《和鸳鸯湖棹歌一百首》、陈忱《和韵鸳鸯湖棹歌一百首》、朱麟应《续和鸳鸯湖棹歌一百首》、陈淇《续鸳鸯湖棹歌》、吴于宣《鸳鸯湖棹歌》一百首等，诗歌约一千多首。鉴于清代棹歌与竹枝词两体合流，故清代与鸳鸯湖棹歌同题材的竹枝词亦列入鸳鸯湖棹歌的渊源流变之中，约有诗人 11 位，诗歌数量达一千多首。如马寿谷《鸳湖竹枝词》一百首、徐干学《嘉兴竹枝词》九首、鲍鉁《禾中新竹枝词》、陆费线《鸳鸯湖竹枝词》等。

鸳鸯湖棹歌至现当代，三百多年以来，仍唱和不绝。20 世纪 70 年代，在朱大可发动之下，庄一拂、沈茹松、吴藕汀等一大批嘉兴籍诗人纷纷响应，发起补和《鸳鸯湖棹歌》雅事。虽曾遭中断，但随鸳鸯湖诗社在 21 世纪重新兴盛，至今仍有嘉兴文人创作《鸳鸯湖棹歌》和诗，如苏焕镛《和鸳鸯湖棹歌》二百零一首、钱筑人《和鸳鸯湖棹歌三十首》、来根友《和鸳鸯湖棹歌三百首》等。据统计，现当代《鸳鸯湖棹歌》和诗者约 16 位，诗歌数量达两千五百多首。

清代竹枝词组诗另一个显著特点，就是对边地边疆、洋场租界、各行各业、海外风情的记叙。无论是开辟疆地或收复失地，还是在近代战争中被动的改变，都会对竹枝词组诗题材的选择迅速产生最直接的影响。如纪昀《乌鲁木齐杂诗》、祁韵士《西陲竹枝词》、萧雄《西疆杂述诗》、福庆《异域竹枝词》等为代表的新疆系列竹枝词组诗；舒位《黔苗竹枝词》、张履程《云南诸蛮竹枝词五十首》、毛贵铭《西垣黔苗竹枝词》等组诗关于少数民族风俗记录；袁学澜《姑苏竹枝词》百首及续百首、潜庵《苏台竹枝词》九十九首等所咏对象为苏州全境时尚风情；李声振《百戏竹枝词》、无名氏《织绸竹枝词》、陈宜秋《育蚕竹枝词》、佚名《羊城青楼竹枝词》、佚名《闽竹枝词》等为当时各行业纪实；黄遵宪《日本杂事诗》、丐香《越南竹枝词》、吴征

《瀛洲竹枝词》、局中门外汉《伦敦竹枝词》、陈道华《日京竹枝词百首》、姚鹏图《扶桑百八吟》等为海外或域外风土与文化纪实。

第二节　竹枝词组诗创作章法

章法原是书法领域名词，用于竹枝词组诗，是指整组竹枝词作品中，首与首之间相互呼应、彼此照顾等关系的方法。亦即整组作品的"连贯"或者"省略"，可称为"大章法"；如指一首之中的"起承转合"关系或每句的构思成句，则称为"小章法"，也叫"技法"。

为了更好地创作竹枝组诗，无论是在写作过程中完成单首，还是在后期编辑过程中组合，竹枝组诗首先应当具有主题的鲜明统一性。因为这是组诗的灵魂和统帅，它决定组诗的质量高低、价值大小和生命长短。其次，应当具有题材的相互关联性。凡风土世情、山川形胜、社会百业、时尚民俗、历史变移、人物掌故、地方物产、世间百态、国际风云、宇宙科技、战争和平，等等，都可成为竹枝组诗题材。在组诗构思时，题材只是确定了一个方向、一个方面或一个范畴，题材的具体内容需要在创作过程中进行修正、充实和完善。对素材的选取不仅要在主题的鲜明统一下，服从组诗规划的题材范畴，同时考虑与同一组诗中其他作品题材特别是相邻作品题材的相互关联。最后，应当具有单元的独立创新性。竹枝组诗是一个具有系统性的统一体，组诗中各首竹枝词是相互联系的，多角度、多层次、多范围地表现共同的主题。但其中每一首竹枝词又是一个完整的、可以独立于组诗之外的作品。其独特性表现在有完整的意境、出色的语言和新颖的技巧。

笔者阅读历代竹枝词组诗，分析和总结了以下 11 种有代表性的竹枝词组诗结构章法，有一些章法具有部分交叉特性，你中有我，我中有你，相互渗透，交融成篇章。

第 01 种：连章体式结构

联章体起源于民间文学体裁，在短篇小说中叫系列，可以写一个人的几件事情，也可以写一个地方的几件事情。连章体式结构竹枝词，即作者把两首或者两首以上的竹枝词作品，按照一定关系串联起来，组成一个整章，歌咏同一或同类题材，在传统诗歌中，古人称为联章体，今人称为组诗。它分为广义联章体和狭义联章体，这里只说后者。

例如清代无名氏《织绸竹枝词》十首：

　　一织红日衔山顶，白额猛虎出莽林。

　　鹿奔兔逃鸟不叫，风吹树动遍地青。

　　二织纤云绕山腰，碧溪春柳垂长条。

　　殷殷桃花红似火，粉郎勒马过小桥。

　　三织树头莺哥叫，天鹅阵阵上云霄。

　　青翠啄鱼浅滩上，燕儿拍水浪上飘。

　　四织池园万花开，勤劳蜂儿去复来。

　　蝴蝶穿花深深见，蜻蜓点水款款飞。

　　五织水鸭翻筋斗，龙门闪闪鲤鱼跳。

　　长须大虾八脚蟹，乌贼公公顺水摇。

　　六织荷花映水红，风过香浮漏塘中。

　　小孩喜摘莲蓬子，笑煞岸上老公公。

七织北斗照晚空，牛郎远望天河东。

喜鹊搭桥渡织女，一年一会喜冲冲。

八织八仙去海东，果老叫驴闹哄哄。

国舅轻敲檀牙板，仙姑唱得满面红。

九织滚滚海洋中，龙王坐在水晶宫。

张羽熬盐煮海水，长鱼圆鳖耳都聋。

十织苍松山岳高，灵猴攀摘献蟠桃。

岭深无人野熊笑，小小松鼠偷葡萄。

这组竹枝词采用宋代无名氏《九张机》式的联章体式表达方法：每一织独立成首，为每一首织绸图案的不同背景或独特画面，内容丰富多彩，其安排和布局，巧夺天工，无与伦比。

再如清代史载熙《十二月竹枝词》十三首、当代张馨《桓仁采茶歌》二首和《桐枝词·故乡桐笛》十一首、清代无名氏《绍兴城内桥名节诗》二首外四首、明代沈明臣《十二月歌》十二首等，均是以某个月份创作单首，以全年十二个月（闰年十三个月）联成组诗。尤其是第三例，以每个月的景色特点写绍兴城内一座桥，再以春夏秋冬中每一个季度特点写一座桥（冬季一首写两座桥），共计十七座桥在组诗中各具特色，写法高明，布局奇巧，颇具匠心。

第02种：形散神聚结构

笔者提出的形散神聚结构，即先创作若干单首竹枝词，然后确定一个共同主题，在编辑过程中将相关的单首竹枝词编辑在一起；组诗与单首竹枝词就好比我们平常开会的"会议室"与其中参加会议的"每个人员"的关系，人数多在就座时距离靠近些，人数少在就座时自然宽松。采用此法形成的组诗中，各首竹枝词的相对独立大于相互联系，也称松散型结构。

例如清代杨于果（1745 年—1812 年）《长阳竹枝词四首》：

其一：

金坪山色宝尖西，细雨初过踏草泥。

怪得猧儿通夜吠，朝来虎迹满前溪。

注：金坪宝尖山，在长阳县西北，地有虎患。猧：wō，小狗。

其二：

华装也只布衣裳，汲水樵薪却胜郎。

可惜桑阴绿满地，春蚕不祭马头娘。

注：邑民妇不饲蚕。马头娘：蚕神，又称马明王。相传是马首人身的少女，故名。据《通俗编·神鬼》引《原化传拾遗》记载，古代高辛氏时，蜀中有蚕女，父为人劫走，只留所乘之马。其母誓言：谁将父找回，即以女儿许配。马闻言迅即奔驰而去，旋父乘马而归。其家失约，从此马嘶鸣不肯饮食。父知其故，怒而杀之，晒皮于庭中。蚕女由此经过，为马皮卷上桑树，化而为蚕，遂奉为蚕神。

其三：

橐装玉米束腰间，年少莫辞行路艰。

容易爷娘都健饭，大家须要上凉山。

注：容易：本指轻易，不在乎。此指其爹娘均身体健朗，无所牵挂。

其四：

六月炎天夜读书，烧残灯火四更初。

年年散馆才冬至，闲却长宵负岁余。

注：邑士夏月彻夜诵读，入冬便散馆。

杨于果，甘肃秦安人，乾隆五十四年（1789 年）进士，官长阳知县，以"学问渊博，吏治精详"著称。诗前有小序："于果在长三年，颇悉土俗，于秋潭之咏所未及者，率成四章。"这是补彭秋潭《长阳竹枝词》五十首的遗漏，自然结构松散，但均是表现长阳风土这一主题。

这种松散型结构的竹枝词组诗还有：现代田富楠《长阳学堂竹枝词》十二首、清代郁永河《土番竹枝词》二十一首、清代郑燮《潍县竹枝词》四十首、清代陈璨《西湖竹枝词》一百首、清末裴星川《潍县竹枝词·春节即事百咏》一百首、清代戴彬《越郡新年竹枝词》一百首、清代无名氏《越中事物竹枝词》九十首、清代章履安《会稽花烛谣》五十首等。

第 03 种：神形紧密结构

神形紧密结构，即在写作过程中形成的竹枝词组诗，一般是先有了组诗的框架，在同一主题下，各首竹枝词分别就同一类人事或同一件事物的不同方面进行叙述；组诗与单首竹枝词之间就如房屋的基础、立柱与墙体、楼板的关系。这样的组诗中单首与整章的关系更密切。神形紧密结构亦称紧密型结构。

例如清代王贻叔《越娘十看词》：

（一）元宵看灯

彩灯如织眼花忙，蓬莱火珠尽入望。

第一采莲船最巧，效颦西子坐中央。

（二）宁真观看戏

傀儡登场假当真，长安桥畔逐香尘。

青衫红袖平分席，看戏人看看戏人。

（三）曹娥看会

一轮红日照青楼，看会前宵预结俦。

鹦鹉也知侬意急，隔帘催促早梳头。

（四）开元寺看戏法

开元寺里夕阳时，戏文团团总出奇。

缩地隐身皆有术，料应无药到相思。

（五）娶亲看新娘

昨宵邻家敞喜筵，闹房男女客喧阗。

随人侬亦称新妇，问岁如侬小一年。

（六）青田湖看龙舟

蒲绿柳红一望遥，龙舟穿梭过吊桥。

谁家夫婿英雄甚？巨浪掀天夺锦标。

（七）大坂看荷花

不染淤泥香正肥，黄家山畔晚风微。

记曾郎去花开日，几度收莲郎未归。

（八）七夕看牛女

百花台上看牛女，郎情妾意两悠悠。

人间未必逊天上，双宿双飞到白头。

（九）中秋看月

月到中秋分外新，碧天如洗净无尘。

团圆只许阿侬拜，休照天涯离别人。

（十）腊月看入郡人

一年容易为年忙，家家碧玉□□艭。

不是嫦娥嫌寂寞，缘何一舸并吴刚？

注：《腊月看入郡人》原诗缺两个字，此处用□□代替。

这组诗中，将越地（绍兴）妇女观看十个热闹节日风俗习惯描述得诗情画意，以"十看"统帅全篇，缺少一个也不行。

这种紧密型结构的竹枝词组诗还有：宋代黄庭坚《梦李白诵竹枝词三叠》、清代平霞侣《新婚竹枝词》十二首、清代寄寄庐主人《越中十先生竹枝词》十首、当代胡风《怀春室杂诗》二十二首等。

第04种：布局横向结构

竹枝词组诗多数是以空间转移为顺序而布局谋篇的，可称为横向结构。这种结构的组诗具有较大的灵活性、机动性，单首竹枝词之间没有必然的承启关系，前后互换亦不影响阅读和理解。

例如唐代李涉《西陵竹枝词四首》：

其一：

荆门滩急水溽溽，两岸猿啼烟满山。

渡头少年应官去，日落西陵望不还。

其二：

巫峡云开神女祠，绿潭红树影参差，

下牢戍口初相问，无义滩头剩别离。

其三：

石壁千重树万重，白云斜掩碧芙蓉，

昭君溪上年年月，偏照婵娟色最浓。

其四：

十二峰头月欲低，空舲滩上子规啼，

孤舟一夜东归客，泣向东风忆建溪。

组诗从急滩到两岸、再到石壁，最后到十二峰头，景象从低到高，以空灵的笔调，深沉幽远的意境，描绘了一位远道旅人思乡归家、归心似箭的内心世界。

横向结构布局的竹枝词组诗还有：元末明初袁凯《竹枝歌·江上看花作》十一首、明代姚司上《西湖竹枝词》十一首、清代易顺鼎《三峡竹枝词》九首、清代朱麟应《续鸳鸯湖棹歌》一百首、清代张綦毋《船屯渔唱》一百零三首、清代郭钟岳《东瓯百咏》一百首、清代戴文俊《瓯江竹枝词》一百首等。

第 05 种：布局纵向结构

有的竹枝词组诗是以时间推移或事物层次的推进为顺序而布局的，属于布局纵向结构。这种组诗的特点：一是内部排列相对固定，相邻的两首竹枝词具有先后关系。如改变顺序，会增加阅读理解难度，甚或改变事物个别状态；二是阅读时感觉连贯顺畅，组诗前后联系，层次清晰容易把握脉络。

例如清代彭勇功《哭嫁竹枝词》：

其一：

听说人家嫁女娘，邀呼同伴暗商量。

三三五五团团哭，你一场来我一场。

其二：

养侬长大又陪妆，养女由来也自伤。

最是哭声听不得，一声宝宝一声娘。

其三：

兄嫂恩情似海深，斑斑血泪哭声声。

悲悲切切千般苦，肠断天涯不忍闻。

其四：

你一声来我一声，断肠人送断肠人。

顽童不解侬心苦，特意焚膏看泪痕。

以上四首竹枝组诗，描述新娘子哭母亲、哭兄嫂的离别，写得十分悲伤，但嫁人又是人生的大喜事，通过顽童"焚膏看泪痕"，是真哭还是假哭，二者皆有，表现含蓄，人人心中有，他人笔下无。

再如清代张祖翼《伦敦竹枝词》是作者游历英国期间，将所见所闻的政治、经济、民情、风俗写成诗歌百首竹枝词的集结。清代王以宣《法京纪事诗》把自己在旅法期间的所见所想，用竹枝组诗的形式表现出来。清代潘飞声《西海纪行草》《柏林竹枝词》《天外归槎录》是作者前往欧洲、逗留欧洲、自欧归国三个时期的竹枝词组诗集，作者以较细腻的笔触，以竹枝词的形式，多角度、多点面记录了欧洲游历见闻。

第 06 种：首尾开放结构

首尾开放式结构，就是在竹枝词组诗中，没有专门的开头和结尾，第一首就开门见山，直接写内容，最后一首就随着内容的完结戛然而止，每首竹枝词均并列在同一个层次上，表现出自由开放式的结构状态。

例如清代沈蓉城（1743 年—1825 年）《枫溪竹枝词》一百首，既没有《引》和《序》，也没有总起、总结，直接进入正文，涉及古镇 100 多个地名、30 多座寺观、30 多座桥梁，以简练的笔触全景式地再现清代乾嘉时期枫泾地区的自然风貌和民风习俗、名胜古迹、四时风情以及经济状况、社会民生，描绘了一幅绚丽多彩的生活画卷。其中内容如点，交叉布局在同一层面，每首没有小标题，也没有序号，位置可以调整。这是典型的开放式结构。

再如清末沈云《盛湖竹枝词》二百首，成书于 1918 年，原分上、下两卷，没有引、序，也无总结诗，直接创作正文，组诗全面反映盛泽的历史、人文、经济、社会、民俗、景观、特产等丰富内容，诗集后还附有《盛湖杂录》，可视为《盛湖志》的最好补充。这也是典型的开放式结构。

这种开放式结构的竹枝词组诗还有很多。如清代秦荣光（1841 年—1904 年）《上海县竹枝词》五百三十二首、清代倪绳中《南汇县竹枝词》三百四十六首、清代曹瑛《高行竹枝词》一百四十一、清代陈祁《清风泾竹枝词》一百首、清代鲁忠《鉴湖竹枝词》一百四十三首等。

第 07 种：首尾封闭结构

随着竹枝词组诗篇幅的不断增大，作者除了于开头加上《引》或《序》外，在结尾还补写一首竹枝词与《引》和《序》照应，使竹枝词组诗呈现出前后封闭的状态。

例如清代彭秋潭（1746 年—1807 年）《长阳竹枝词五十首》，正文前有清代吴照《彭秋潭竹枝词序》、清代杨于果《彭方山先生〈长阳竹枝词〉题词》、清代彭秋潭《长阳竹枝词自序》。正文最后一首是："此是巴人下里音，短歌不尽此情深。夜雨潇湘一樽酒，请君试听竹枝斠。"这就是典型的首尾封闭式结构竹枝词组诗。

再如清代彭淦《长阳竹枝词十三首》，前有小引："秋潭弟归自江西，舟次，得《长阳竹枝词》若干首，大都陈风俗之淳朴，表物土之纤薄，慨习尚之变移。语从质实，意存规劝，有诗风忠厚之遗，兼美人香草之意。明府杨审岩先生序而行之，复缀四间于后，予读而嘉焉。惟秋潭自游京华，以至作今豫章，二十余年中，天灾人事，民苦于旧，俗漓于新，且纤琐之事秋潭耳目所未及者，词亦不能尽详也。老人久谢笔砚，见猎心喜，辄涉笔成十三首，盖与审岩先生同为秋潭拾遗云尔。"最后一首为："临老重来吟竹枝，词艰调涩两非宜。分明学取唐人语，短笛无腔信口吹。"亦为首尾封闭式结构。

当代杨发兴直接将"总—分—总"的结构引入竹枝词组诗，形成了完整的首尾封闭结构。

现代罗汉《汉口竹枝词》一百七十三首，每首均有小标题，第一首《总揭》："岁序流迁景物移，新亭有泪不成诗。眼前无尽河山感，写与儿童唱竹枝。"总揭，又名总起，向读者揭示写作意图或有关情况。第一百七十三首《总结》："句斠字酌费吟哦，索咏编题亦太多。连日家人频讯问，为何要作竹枝歌。"1915年仲春，江汉采风社在《汉口中西报》刊登启事，征咏汉口竹枝词，分17类179题，可选作亦可全作。在如林佳作中，名列榜首的罗汉，满怀爱国热情，用173首竹枝词，对辛亥革命前后汉口半殖民地半封建社会的方方面面逐一刻画，成为汉口的一部百科全书，留下了可贵史料。

再如清代郭麐（1767年—1831年）《潍县竹枝词（自注）》一百零八首，前有清代陈介锡《〈潍县竹枝词（自注）〉序》，以潍县沿革及金石考证居多，凡乡邦掌故、风俗民情、名人轶事、山川庙宇，都有所涉猎，堪称一部竹枝体地方志。其主题有四个方面：一是考古，主要是其多年考察古城、乡野寻碑等方面的收获；二是记游，描述山水、村落风情；三是采风，记录了民间口头流传的人文掌故；四是纪事，主要为历代潍县名人轶事。郭麐考证严谨，注重溯本求源，去伪存真，修正了《齐乘》《太平寰宇记》及县志错讹。第一首："北海国领十八县，平寿即今潍县城。又复呼为北海郡，始于元魏最分明。"相当于总起。第一百零八首："潍中无竹几经年，潍上竹枝词不传。今日竹同词并有，相联一唱使君前。"这就是总结。文风严谨。

这些组诗均是最典型的"总—分—总"结构竹枝词组诗。

第 08 种：半开半闭结构

如果将竹枝词组诗的《引》或《序》与正文联系起来看，即使没有专门的结尾诗或总结诗，也可认为是一种半开半闭式结构。

例如现代余槐青《上海竹枝词》一百二十二首，正文前有方冲之《序》，每首竹枝词均有小标题，诗下均有小注，但没有总揭，也没有总结，属于半开半闭型结构。

再如清代叶调元《汉口竹枝词》二百九十二首，前面有《自叙》，篇幅较长，接着是《凡例》四则。然后进入正文，原著分六卷（即六目），卷一《市廛》，介绍汉口地理地貌，各码头分布，宅宇特点，汉口商业的发展盛况。卷二《时令》，介绍汉口春节风俗习性情况。卷三《后湖》，从不同侧面反映当年休闲服务业繁荣景观。卷四《闺阁》，记录汉口各色妇女职业特点和生活习惯。卷五《杂记》，撷取不同生活场景，记录市民阶层的日常生活和习惯。卷六《灾异》，记叙了道光二十九年（1849 年）武汉洪水泛滥和塘角大火的惨剧。结尾没有总结，属于典型的半开半闭结构组诗。

第 09 种：感时伤世结构

竹枝词缘于纪事，举凡各民族风土民情、祖国山川形胜、国内外社会百业、外国时尚风俗、历史纪变、科技发展、太空开发等皆可入诗。涉及政治、经济、军事、社会、历史、文化、科技、宗教等诸多领域。由此可见，竹枝词不仅可以陈当时之风土，还可以咏历史之变移，记政治、经济、军事、科技等发展，竹枝词组诗更是如此。竹枝词组诗以陈当时广阔区域风土博物的感时类居多，也不乏咏历史变迁、残酷战争的咏史类佳作。

例如宋代苏轼（1037年—1101年）《竹枝歌九首》：

其一：

苍梧山高湘水深，中原北望度千岑。

帝子南游飘不返，惟有苍苍枫桂林。

其二：

枫叶萧萧桂叶碧，万里远来超莫及。

乘龙天上去无踪，草木无情空寄泣。

其三：

水滨击鼓何喧阗，相将扣水求屈原。

屈原已死今千载，满船哀唱似当年。

其四：

海滨长鲸径千尺，食人为粮安可入。

招君不归海水深，海鱼且解哀忠直。

其五：

吁嗟忠直死无人，可怜怀王西入秦，

秦关已闭无归日，章华不复见车轮。

其六：

君王去时箫鼓咽，父老送君车轴折。

千里逃归迷故乡，南公哀痛弹长铗。

其七：

三户亡秦信不虚，一朝兵起尽欢呼。

当时项羽最年少，提剑本是耕田夫。

其八：

横行天下竟何事，弃马乌江马垂涕。

项王已死无故人，首入汉庭身委地。

其九：

富贵荣华岂足多，至今惟有冢嵯峨。

故国凄凉人事改，楚乡千古为悲歌。

这组诗是感时伤世的首创之作。苏轼在引言中写道："竹枝歌本楚声，幽怨恻怛，若有所深悲者，且亦往昔之所见，有足怨者与？夫伤二妃而哀屈原，思怀王而怜项羽，此亦楚人之意相传而然者。且其山川风俗鄙野勤苦之态，固已见于前人之作与今子由之诗。故特缘楚人畴昔之意，为一篇九章，以补其所未道者。"两首诗分别写"伤二妃""哀屈原""思怀王""怜项羽"，用其故事吟唱楚人对各自不幸遭遇的伤悲之情。最后一首感叹曾经的荣华富贵不长留，现在还有什么呢？与引言照应。

再如当代丘良任（1912年—2000年）选择了中国古代最有艺术特色和研究价值的竹枝词224位名家，撰成《竹枝纪事诗》二百六十七首，以竹枝词本身的形式来论述名家竹枝词。每首竹枝诗下系以叙录，或述其源流，或撮其内容，或论其影响，或稽其本事，凡珍本善本都说明收藏处所，而诗中有关乎社会风俗、可印证古史记载的内容也予以指示，胜解迭出。他开创了用竹枝词评点竹枝词的先河，堪称咏史类竹枝词组诗的鸿篇巨制。

第10种：咏史鉴今结构

熟悉地方志编撰的学者型诗人，往往掌握大量地方史料，就以竹枝词形式创作组诗，以记旧时风土民情、弘扬本地英雄人物及事迹、鞭挞人性丑恶。这种竹枝词组诗称为咏史鉴今结构。

例如清秦荣光（1841年—1904年）《上海县竹枝词》五百三十二首，正文前有自序："上海之有竹枝词自明顾侍郎彧始。今所咏者，事实次第悉本同治《上海县志》，即掇本文附注各诗后，见省寻检；见援他书，必冠书名于注上；或参鄙见，加一'案'字，示与《志》文区别云。"由此可见，作者所咏皆史实，每首诗没有标题，但诗下所注内容丰富，篇幅有的几百字。这种咏史竹枝词，有的是记旧时风土民情，有的是褒扬旧时有志之士的爱国行为，有的是针砭旧时人物的无耻言论……其咏史目的是鉴今。

再如清孙福清《新州竹枝词》一百首，就是因为作者没能参与修撰县志，从而"以诗人之笔，兼史实之长，合庄谐而并收，统宏纤而毕举"，写出《新州竹枝词》一百首。清代著名学者陈澧（1810年—1882年）为之作序云："孙稼亭明府宰新兴为《竹枝词百首》，凡地名之沿革，山川之佳胜，古迹之流传，与夫民风物产之当记载者，无一不备。'自序'谓欲修县志未果，此可作志书读，洵非虚语也……其诗亦温雅，以诗人作史，故能为此志书，以备检阅，而诗则可讽诵，为尤胜焉。"这种竹枝词兼史志、诗史之长，皆咏古鉴今也。

第11种：一纲分目结构

一纲分目结构，即是指在一个总的题材囊括和统涉下，或在同一个时期里，或在一个既定的生活阶段中以总的主题、统一的生活为纲，从不同角度、不同点面写的一组竹枝词，表现诗人的思想感情、现实生活情况，以及诗人所见人事。尽管风格各异，情调有别，这样的竹枝词组诗，便是以一纲分目法组构而成的。

例如现代李右之《上海地方见闻纪事诗》六十一首，总题材是上海地方见闻，分两目。其中第一目是《中日战争辛亥革命纪事诗》，记叙1894年日本侵略朝鲜开始，到1910年南市组织救火联合会纪事，二十首；第二目是《辛亥革命至解放纪事诗》，叙述1911年10月10日武昌起义到1949年1月淮海战役结束之纪事，四十一首。

再如当代陈金祥《巴乡吟竹枝》五十二首，总题材是巴乡纪游纪事，分九目。其中第一目是《长阳县城竹枝词》十三首；第二目是《五峰容阳纪行》九首；第三目是《当阳巩河水库》二首；第四目是《温泉竹枝词》四首；第五目是《茶乡唱竹枝》四首；第六目是《薅草锣鼓》一首；第七目是《忆童趣·捉鱼儿》三首；第八目是《牵牛花》一首；第九目是《故乡马连散记》十五首。

第五章　竹枝词创作实践

第一节　张馨竹枝词选

张馨，原名胡佐尧，字璀璨，自号燕赵湘人、望湘津客。1991年7月毕业于焦作工学院矿山建设专业，2003年6月获得河南理工大学矿业工程硕士学位。曾在中煤第一建设集团公司任技术员、预算统计员、项目总工、项目经理、副处长、副总工程师兼科技处处长，于2008年2月调入中铁十八局集团公司工作，曾任湘桂高铁Ⅳ标指挥部党委书记兼总工、田桓铁路Ⅱ标指挥长兼党委书记，现任郑万高铁湖北段六标指挥长。

在文学方面，系河北省作家协会、中国散文学会和中华诗词学会会员。已出版诗文集《青山风骨》，旧体诗词集《南诗北韵》《萍踪留影》，长篇小说《树蛇》《拳拳之恋》等5部。在《诗神》《诗潮》《中华诗词》《中国铁道建筑报》等报刊发表诗词、散文150多篇。

在书法方面，小学时师从苏晨窗老师学习柳体，中学时师从邹息云先生学习行书。大学时自练柳体，参加工作后学习赵体、二王。出版书法集《张馨临写赵孟頫〈仇鄂碑铭卷〉》。

在科学方面，系矿业工程高级工程师，隧道与地下工程教授级高级工程师（正高），国务院政府特殊津贴隧道、爆破专家。在《建井技术》《煤炭科学技术》《煤炭学报》《焦作工学院学报》《铁道建筑技术》《建筑结构》《轨道建筑》《市政技术》等杂志发表学术论文《立井冻结基岩中深孔爆破》《周边辅助眼与光底爆破技术在立井施工中的应用》《深立井硬岩深孔钻爆参数的研究与应用》等 50 余篇，在美国《American Journal of Civil Engineering》、新加坡《Iop Conference Seriesmaterials Science And Engineering》等发表英文学术论文 6 篇，出版学术论著《深立井开凿技术新发展》《立井钻爆现代理论与新技术》《深立井快速施工成套新技术研究和推广应用》《立井开凿安全技术操作手册》《深立井与隧道工程理论和实践》等 5 部。创新了深孔立体微差爆破、土压爆破理论和技术，丰富和发展了我国控制爆破的理论体系和实践经验。参与科研课题《矿岩爆破块度的预测与控制研究》于 2000 年 10 月获河南省科技进步二等奖，2007 年 5 月，科研课题《特厚表土大直径立井施工工艺及关键技术研究》获首届中央企业青年创新优秀奖。

1999 年获第二届河北省煤炭青年科技奖。2000 年 4 月，被国务院授予全国劳动模范称号，2004 年 1 月和 2016 年 3 月，分别被评为全国优秀项目经理。2007 年 4 月，被评为全国科学技术奖技术创新先进人物，10 月，荣获中国科学技术基金会第十六届孙越崎青年科技奖。2013 年 5 月，获广西壮族自治区铁路建设先进个人称号。2015 年，被评为天津市发明家。2016 年 2 月，获得天津市五一劳动奖章，12 月，张馨劳模创新工作室先后被评为天津市"十大示范性劳模创新工作室"和中国铁建首批"示范性劳模创新工作室"。2019 年 9 月，在矿山建设和铁路建设方面均做出突出贡献，获得中共中央、国务院、中央军委颁发的庆祝中华人民共和国成立 70 周年功勋章。2019 年 12 月，主持课题《巨型岩堆和永冻层赋存条件下生态脆弱区铁路建设环保施工关键技术》获得辽宁省科技进步二等奖 2020 年 12 月 28 日，因在隧道与地下工程专业领域施工中做出突出贡献，将创新技术申报专利、将专利技术形成工法、将专业工法写成行业规程，并进行理论提升，经批准享受国务院政府特殊津贴。2021 年 12 月 31 日，获得中华全国铁路总工会火车头奖章。

为河南理工大学和辽宁工程技术大学兼职（客座）教授。中国发明家协会会员。获国家授权发明专利和实用新型专利 50 多项，获得国际发明专利 50 多项。

主持中国铁建股份有限公司企业标准《铁路建设项目水土保持施工及验收规程》（Q/CRCC12701-2020），中国铁建科创（2020）172 号文发布、人民交通出版社出版，自 2021 年 5 月 1 日起实施。

毛 衣

（1993 年 8 月 14 日）

不见家书不见诗，重翻箱底抚毛衣。

翻来覆去愁中看，横是丝来竖是丝。

地菜二首

（2006 年 3 月 29 日）

春天刚绿江淮岸，地菜拂尘展绿茵。

昔日充饥聊度日，今朝富贵碗中珍。

三春荠菜赛灵丹，平压降脂药膳餐。

汤味香甜粥味美，包成水饺令人馋。

再咏地菜三首

（2006 年 5 月初稿，10 月改定）

碌碌忙忙未返家，鸡年三月雪风加。

江淮两岸多寒意，春躲田间地菜花。

不禁同事劝郊行，半日采将五袋盈。

清炒凉拌均有味，令人遗忘异乡情。

又是一年地菜香，鸡鸭肉腻换新尝。

嘴边回味无穷意，勾起童年记忆长。

益阳商店看竹杖二首

（2009 年 12 月 28 日）

殷勤店主夸竹杖，劲节忠心破乱藜。

北遇岁寒相护送，前途迈步可扶持。

端详点点湘妃泪，细品年年贾谊心。

不到白头扶竹杖，凌云何日有回音。

故乡竹扁担三首

（2009 年 12 月 30 日）

斫取毛竹做扁担，苦挑家务并书山。

书山凿路凭坚定，步步行来境界宽。

邯郸住过又津京，寒尽高楼月渐明。

坐爱竹情仍未减，周乡昨梦笋萌生。

廿载离乡向小康，承担家事未曾忘。

安排妹弟来城市，各户温馨乐业长。

办公楼阶前小竹六首

（2010 年 1 月 10 日）

炎夏新凉抚脸来，脆喉山鸟偶飞回。

轻风梳洗枝枝沐，香绕台阶绿满堆。

春生夏长在阶台，苦雨晴空自看开。

常引清风梳洗叶，平生处处少尘埃。

北方喜认属头回，知是津门自可栽。

拟定明春移楚翠，溪风引领永相陪。

翠枝清影自猗猗，小景新思可赋诗。

更喜家乡竹似海，拂云揽日耸丰姿。

锦镶雅意布东西，滴绿临阶日影低。

彩凤徒供人鉴赏，难施绝技作云梯。

山鸟常来叙见知，长枝懒拭玉阶垂。

文王思治寻贤士，愿做长竿系钓丝。

咏竹示儿十首

（2010 年 1 月 11 日）

青松有志长迟迟，春报寒梅属女姿。

最爱房前肥土竹，年来孕笋耸云枝。

长竿直上入苍穹，纵览风云变幻匆。

新笋高林相护佑，嘴尖切忌腹中空。

新笋从无恋暖床，逢春破被向朝阳。

竿头百尺诗相贺，劲节虚心更莫忘。

十年光景快如梭，莫放人生苟且过。

笋长一年材可用，书攻万卷不为多。

聪明最易少思量，清水半勺响过墙。

学取虚心清静竹，戒骄戒躁骞云翔。

风雪冰霜苦自持，云霄雨露固先滋。

虚心立就凌云志，渭水姜公是汝师。

吃尽寒霜冰雪苦，逢春沐雨展婵娟。

耸身直上千寻外，眼界能观万里天。

寂寞收心在气精，不辞清瘦苦修行。

莫学芦苇随风倒，沐浴春光啸雨晴。

嫩笋黄苞破土衾，已怀劲节树雄心。

勤承雨露阳光照，潇洒凌空待凤临。

寂寞出生荒野外，不图雪里扮奇观。

清明世上需贤士，趁势离山做钓竿。

竹制簸箕二首

（2010 年 1 月 12 日）

拔地凌云抒壮志，曾经霜雪忍煎熬。

一生荣辱随机遇，不是枝枝做凤箫。

听命编筐做簸箕，运肥装土不知疲。

位卑且尽平生力，种稻栽蔬不误期。

思念竹山湾六首

（2010 年 1 月 13 日）

春来拔地耸南陔，顾自繁荣不用催。

斗雪凌霜人不见，虚心以待远朋来。

终年寂寞住深山，雨雪风霜不改颜。

谦逊修身知自苦，层层有节未曾弯。

毕世修来百尺长，葳蕤绿叶蓄春光。

有朝一日仪丹凤，碧玉琅玕作洞房。

竹海随风起巨澜，豪情万丈满山峦。

平生潇洒非装秀，不放俗人近眼看。

久困深山不自卑，白云常与论新奇。

已萌坚毅出山意，报与高天日月知。

山鸟啾啾驱寂寞，流泉汩汩润根深。

他年凿就出山路，济世为民一寸心。

【注　释】

[1]竹山湾：位于作者家乡东北1千米许，家里的竹椅、竹凳、米筛、竹箩、竹床等所需竹子均出自此地。

汨罗江竹枝词十一首

（2012年10月20日）

屈　原

独醒难能醉梦多，怀沙恨涌汨罗波。

浪花千古《离骚》泪，岁岁招魂起浩歌。

楚　塘

屈坟如岳巍然立，取土深坑漾楚塘。

碧水蓝天开菡萏，污泥不染吐芬芳。

争　冠

汨罗端午龙舟赛，宁愿荒田不败船。

智勇齐全同步调，狂抛裑褓向云天。

自　信

汨罗春酿添豪气，八道乡肴佐玉瓯。

自信还需知对手，桡从鼓响占鳌头。

罐 茶

瓦罐姜盐豆子茶，驱寒款客客争夸。

芝麻青豆沉深底，一荡均分到各家。

离 骚

屈原放逐抵边城，南里村亲共苦情。

酝酿《离骚》传绝唱，江边吟诵鬼神惊。

造 舟

败船冲犯落风华，重整旗威造快槎。

易备诸材龙木少，婿谋偷取泰山家。

开 赛

五色龙舟玉笋前，炮鸣鼓响闹江川。

祈求国泰民安富，下水挥桡万里船。

庆 胜

渔街好汉划船飞，英勇拼将取胜徽。

火铳冲天抛糯粽，全村酒庆醉扶归。

甜 酒

长乐醇醪味正纯，泉流龙虎糯生津。

日尝半碗舒心肺，滋润姑娘似女神。

粽　子

衣饰千年仍粽叶，芳心万种有忧情。

贫穷富贵红尘掩，依旧菱尖分外明。

【注　释】

[1]　汨罗江在湖南省洞庭湖东侧。在汨罗江注入湖口以上约 1.5 千米处，潭水很深，是三闾大夫屈原投江殉难处，名曰河伯潭。有石碑记其事，但被洪水冲倒，至今未修葺。这里是龙舟故里，端午源头。

[2]瓦罐姜盐芝麻豆子茶，是当地有名待客小吃，不但生津解渴，而且能驱寒避暑。

[3]汨罗的土八道，是一碗玫瑰肉、一盆天鹅抱蛋（整只鸡和十几个鸡蛋一起蒸）、一碗狮子摇头（红烧狮子头）、一钵十里香（从山上摘的土蘑菇）、亮晶晶（红薯粉丝）、周游列国（红烧鲤鱼）、蝴蝶过河（木耳汤）、七层宝塔（粽米团子）或八宝饭（糯米饭）。

[4]　汨罗市长乐街的甜酒是用长乐三合冲田里产的上等糯米和龙虎泉的泉水，再加上一种从古到今只传子、不传女的特制酵母酿造而成。

桐枝词·故乡桐笛十一首

（2013 年 12 月 20 日）

嫩桐一寸带花裁，花送谁人任自猜。

手巧轻将心木去，喇叭削就乐声开。

一吹四月种山田，不再低头后退先。

昂首抛秧如射箭，株株命中水中天。

二吹电力送山乡，似豆油灯古董藏。
从此书房辉静夜，成群雏凤舞山庄。

三吹电灶入农庄，未冒炊烟饭已香。
脏乱烟熏成往事，厨房洁净似厅堂。

四吹农户买空调，冬炭有烧冷冻消。
盛夏炎炎如火烤，轻操遥控把春招。

五吹公路绕高山，鸟叫溪欢喜客还。
赶市三天爬陡径，于今半日有余闲。

六吹电脑僻乡安，耕作归来按键盘。
土产山珍销网络，鼠标一点又接单。

七吹情曲韵悠长，美女云中语大方。
有意郎君何不动？采茶山上会姑娘！

八吹碾米响隆隆，谷脱金皮快似风。
石碓光荣离退岗，机开一日半年功。

九吹昔日野猪灾，庄稼遭殃恨祸魁。
划地扶贫今圈养，肉香网售自生财。

十吹学子业成归，赠物捐资旱雨霏。

科技回乡携项目，从容展翅领头飞。

过年谣三首

（2014 年 2 月 5 日）

归心多少路途飞，慈母频频望翠微。
黄犬声声摇尾叫，乳名亲切唤儿归。

初春最乐过新年，火树银花万象鲜。
雨润梅花开瑞兆，万千爱意落跟前。

回乡过节遵家谱，官帽多高按辈来。
大嫂呼名直不讳，尊称叔父或童孩。

咏水泥三首

（2014 年 8 月 24 日）

石沙共聚挺桥梁，矗立江河气自昂。
洪水滔天摧欲毁，心中定力挂如常。

搅拌灵魂自坦然，高楼大厦耸云烟。
身躯裸露寒风紧，造福人间不计年。

粉身碎骨非归宿，结义石砂抱水融。
顷刻翻成新自我，高桥隧道握长空。

再咏水泥二首

（2014 年 9 月 5 日）

粉身碎骨入洪炉，苦炼千般五彩殊。

殿阁楼台均可造，漏天犹听女娲驱。

凝砂聚铁历艰难，葛坝巍巍亘岛滩。

巨浪频摧堤不动，功高仰首水泥看。

三咏水泥二首

（2014 年 9 月 10 日）

钙岩爆破出深山，烈焰洪炉换骨还。

桀骜粗豪翻史页，新生美誉满人间。

胶凝粉末聚同俦，激素青春涨巨楼。

举酒邀星明月伴，旋厅天上做遨游。

四咏水泥二首

（2014 年 9 月 16 日）

紧抱钢筋凝枕木，齐挑重轨赴征途。

穿山越涧铺高铁，福惠人间苦自娱。

望重德高有气场，招呼砂砾聚机膛。

翻山越岭奚辞苦，铺就通途绾县乡。

五咏水泥二首)

（2014 年 9 月 24 日）

九九曾经苦难多，洪炉烈火未销磨。

却余胆小淘将尽，再聚功深作浩歌。

金身铁骨入洪炉，饮火吞雷炼粉躯。

藐视廿八星宿将，新生智勇改天殊。

六咏水泥二首

（2014 年 9 月 29 日）

石顽砂散经招手，紧聚纷纷拱纵横。

厚意深情邀铁骨，南沙远赴筑长城。

已历老君炉内火，千难万险敢亲临。

灰头土脸寻常价，堪媲黄金赤子心。

咏砖二首

（2014 年 9 月 27 日）

窑中浴火面如丹，方正平生气量宽。

地位高低非计较，随楼步步耸云端。

一块红砖一个兵，千兵凝聚矗长城。

烽台夜贯风如鼓，猛擂频催掣海鲸。

钢筋弯曲机二首

（2014 年 10 月 1 日）

骨肉敦实收臂膀，旋程按步隐悍拳。

钢筋勇赴劳弯曲，为送高楼上碧天。

灰身笨脑又粗头，出手方知臂力遒。

巧把钢筋弯似月，心中九九已先筹。

咏桥墩三首

（2014 年 12 月 20 日）

人生幸站江边岗，重负千斤岂可推。

叠起洪峰如倒海，脚跟扎稳不心哀！

惯于雪打霜风劲，荷重双肩立水湾。

力挺合当唯使命，千难万险咬牙关。

别想逍遥一瞬间，春来野外采花环。

如逢解脱轻松日，身价归零废物闲。

架电竹枝词三首

（2015 年 1 月 1 日）

郎栽铁塔后山巅，妹在前山把线牵。

陡涧千寻难越过，可凭银线系姻缘？

喊话两山可听迟，往来小跑袋烟时。

妹将鲜荔剥红壳，颗颗心儿远送谁？

面对两山尽木材，蔸蔸梓树对杉栽。

风来杉树心难定，梓树黄花怎自开？

莲塘竹枝词五首

（2015 年 1 月 2 日）

穿林旭日照村边，阿妹漂衣跳板前。

打草阿哥抬眼望，荷塘又放一枝莲。

阿哥采藕在荷田，阿妹帮忙把藕湔。

长藕对中轻折断，藕丝不断眼心连。

糍粑藕炸味香清，趁热招郎岸品评。

阿妹有心掺蜜汁，云空万里是真晴。

郎要选妻观岳母，勤劳孝义可家传。

房头一鉴池塘水，端正荷花长好莲。

阿哥晨过妹塘边，喜见荷苞欲放妍。

哥要下塘摘一朵，妹嗔无藕莫偷莲。

菜园竹枝词五首

（2015 年 1 月 3 日）

肥料郎挑半担灰，塍弯路窄点烟来。

拦将阿妹悄悄语，日落回家送紫梅。

妹摘辣子半竹箩，忽听风轻远送歌。

缕缕青丝飘额角，手遮日照望情哥。

围墙外地种丝瓜，拔节青春满架花。

唯有一茎知妹意，牵丝攀越向郎家。

菜园里面架篱樊，两小无猜戏窄门。

待妹省城今毕业，村中共理小新园。

园中阿妹摘花菜，咫尺郎勤打药茄。

妹问中餐拿哪种？今宵只取妹回家。

磨坊竹枝词二首

（2015 年 1 月 4 日）

郎勤推磨妹帮添，不紧不松日落巅。

阿妹催郎学此磨，一通心眼两团圆。

不能小看磨沟窝，前后推拉转动多。

懒汉犹如头顶磨，春夏秋冬受活磨。

垃圾桶二首

（2015 年 1 月 15 日）

无言默默立街头，纳秽吞污永不休。

垢面寻常君莫笑，忠心全为市容优。

屋角桌边随意蹲，瓜皮纸屑尽收存。

利人我自甘污秽，换取人间寓净园。

采茶妹二首

（2015 年 3 月 11 日）

茶畦百里美如何？嫩绿琴台架巨坡。

村女心灵尤手巧，弹成春韵和山歌。

自是繁忙快乐多，青阳处处映秋波。

山乡撷取春芽嫩，城市坊间风味多。

成都竹枝词

（2015 年 3 月 22 日）

三顾冒菜雅俗香，麻非刺嗓辣何妨？

礼贤下士餐回味，团队常新正气扬。

【注　释】

［1］成都冒菜就像火锅一样，也是香辣可口的一种美食。所谓冒菜，就

是把各种素菜荤菜：豆芽、藕片、豆腐、鸡肉、猪肉、牛肉等，放在一个用竹编的"帽子"里，然后放在一锅辣的老汤里面去煮，煮熟之后，再撒上一点佐料，就可以有滋有味地吃了。

竹枝词·桓仁逢财神节二首

（2015 年 9 月 4 日）

西山日近闻硝味，八卦城中炮响稀。

道是经营多落寞，财神生日礼轻微。

往年近午守阶前，掐表迎神要竞先。

今岁鞭花燃怠慢，人间几不重金钱？

【注　释】

[1] 财神节：传说农历七月二十二日，是财帛星君李诡祖的祭祀日。所有经营商户，都要大放鞭炮，感谢财神的到来，感谢亲戚朋友大力支持。在桓仁县，鞭炮自午后开始，一直延续到晚上。

[2] 2000 年春，北京大学考古专家王恩涌、吴必虎到桓仁考察时意外发现，桓仁县城是一个"八卦城"。桓仁古城旧址虽然已经被建为马路或民宅，但其格局却依然保持着八卦的形状，航拍可以看到完整的八卦图形，县城内几条独有的斜巷也都是八卦城的产物。桓仁古城建于清朝，桓仁八卦城与周围太极形状的浑江水构成了世界上绝无仅有的"太极八卦城"。

铁路测量竹枝词二首

（2015 年 11 月 8 日）

三脚架装全站仪，非攀峻岭望新奇。

公司新配千里眼，铁路穿山行不迷。

测工汗滴撒珍珠，万盏路灯照通途。

此处完工捆行李，动车千里送荒区。

【注　释】

［1］第一首第三、四句为拗救，以第四句第五字"行"（应仄而平）救第三句"里"（应平而仄），使全诗合乎格律。

铁路架桥竹枝词二首

（2015 年 11 月 11 日）

云雾拨开探壑情，河宽浪恶险沟惊。

多年铁脚横空跃，架起长虹万里程。

峭壁奇峰险若何？任由脚板踏飞梭。

千山万壑倾情待，一步深窝一路歌。

隧道电工竹枝词二首

（2015 年 11 月 12 日）

山心谁在拨灯旋？换月摘星到掌前。

本是幽深长暗道，凭君灵巧灿晴天。

隧道延深不蹭磨，长廊迅速扯银河。

人机默契谋高效，全赖身施解数多。

架桥机竹枝词二首

（2015 年 11 月 15 日）

山间铁路挽峰奇，千尺墩高笔挺威。

谁敢叼梁横臂跨？拨云唯我架桥机。

铁脚一伸超百米，高扬巨臂抱箱梁。

白云洗脸清心际，翘首群山细考量。

炊事员竹枝词二首

（2015 年 11 月 16 日）

青藏高原建伙房，温泉流入灶台旁。

白云扯朵压锅盖，铁路员工饭菜香。

江南大米北方面，共煮青春火焰长。

天路神奇今越岭，高原雪域送安康。

【注　释】

［1］青藏铁路东起西宁，西至拉萨，全长 1956 千米。中铁十八局集团承建第九和第十八两个标段，北起唐古拉山垭口，南至西藏自治区安多县，全长 80 多千米。第十八标是全线平均海拔最高标段，包括 5072 米的世界铁路最高点和 5068 米的世界铁路最高火车站、进藏第一大站安多火车站。

安家竹枝词二首

（2015 年 11 月 19 日）

才离青藏又天山，新建板房戈壁滩。

疆北疆南开隧洞，春风从此度崇峦。

天山隧道特神奇，终岁如蒸热汗随。

美酒葡萄勤待客，红山温暖送新知。

【注　释】

[1] 红山：指火焰山。新疆火焰山是吐鲁番最著名的景点之一。其位于吐鲁番盆地的北缘，古丝绸之路北道，主要由中生代的侏罗纪、白垩纪和第三纪的赤红色砂、砾岩和泥岩组成。当地人称它为"克孜勒塔格"，意即"红山"。

[2] 中天山隧道：南疆铁路吐鲁番至库尔勒新增二线全长 334 千米，穿越吐鲁番和巴音郭楞蒙古族自治州，为双线Ⅰ级电气化铁路。中天山单线隧道左线和右线长度分别为 22.449 千米和 22.467 千米，分别由中铁十八局和中铁隧道局承担施工，于 2007 年 5 月 1 日开工建设，分别于 2014 年 2 月 28 日和 2013 年 9 月 16 日贯通。

隧道炮工竹枝词二首

（2015 年 11 月 21 日）

两芯线尽接神箱，灵钥轻插右转挡。

身后爆声传阵阵，硝烟散处坦途长。

千丈悬崖装药忙，系腰绳索荡云翔。

山鹰脚下穿行劲，欲看惊天爆破场。

柳枝词·满族崇柳三首

（2016 年 4 月 29 日）

桓仁满族发源地，崇柳传承风俗淳。

行祭春分施大礼，精神倚赖有忠魂。

浑江水暖柳先知，冰释秃条未觉迟。

起舞欢迎青帝驾，城乡满目看丰姿。

连衣裙绿爽心房，夏日炎炎喜送凉。

时序匆匆登雪季，柳留春绿敌寒霜。

桓仁采茶歌十二首

（2016 年 5 月 5 日）

小序：近日读《中国民间文学集成·辽宁卷》桓仁资料本歌谣部分中的
民歌，其中采茶歌有 15 首，每首只有第一句与采茶有关，其余是东一句西
一句，不知所云。如第一首："正月里采茶是新年，二十四个差女打秋千。刘
全进瓜游地狱，借尸还魂李翠莲。"第四首："四月里采茶茶叶团，老爷勒马
斩貂蝉。貂蝉美女被刀斩，急得张飞打转转。"因此，我重新想象和创作，成
12 首新民歌。

正月采茶正过年，雪冬闭户属闲天。

藤筐编制爹传艺，最喜修筐结妹缘。

二月采茶未发芽，佳人出阁许谁家？
诗赋三篇我写就，弯弓桑木定无差。

三月采茶嫩芽青，姐妹心灵绣枕新。
大姐绣出茶花朵，妹绣英俊采花人。

四月采茶绿茶枝，勒马老爷娶西施。
美女西施爷强娶，情哥如蚁热锅炊。

五月采茶叶偏长，打水井边李三香。
打水三香多受苦，磨房帮助有刘郎。

六月采茶暑难当，情郎打伞送清凉。
婉转山歌含爱意，一来二去醉心房。

七月采茶节相期，牛郎织女手牵随。
仙侣能获团圆日，人间何故忍分离？

八月采茶茶叶老，茶花艳丽日晖斜。
妹心空落垄头望，已悔矜持误李家。

九月采茶望重阳，已结良缘不可荒。
冰雪严霜经考验，菊花泡酒更芬芳。

十月采茶十月一，祖先烧送御寒衣。

高堂朗健须行孝，时日催人切莫迟。

十一月采茶雪路封，有志男儿不猫冬。

仙草人参销省外，钱财赚得富从容。

十二月采茶气候寒，妹子在家绣牡丹。

牡丹绣在窗帘上，看花容易采花难。

【注　释】

　　[1]猫冬：东北方言。躲在家里过冬。泛指躲在家里不出门。"猫"在东北方言是"躲藏"的意思，用作这个意思时，"猫"的主语一般是人。有时也用来形容经济形势不好时企业所采取的谨慎策略。

第二节　张湘平竹枝词选

　　张湘平，1993年3月18日出生于内蒙古赤峰市古山镇，湘籍。2015年7月毕业于天津科技大学和美国纽约州库克大学，分别获得经济学与管理学双学士学位。8月在中铁十八局集团国际工程公司参加工作，分配到迪拜分公司卡塔尔项目部，从事办公室、人力资源工作和海外工程承揽风险、成本控制研究。2019年8月调到国际工程公司，从事工会财务和经济管理工作。

　　在工程管理方面，系国家房建一级建造师。参编《铁路建设项目水土保持施工及验收规程》（负责收集、整理和翻译国外铁路建设领域水土保持方面的先进技术、工法等成果，结合国内实际情况，提出建设性撰写和修改意见），于2020年12月23日由中国铁建（2020）172号文发布，2021年5月1日开始实施，并由人民交通出版社出版。

在创造发明方面，系中国发明家协会会员。获得国家知识产权局授权实用新型专利8项、发明专利3项，获得国际发明专利25项。

在文学创作方面，系天津市作家协会会员。在《工人日报》《人民铁道》《中镇诗词》《艺术家》《中国铁道文艺》《沈阳铁道报》等报刊发表诗词、散文、新诗20多篇和中篇小说《秋风起》，出版新体诗集《意象世界》、旧体诗词集《丝路雅韵》。

在翻译文学方面，翻译出版《泰戈尔〈飞鸟集〉汉译七言绝句》《勃朗宁夫人〈十四行诗集〉汉译七言律诗》等。

竹枝词·跑马山二首

（2016年3月26日）

一座丘山一朵云，飞歌大胆数郎君。

溜溜云彩跟人走，姐唱溜溜巧对殷。

郎歌姐对启心扉，策马春风姐自飞。

郎跃新鞍云彩踏，千追万堵马双归。

【注　释】

　[1] 跑马山：位于四川省甘孜藏族自治州康定市城南，系贡嘎山向北延伸的余脉。山势奇异、风景秀丽，城依傍着山，山护卫着城。"跑马溜溜的山上，一朵溜溜的云哟。"一曲康定情歌使得跑马山名扬世界。跑马山，藏名为拉姆则，意为仙女山。因山顶有湖泊五色海，故又名五色海子山。

竹枝词·狗不理二首

（2016 年 6 月 7 日）

怪诞名称似骂人，大俗含雅典传新。

褶形美味招食客，唠就天津名片珍。

最是桌前演技丫，车推馅面脸含花。

兰花指翘旋如塑，磁引餐楼亮眼斜。

竹枝词·云南见怪九首

（2016 年 9 月 27 日—10 月 1 日）

鸡蛋用草串着卖

鸡蛋十枚草串编，跨肩戴笠走山川。

赶集廿里醇醪换，疑卖调肴大蒜鞭。

米饭饼子烧饵块

饭团棒捣匀圆饼，炭火泥炉小烤香。

饵块出锅勾欲望，解馋携带两如常。

三只蚊子炒盘菜

森林沟壑蚊虫大，炒上三只满菜盘。

利嘴须臾穿草帽，人头吮血热天寒。

石头长到云天外

石头谁种满丘深，长至云天更百寻。

鬼斧神工留胜景，千年观止赏石林。

摘下草帽当锅盖

落日收工备晚餐，辣椒爆炒腊条干。

摘来草帽将锅盖，烹菜清香佐酒欢。

四季服装同穿戴

太阳偏爱数云南，气候平和有内涵。

半袖裙装棉被厚，同穿四季沐晴岚。

种田能手多老太

高原险峻历勤劳，勇敢山民志气高。

春播秋收常自给，艺多老太逞英豪。

竹筒能做水烟袋

竹筒盛水袋烟长，吸倒长江口味香。

汩汩泉声尤动听，滤清毒素送安康。

袖珍小马有能耐

天意赠人小马贵，土生土长个头微。

远行载物平常事，峻险高山健步飞。

【注　释】

［1］饵块或做、或切片、或切丝，或烧、或煮、或炒、或蒸，既方便，

又好吃，还禁饱。烧的就叫烧饵块，煮的就叫煮饵块，炒的就叫炒饵块，蒸的就叫蒸饵块……云南是古人类的发祥之地，水稻栽种历史悠久。每逢新粮丰收，农人都要做些饵块，作为春节、中秋等节日馈赠亲友的食品，称为"饵馈"，时间一久，老百姓就把它谐称为饵块了。

春秋战国前，就有人会做饵块。《周礼》记载了饵块的制作方法："把稻米淘洗干净，放在锅里煮熟，然后取出捣烂，制成饼状即可。"几千年前的制法，和现在的制法基本一致。

竹枝词·云南说怪九首

（2016 年 10 月 3 日—10 月 4 日）

蚂蚱能做下酒菜

丘山蚂蚱夏秋肥，油炸黄香满屋帏。

晚串邻居三碗酒，星随踉跄草扶归。

常年都出好瓜菜

气候温和土地肥，瓜蔬籽种长芳菲。

天怜四季多蔬菜，换取油盐酱醋衣。

好烟见抽不见卖

年度温差输昼夜，土肥湿润利烟农。

卷烟一品抽豪放，困惑周边买未逢。

茅草畅销海内外

植物王都曲径遥，香茅草向美欧销。

瓢鸡美味添加剂，炭火翻烧嫩馥焦。

火车没有汽车快

路险山高行外苦，火车吃力绕溪流。

岭腰修就毛坯径，汽运扬尘赛上游。

娃娃出门男人带

山中汉子善持家，出外娃娃背篓斜。

满手提兜挥汗雨，娇妻踵后走生涯。

山洞能跟仙境赛

住所荒偏地下宫，神奇造化赖天工。

仙游一日云霄外，千载遗人眼界空。

过桥米线人人爱

米线飞桥究几何？稻浆生菜肉调和。

鸡汤滚烫佳风味，勾引神州顾客多。

鲜花四季开不败

花仙四季住云南，美景宜人引究探。

西北寒流来五岭，怜香不忍下滇坛。

【注　释】

［1］草扶归：在南方山区，人行小道曲折、坡陡，路两边青草长势茂盛，早晨露水很多，人喝酒醉了，是要抓着草走路的。

［2］云南第十怪：茅草畅销海内外。在普洱市、西双版纳州和临沧市，

生长着一种个头很小的鸡，叫"瓢鸡"。杀好瓢鸡，把香茅草，和着辣椒、八角、草果等一干香料塞进鸡腹，木炭火上翻来覆去烤到皮焦里嫩浓香四溢。

　　［3］云南第十四怪：火车没有汽车快，我国在 2008 年前修建的普通铁路，时速一般为 40—60 千米，在云南多高山峻岭，铁路一般沿曲折的河流修建，车站又多，跑得更慢。现在经过云南的高铁有沪昆高铁、云桂高铁，正在修建和即将修建的国际铁路有中老高铁、中泰高铁，时速 250—350 千米。

咏千斤顶四首

（2016 年 12 月 17 日）

身若孩童气若虹，千斤重负显精忠。
临危倘乏支撑劲，化险安全保障空。

宁断非弯品性殊，累加负荷不踟蹰。
从无重赏依然勇，盖世功成躲库隅。

为施特技遇平台，基础坚牢可去灾。
荣辱终生持定力，迎难力挺起崔嵬。

坐正不疑影子斜，取人以貌未咨嗟。
心贪倘灌廉油腐，重负前程自毁家。

桥墩打桩机三首

（2016 年 12 月 31 日）

铁道箱梁重万钧，撑天拔地委墩身。

为求站稳河坡脚，倚仗桩机钻孔辛。

四两千斤拔地频，泥浆转浪猛催春。
沉雷击鼓深山应，伟绩丰功掩厚尘。

闷响锵咚破早曦，半身霜雪半身泥。
钢筋砼灌桥墩耸，洗净污躯退隐栖。

【注　释】

[1] 箱梁：桥梁工程中梁的一种，内部为空心状，上部两侧有翼缘，类似箱子，因而得名。分单箱、多箱等。钢筋混凝土结构的箱梁分为预制箱梁和现浇箱梁。在独立场地预制的箱梁结合架桥机可在下部工程完成后进行架设，可加速工程进度、节约工期；现浇箱梁多用于大型连续桥梁。目前常见的以材料分，主要有两种，一是预应力钢筋砼箱梁，一是钢箱梁。预应力钢筋砼箱梁为现场施工，除了有纵向预应力外，有些还设置横向预应力；钢箱梁一般是在工厂中加工好后再运至现场安装，有全钢结构，也有部分加钢筋砼铺装层。

竹枝词·过达坂城四首

（2017年4月12日）

骠马大店
峡谷天山最险关，终年不绝大风环。
丝绸骠马曾歇脚，几度兴衰石路删。

今日小镇

柏油马路穿城镇，馆店歌厅立两旁。

最是新疆拉面热，辣香劲道味悠长。

车夫之歌

车夫曲调悦人心，天纵歌王改造深。

绝配维家新舞蹈，天南地北唱如今。

雕塑群像

神采飞扬驾马车，姑娘与妹嫁妆华。

若非同伴轻提醒，欲索新娘闹晚霞。

【注　释】

[1] 拉面：当地达坂城叫拉条子。

[2] 车夫之歌：即《马车夫之歌》，也就是王洛宾改编的《达坂城的姑娘》。王洛宾（1913年—1996年），名荣庭，字洛宾，曾用名艾依尼丁，汉族，出生于北京，中国民族音乐家。1934年毕业于北京师范大学音乐系。1938年在兰州改编了新疆民歌《达坂城的姑娘》，便与西部民歌结下了不解之缘，并将一生都献给了西部民歌的创作和传播事业，有"西北民歌之父""西部歌王"之称。1988年9月，王洛宾荣获中国人民解放军胜利功勋荣誉奖章。1991年，享受国务院政府特殊津贴。主要作品有《在那遥远的地方》《半个月亮爬上来》《掀起你的盖头来》《阿拉木汗》《在银色的月光下》等。

[3] 维家：即维吾尔族。

竹枝词·湘西苗家四月八三首

（2017 年 5 月下旬初稿，8 月 10 日修改）

跳花四月李枇黄，千里苗山节日狂。

水笑林蹈蝉鸟唱，人流滚滚入花场。

相传古代官衙霸，窜入花场抢美人。

小伙亚努骠悍勇，抗强除暴勇成仁。

悼念英雄觅自由，湘黔川鄂聚优游。

相思亭上歌喉亮，娃洞神奇恋会羞。

【注　释】

[1] 跳花："四月八"是苗族人民的祭祖节、英雄节和联欢节。相传是苗族同胞为纪念英雄"亚努"，追思他的英勇业绩的重要节日。中华人民共和国成立后经国家民委批准，将"四月八"定为苗族的节日。凤凰县民族风情浓郁，每年农历四月八，苗族男女青年都要来到跳花坪跳花跳月，赶"苗族边场"，尽情对歌跳舞，谈情说爱。随着时间的推移，跳花节内容不断充实，如苗族"苗狮""唢呐""木叶""接龙舞"等具有民俗风情的活动。

竹枝词·湘西苗寨赶秋三首

（2017 年 8 月 15 日）

再忙农事立秋停，换上新装悦耳铃。

结伴欢颜秋热闹，喧天锣鼓若雷霆。

秋婆稻穗高高举，包谷秋公双手擎。

男女欢呼秋架聚，收成今岁听估评。

秋架三层十米余，纺车形状坐八居。

人工转动谁停顶，亮起歌喉爱意抒。

竹枝词·湘西土家提前过年三首

（2017 年 8 月 18 日）

祖先打仗到年关，被困重重两雪山。

将士提缨年酒壮，挥刀杀敌喜家还。

纪念军功卫土司，吉祥插屋野猫枝。

提前两日年先过，团徽炸完烤糯糍。

除夕依然守岁同，篝塘火旺运来鸿。

家家子夜鸣鞭炮，财纳开恭喜气隆。

竹枝词·江华瑶族赶鸟会三首

（2017 年 3 月下旬初稿，8 月 20 日改定）

敬鸟年年二月初，瑶山禁忌不行虚。

向天户主禽福祝，夜烤糍粑慢唉舒。

比鸟由来戏重头，笼双搏斗掌声稠。

英雄鸟出红花戴，冠主凯旋奖牯牛。

青年男女频歌鸟，喜借歌声互吐衷。

平地山头心有意，今生牵手两情融。

【注　释】

[1] 禁忌：即当地在赶鸟会期间的习俗，有"三不准"：不准推磨，不准舂米、不准洗衣。

[2] 冠主：英雄鸟的第一名主人。

竹枝词·靖州侗族姑娘节四首

（2017 年 5 月下旬初稿，8 月 23 日修改）

相传古代有宜娘，哥禁罗城面色黄。

乌煮六升三斗饭，入牢勇破柳州墙。

饭后宜娘哥力勇，柳州射箭报侗乡。

桂林飞过穿山落，桥入西河半截长。

节日农忙四月八，嫁人少妇返娘家。

密厨姐妹蒸乌饭，共享人人智慧加。

节余乌饭带男乡，慨赠亲朋友善夸。

智惠娘宗福祉旺，分将一捧旺婆家。

【注　释】

[1] 乌饭：指乌饭节，畲族每年农历三月初三举行，苗、瑶、侗族人

民为纪念或悼念自己的祖先，每年农历四月八日举行。畲族百姓欢度"乌饭节"，家家都做乌米饭，全家共餐，馈赠亲友。乌饭是畲族人用山上的一种叫乌稔树的野生植物，取叶煮汤，然后将糯米泡在汤里数小时捞起，放在木甑里蒸熟而成。这种乌米饭色泽蓝绿乌黑，并带油光，吃到嘴里香软可口。由于乌稔有防腐、开脾作用，将乌米饭用苎麻袋装起来，挂于通风阴凉处，数日不馊。如果再加上猪油熟炒，更加味美可口。因此有"一家蒸十家香"之说。

[2]惠：惠及。

竹枝词·故乡圆井三首

（2017 年 12 月 9 日）

圆井岩泉数丈深，夏凉冬暖润身心。

清晨傍晚喧声笑，桶满飞珠稳足音。

石砌圆台踩越新，杉高掩映绿波邻。

秋来糯米温柔洗，酿酒山香品味醇。

今朝游子探家亲，水更清甜景更新。

塔起井边楼嵌管，阀门开处送泉频。

竹枝词·故乡牵瓜藤二首

（2005 年 4 月 20 日初稿，2017 年 12 月 12 日修改）

谷雨春温喜种瓜，清明时节架搭斜。

苗伸嫩手朝天举，抓住绳藤奋力爬。

冷清瓜架唤春回，花蕊含羞叶挡腮。

唯有勤蜂多计策，栖藤倚待自行媒。

竹枝词·忆故乡禽畜图二首

（2017 年 12 月 14 日）

栏里黄牛啖草堆，圈中午睡两猪偎。

鸭小绒黄抬望眼，鸡群刨土蚯粘灰。

堂门敞半步徐徐，祖母眉开脸靥舒。

小狗偏头观动静，公鸡引颈唱新居。

孝芳冲采茶歌三首

（2017 年 12 月 16 日）

朝阳起，夕露收，山寨茶园鸟语稠。

嫩叶纤枝拉手过，红衫花袖雾中浮。

山女摘茶挎竹篓，轻盈碎步指纤柔。

井湾采罢畦畦绿，牛寨悄悄墨绿抽。

歌罢新芽采满篓，对山投影促工收。

泉声鸟韵轻言别，晚起山风摆手遒。

孝芳冲放蜂歌三首

（2006 年 3 月 28 日初稿，2017 年 12 月 18 日修改）

山鸟修巢绿树啾，北归双燕觅泥沟。

放蜂父子茶林转，手握新刀选地幽。

扁担闪，步轻悠，挑得蜂箱上凹丘。

茶树花苞羞欲放，风将香信送郎收。

采花高手起清晨，秘密闺房进出频。

盖世风流勤酿蜜，青山秀水养乡人。

竹枝词·天津旧年味四首

（2018 年 2 月 14 日初稿，3 月 1 日修改）

隔年饭

除夕团圆米饭香，盛将一碗隔年尝。

从前温饱天难事，讨个吉言有剩粮。

留垃圾

大年子夜连双岁，天黑停止扫炕沿。

物什尘灰皆贵重，垃圾留放到明年。

饺新盖

包饺大年新盖摆，上插红纸石榴花。

厨房摊得人难进，灶火催锅热气斜。

送盆花

点心桂顺贯津关，手捧鲜花绽笑颜。

年拜精神兼物质，春天气息共回环。

【注　释】

[1]子夜：也叫夜半、中夜。是十二时辰的第一个时辰。子时指一天中离太阳最远的时段，即 23:00—01:00，正子时为 00:00。十二时辰，是中国古人根据一日间太阳出没的自然规律、天色变化以及自己日常的生产活动、生活习惯而归纳总结、独创于世的。十二时辰独特、历史悠久，是中华民族对人类天文历法的一大杰出贡献，也是灿烂的文化瑰宝之一。

[2]桂顺：天津桂顺斋，是一个拥有80多年历史的老字号店铺。以经营各式清真糕点而闻名，是回族人刘星泉于1924年始创。主要著名产品有：萨其马、蜜麻花、一品桃糕。

竹枝词·天津新年味四首

（2018 年 2 月 15 日初稿，3 月 3 日修改）

异地守岁

春节回家天大事，人拥路上苦折腾。

近年逆向谋迁徙，异地迎亲守岁灯。

年饭新变

年夜团圆饭格高，旧时采作主厨劳。

今宵宴会餐厅订，妇女新衣共酒醪。

新样红包

短信拜年退舞台，轻操微信送福陪。

大红大紫红包发，长辈延年小辈财。

禁放鞭炮

鞭响钟声年味多，火灾伤痛似干戈。

昔年霾雾家园毒，今换天蓝气息和。

【注　释】

［1］据报道，天津市 2018 年春节期间禁止放烟花爆竹，在 2 月 15—16
日，市公安局 110 接报警火灾 13 起，同比去年下降 79%，除夕当天，全市各
医院未接待因燃放烟花爆竹致伤者。

竹枝词·当金山上过元宵二首

（2018 年 3 月 2 日初稿，3 月 10 日修改）

险峻不毛山万丈，终年积雪更无人。

紧修隧道穿峰过，为引春风惠藏民。

彩球色带进福区，包饺元宵气氛殊。

更有妻儿栖逆向，冰山冻岭变通途。

【注　释】

［1］当金山隧道：由中国铁建承建的敦格铁路控制性工程——当金山隧

道穿越祁连山、阿尔金山的分水岭当金山，海拔3648米，是目前亚洲已建及在建最长单洞单线隧道，全长20.14千米，隧道工程总投资12.6亿元。当金山隧道工期6年，采用"3斜井＋进口局部平导＋2通风竖井"方案，最大埋深764米，自2013年4月开工，建设者克服严寒、高海拔、地质复杂、涌水不断等重重困难，预计2019年1月全线贯通。

　　[2]福：指贴"福"字。

新童谣三首

（2018年6月8日）

鸡　蛋

蛋白柔和藏内壳，蛋黄耀眼躺中央。

宛如云雾相牵手，共抱清晨小太阳。

绵　羊

头羊五月闻春讯，领队离栏啃草鲜。

帽袄身身穿戴反，此起彼伏笑声连。

小　狗

聪慧温柔家小狗，淡黄绒尾充纤手。

我忙客到代相呼，晃尾伸头迎老友。

【注　释】

[1]五月闻春讯：写的是内蒙古、青海、新疆、西藏等地草原。

[2]伏：fú，旧读入声，今读平声。

后记：意犹未尽写尾声

张　馨

这本《竹枝词创作技法》专著的写作缘起有三：

第一，近两三年，我在业余时间阅读了许多竹枝词，如丘良任等主编《中华竹枝词全编（全七册）》、李廷锦《历代竹枝词赏析》、孙旭升《竹枝词名篇译注》、曾祥主编《常德古今竹枝词选》、航羽《历代竹枝词选》等，发现许许多多名篇佳作，创作技法令人眼前一亮，于是随手记录下来，积累了上百种方法。我感到有必要总结一下。

第二，一年多来我读了不少竹枝词理论专著，如谭继和《竹枝成都：本土文化的经典记忆》、孙杰《竹枝词发展史》、王慎之《竹枝词研究》、程洁《上海竹枝词研究》、朱易安《竹枝词及其近代转型研究》、尹德翔《晚清海外竹枝词考论》等，但没有发现对竹枝词创作技法和章法进行研究的专著面世。

第三，因主持修建郑万高铁，我在湖北保康县暂居三年多来，阅读了徐明庭《湖北竹枝词》、陈荣华《武汉竹枝词史话》、徐明庭《民初罗氏汉口竹枝词校注》、方祥华《洪山竹枝词》、武汉市乔口区委编《汉正街竹枝词》、刘啟超《东湖竹枝词》、沙月《沙月竹枝词》等，尤其是武汉以沙月为首成立的竹枝词学会，对有关竹枝词讲座、竹枝词学术研讨、竹枝词专集进行集体审稿等，提供了很好的平台。针对竹枝词创作技法，我经过检索，发现只有发表在报刊的少部分文章，没有专门著作，更没有系统总结和深刻阐述创作方法论方面的专著出版。

因此，我结合自己多年创作竹枝词的经验，通过阅读大量竹枝词，萌生了这本专著的写作计划。

当本书杀青时，虽然已经总结提炼了 72 技法（子目 168 法），但细分还能写出好几种技法来。同一技法中的子目，例如《第 68 法：觉察创新·错觉创新》中，还可以分为运动错觉、时间错觉、空间错觉等二级子目。

为此我感到有些遗憾。但后来又想，文学包括竹枝词创作，作者总是先自觉或不自觉地写出作品来，研究者才去分析、挖掘和总结其创作方法。每个时代，甚至同一时代的不同时期，作家均不断地在创新。写前人不曾写过的题材，用前人未曾用过的方法，是脱胎换骨的创新；写别人写过的题材，用别人用过的方法，但匠心独运，亦可出奇制胜。随着社会的不断进步和科技的迅猛发展，创作经验的积累和创作技法的总结也是不断增加的。所以我的这种遗憾也就释然了，遗漏的方法及以后新发现的技法，留待今后再补充，但永远无法完善。

这本专著在定稿过程中，冷阳春先生不顾身残卧床多年，认真帮助审核、修改全稿两遍，校改了多处错误和不妥的地方，并用竹枝词三首赐序。我在修建田桓铁路结识的东北作家张树伟先生，他亦雅好竹枝词创作，并有《满乡柳枝词》出版。他仔细阅读了拙著，热情洋溢地给予了高度评价，同时提出了一些具有建设性的建议，我酌情采纳并进行了修改。他在春节期间的忙碌之中，拨冗为我撰写了序言。在此，我谨向他们深表感谢！

另外，本书在写作过程中，参考了现当代一些学者对竹枝词的研究成果，引用了现当代一些作家所创作的已出版、发表（纸质或电子版）的竹枝词佳作，一并向他们致以最诚挚的谢意！

2022 年 2 月 12 日于湖北保康县

参考文献

［1］程洁.上海竹枝词研究[M].上海：上海社会科学院出版社，2014.

［2］陈荣华.武汉竹枝词史话[M].武汉：武汉出版社，2016.

［3］曾祥永.常德古今竹枝词选（常德市刘禹锡研究系列丛书之四）[M].长沙：湖南人民出版社，2015.

［4］刘航."闻道唱竹枝"——风俗专用诗体之滥觞[J].四川大学学报，2005（5）.

［5］郭茂倩.乐府诗集[M].北京：中华书局，2003.

［6］杨燮.锦城竹枝词，嘉庆九年刻本[M].1804.

［7］孙杰.竹枝词发展史[M].上海：世纪出版集团上海人民出版社，2014.

［8］张馨.萍踪留影[M].北京：中国文联出版社，2016.

［9］朱易安.竹枝词及其近代转型研究[M].上海：上海古籍出版社，2020.

［10］王慎之，王子今.竹枝词研究[M].泰安：泰山出版社，2009.

［11］谭继和.竹枝成都：本土文化的经典记忆[M].成都：四川人民出版社，2008.

［12］林孔翼.成都竹枝词（增订本）[M].成都：四川人民出版社，1986.

［13］段天顺.漫话竹枝词[J].北京：北京诗苑，1997（1）.

［14］李廷锦.历代竹枝词赏析[M].南宁：广西教育出版社，1992.

［15］龚国光.诚斋体与俗文学——杨万里诗歌创作再认识[J].江西社会科学，1999（3）.

［16］顾炳权.上海历代竹枝词[M].上海：上海书店出版社，2001.

［17］孙杰.竹枝词发展史[M].上海：世纪出版集团上海人民出版社，

2014.

　　［18］谢天开 . 蜀都竹枝：竹枝词中的民俗万象 [M]. 成都：西南交通大学出版社，2019.

　　［19］李孝友 . 清代云南民族竹枝词诗笺 [M]. 昆明：云南人民出版社，2015.

　　［20］北京诗词学会 . 竹枝词新唱 [M]. 北京：京华出版社，2007.

　　［21］潘超，孙忠铨，朱锦翔 . 安徽古典风情竹枝词集 [M]. 合肥：安徽文艺出版社，2014.

　　［22］汤和伟 . 绝句创作百法 [M]. 北京：中华诗词出版社，2008.

　　［23］杨小源 . 竹枝词写作技巧探讨——竹枝词十六法 [J]. 北京诗苑，2009（4）.

　　［24］李增山 . 竹枝词品赏 [J]. 北京诗苑，2010（4）.

　　［25］李廷锦 . 历代竹枝词赏析 [M]. 南宁：广西教育出版社，1992.

　　［26］孙旭升 . 竹枝词名篇译注：孙旭升名篇译注系列之四 [M]. 上海：上海世纪出版股份有限公司上海书店出版社，2015.

　　［27］北京诗词学会 . 竹枝词新唱 [M]. 北京：京华出版社，2007.

　　［28］顾希佳 . 西湖竹枝词 [M]. 杭州：浙江文艺出版社，1983.

　　［29］沙月 . 沙月竹枝词 [M]. 武汉：崇文书局，2012.

　　［30］曾祥永 . 常德古今竹枝词选（常德市刘禹锡研究系列丛书之四）[M]. 长沙：湖南人民出版社，2015.

　　［31］杨逸明 . 当代诗词百首点评 [M]. 北京：中国书籍出版社，2019.

　　［32］陈荣华 . 武汉竹枝词史话 [M]. 武汉：武汉出版社，2016.

　　［33］程洁 . 上海竹枝词研究 [D]. 上海：华东师范大学，2010.

　　［34］李廷锦，李畅友 . 历代竹枝词选 [M]. 南宁：广西人民出版社，1987.

　　［35］航羽 . 历代竹枝词选 [M]. 长沙：湖南文艺出版社，1987.

　　［36］八大少（于浩）. 新诗创作技法 [M]. 北京：线装书局，2015.

　　［37］李鹏飞 . 意趣其里，天然物外——古代诗歌的写景佳句 [J]. 名作欣赏，2010（4）.

　　［38］朱易安 . 竹枝词及其近代转型研究 [M]. 上海：上海古籍出版社，2020.

　　［39］陈林 . 意趣其外，卓识其中——简评大型系列辞书《语林趣话》[J].

阅读与写作，2009（1）.

［40］王广福，蓝锡麟，熊宪光.中国三峡竹枝词[M].重庆：重庆出版社，2005.

［41］孔煜华，孔煜宸.江西竹枝词[M].北京：学苑出版社，2008.

［42］冯振.诗词作法举隅[M].北京：中央文献出版社，2005.

［43］王永义.格律诗写作技巧[M].青岛：青岛出版社，1996.

［44］罗汉著，徐明庭，张振有，王钢.民初罗氏汉口竹枝词校注[M].武汉：武汉出版社，2011.

［45］雷梦水，潘超，孙忠铨，钟山.中华竹枝词（全六册）[M].北京：北京古籍出版社，1997.

［46］丘良任，潘超，孙忠铨，丘进.中华竹枝词全编（全七册）[M].北京：北京出版社，2007.

［47］张其俊.诗歌创作与品赏百法[M].北京：中国青年出版社，1996.

［48］绍兴鲁迅纪念馆.越中竹枝词选[M].上海：上海文艺出版社，2011.

［49］龚伯洪.广州古今竹枝词精选[M].广州：广东人民出版社，2017.

［50］赖春泉.广州新竹枝[M].广州：广州出版社，1993.

［51］应可军.宁海竹枝词[M].宁波：宁波出版社，2016.

［52］方祥华.洪山竹枝词[M].武汉：华中师范大学出版社，2016.

［53］政协武汉市硚口区委员会.汉正街竹枝词[M].武汉：武汉出版社，2014.

［54］白纲，洪学仁.北京世象竹枝词[M].北京：知识产权出版社，2005.

［55］万大林.坦赞铁路竹枝词[M].北京：中国铁道出版社，2019.

［56］冯宏来.北京竹枝词[M].北京：大众文艺出版社，2010.

［57］刘啟超.东湖竹枝词[M].哈尔滨：北方文艺出版社，2020.

［58］泰州市政协学习文史联络委员会.泰州竹枝词[M].南京：江苏人民出版社，2019.

［59］刘庆霖.刘庆霖作品选·诗词卷[M].北京：中国书籍出版社，2015.

［60］谭继和.竹枝成都：本土文化的经典记忆[M].成都：四川人民出版社，2008.

［61］彭万隆.淡妆浓抹总相宜——西湖十大名诗[M].杭州：杭州出版社，2014.

［62］李肖锐．清代竹枝词类组诗研究 [D].苏州大学，2017.

［63］沈云．鸳鸯湖棹歌研究 [D].浙江师范大学，2009.

［64］王辉斌．前无古人的明代竹枝词创作 [J].天府新论，2010（5）.

［65］吴绍礼，王立．联章诗结构技法说要 [J].齐齐哈尔师范学院学报，1993（4）.

［66］乔树宗．试探联章体诗词的结构特征 [J].陕西广播电视大学学报，2013，15（2）.

［67］朱易安．论清代竹枝词创作范式转变与地位提升 [J].文艺理论研究，2017（2）.

［68］陈金祥．长阳竹枝词（巴土文化丛书）[M].武汉：湖北人民出版社，2003.

［69］徐明庭．民初汉口竹枝词今注（武汉文史文丛）[M].北京：中国档案出版社，2001.

［70］沈蓉．枫泾竹枝词（印象枫泾系列）[M].张青云，郁伟新，赵炎华译注．上海：上海文艺出版社，2010.

［71］沙月．清叶氏汉口竹枝词解读 [M].武汉：长江出版传媒崇文书局，2012.

［72］丘良任．竹枝纪事诗 [M].广州：暨南大学出版社，1994.

［73］陈美亚．历代《竹枝词》鉴赏（人文与社会丛书）[M].北京：中国文联出版社，2004.

［74］沈莹宝．沈云《盛湖竹枝词》新注 [M].苏州：古吴轩出版社，2012.

［75］孙建松．潍县竹枝词撷英 [M].北京：中国戏剧出版社，2012.

［76］朱彝尊．方田注释．鸳鸯湖棹歌 [M].杭州：浙江古籍出版社，2012.

［77］绍兴鲁迅纪念馆．越中竹枝词选 [M].上海：上海文艺出版社，2011.

［78］张馨，成本石．南诗北韵 [M].北京：作家出版社，2004.

［79］张湘平．丝路雅韵 [M].天津：天津人民出版社，2019.

［80］中铁十八局集团有限公司．铁路建设项目水土保持施工及验收规程 [S].北京：人民交通出版社，2021.

［81］赵景波．诗艺管窥 [M].福州：福建人民出版社，1983.

［82］佚名．赵中媛注．三十六计 [M].南昌：江西人民出版社，2016.

［83］张树伟．满乡柳枝词 [M].沈阳：辽宁民族出版社，2019.

跋语：拈来俚语成诗句，贵在天然雅俗间

向　彬

　　源自于民歌的竹枝词，发源于楚而盛行于蜀地，其产生可以追溯到唐代中期甚至更早的时间，杜甫、顾况、刘禹锡等诸多诗人对竹枝词的发展起到了重要影响，而刘禹锡无疑又是推动竹枝词盛行于巴蜀的重要诗人。竹枝词的产生与荆楚巴蜀等地山村乡地的民歌小调有紧密联系，文人介入后，竹枝词在保留其乡土气息和民间风俗基调的同时增添了文雅气韵。文人笔下的竹枝词，题材不离乡村寻常之事，且偶用俚语，但笔调清新而气韵流畅；诗作虽重艺术格调，但不失乡土情味，竹枝词中的篱边情话与山间农语，采茶捣衣与赶集插田，真实的乡村生活艺术地展示在轻快明亮的诗韵之间。正因如此，竹枝词以其雅俗共赏的诗味风靡于我国西南地区，流传久远，佳作频频。

　　探析诗词创作的技法，本身就是一个极不容易的课题，尤其是体统性地研究竹枝词创作，探讨其起源、发展和艺术表现手法，并从自身创作实践出发论述其创作规律与技法表现，更是非常困难。因为真正的竹枝词，是用极其寻常的字句描绘乡间的自然情趣与风土人情，其诗句清新脱俗而不失民间风趣，无雕琢之气，无庙堂之风，看似简单的竹枝词，只有融入乡野地气的大才子才能写出精品佳作。从这个层面来说，探析竹枝词的创作技法对于如何写好竹枝词显得非常重要，也只有真正理解了竹枝词的创作难度和掌握了其表现手法，才能更好地赏析古代竹枝词的精妙之处，领略竹枝词中的大俗大雅和清新自然。

　　张馨先生出生于梅山大地，常年工作于荆楚巴蜀地区，是煤矿建井与隧道爆破专家，因为工作性质，常年亲近山川风石，且对我国中部和西南地区的风土人情非常熟悉，这为其诗词创作提供了丰富的题材和灵感，也使其对竹枝词

的起源、发展和表现手法多了他人难以得到的切身体会。更为难得的是，他创作了包括竹枝词在类的大量诗词佳作，很多诗作的题材就是身边极不起眼的事情和生活物品，而他能妙笔生花，将毫无生趣的物品写出情致，从简单的事物中悟到人生哲理，而且所写的诗句清新自然，无酸腐之调，无雕琢之气，无粗俗之风。尤其是他创作的竹枝词，所涉及的题材都是他日常工作和生活中的具体事务，但他以诗的情怀关注这些事务，使索然无味的铁路测量、炸药引爆、工棚安装、机电调试变为了意味横生的诗意人生。至于炊事员的厨艺美味和采茶妹的手巧歌甜更是诗意的小甜心，而家乡的莲塘与菜园是消除工作疲劳的神仙境地，工地的水泥与砖头是营造画境的奇妙神笔，身边的小磨坊与垃圾桶是磨心除垢的禅堂净土。张馨先生笔下的竹枝词，分明就是在描绘世人追慕的"心超尘世外，人在画图中"的理想家园和诗意人生！

心因景而动，诗因情而生。诗人之眼，眸中皆情趣；诗人之心，触景即真情。好诗难容套话，佳句必是心声。张馨先生于忙碌的工作中偷闲遣兴，在寻常的日子里捡韵吟风；让干枯的砂石浸润情味，使朴实的乡野静谧清新；将乡间俗事融入诗境，以文心雅趣映照世尘，可谓"拈来俚语成诗句，贵在天然雅俗间。"

壬寅初春于湖南长沙·得聿堂

【注　释】

向彬，湖南新化人，中国人民大学美学博士，中南大学教授，研究生导师。我国中青年学者、诗人、书画家。中南大学当代东方艺术研究中心副主任，（全国）教育书画协会高等书法教育分会副会长，中国书法家协会书法教育委员会委员，中国文艺评论家协会会员，中华诗词学会会员，湖南省视觉艺术评论委员会副会长兼秘书长。担任高等院校书法专业教材（16 册）总主编，并主编《书法概论》《诗词格律与创作》，主编高中美术标准教科书《中国书画》，发表论文 100 多篇，出版《向彬诗词书集》、《向彬诗书画作品集》等著作 16 部，获第四届中国书法兰亭奖·理论奖二等奖及高等学校优秀科研成果奖等十余项国家级和省部级奖励。